M
ission
木
う!
トーヤ
ナオ
「これほど大きな木だと、
伐《き》るのがもったいなく感じてしまいますね」
「同感。これだけになるのに、
どれくらいの年月がかかったのかな？」
「私たちの人生の何倍も、でしょうね」
ハルカがポンポンと叩くのは、
直径二メートルを超えるような巨木。
「中に割れなどがなければ、
日本なら一千万円を超える
値段が付くかもしれませんね。
最近は巨木が減って、神社仏閣を
補修する木材にも事欠くそうですよ？」

目の前に広がるのは綺麗な水を湛えた大きな泉。
「ユキ、名札を忘れているぞ？ 五年生か？ 六年生か？」
「あたしの体型は小学生レベルと!? ——いや、実は付けようとはしたんだけど、ハルカが」
「あら？ ユキが付けるのは止めてないわよ？」
「うっ、さすがに一人では……」
リーヴァ
ルーチェ
アエラ
Mission
バカンスを楽しもう!

「ナオ、笑いのために、
羞恥心を捨てられなかった
あたしを許して！」
「いや、別に期待はしてないんだが……。
しかも笑えるか？」
「似合いすぎだよな！　はははっ
しかも紺色に揃えてるから――」
「え、トーヤは白が良かった？
まっ、マニアック！」
「違うわ！　もっとカラバリが
あっても良いだろ！」
「残念だけど、透けにくくて
低コストで染められる色なんて、
そうはないの。地味かしら？」
「いや、全員可愛いと思うぞ？」
ユキ
ハルカ
ナツキ
異世界転移、地雷付き。6

Side Story1
トミー釣行へ挑む
トミー
カホ
サエ
ヨシノ
Side Story2
翡翠の翼　其ノ三

異世界転移、地雷付き。
いせかいてんい、じらいつき。
6
いつきみずほ
Illustration 猫猫猫

口絵・本文イラスト：猫猫猫
装丁：AFTERGLOW

CONTENTS

ISEKAITENI
JIRAITUKI6

「異世界転移、地雷付き。」周辺マップ

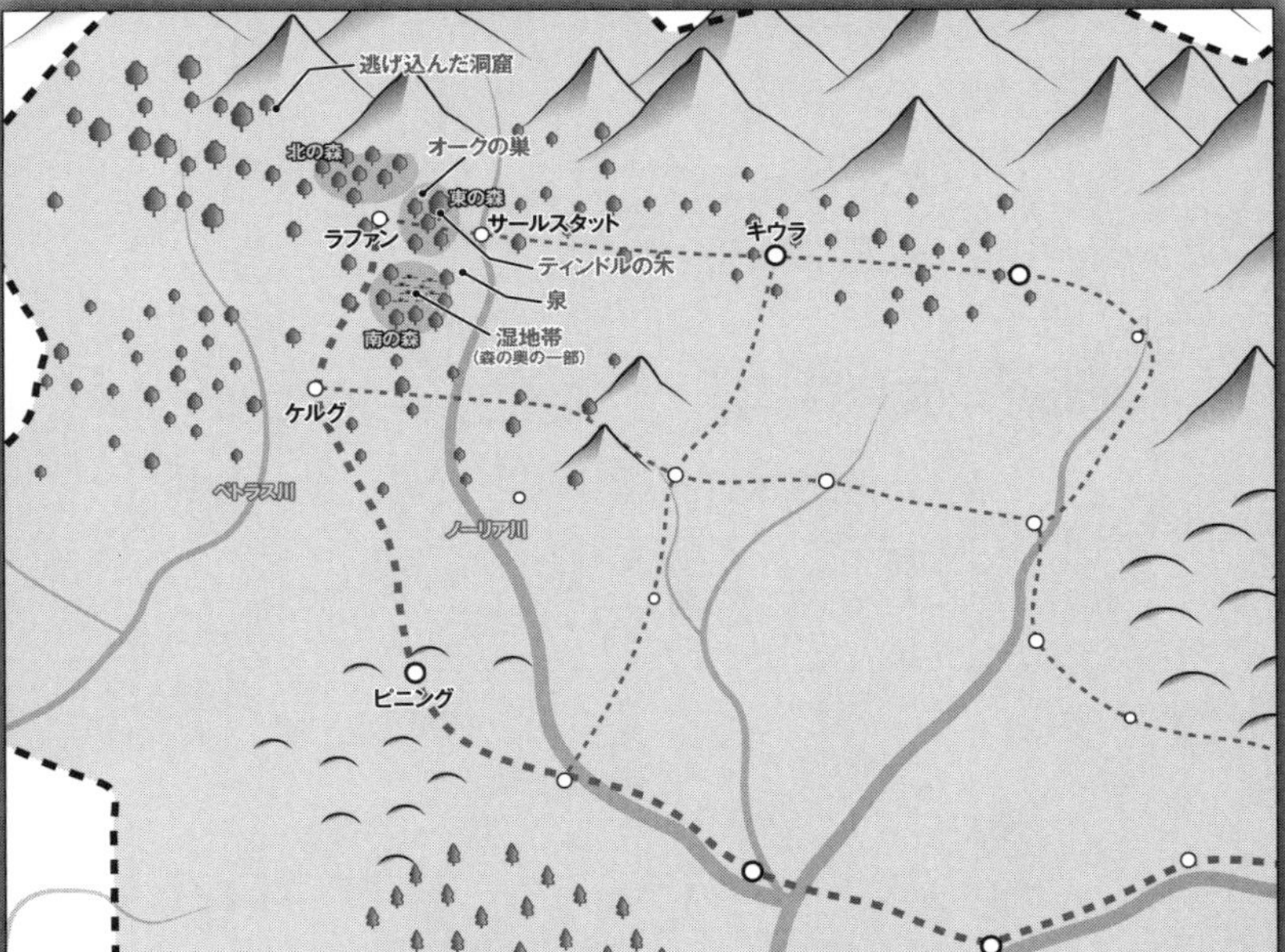

プロローグ

冬の寒さと共にエディスが去り、春の足音が聞こえ始めた。

一緒《いっしょ》に過ごした時間こそ短かったが、彼女《かのじょ》が残した心象はとても鮮烈《せんれつ》で、その存在が失われたことで、俺《おれ》たちの誰《だれ》もが物憂《ものう》い気分に囚《とら》われていた。

温《ぬく》み始めた空気の中、譲《ゆず》られた館の片付けに取り組みつつも、どこか落ち着かない。

そんな気分に区切りを付けるため、彼女を慰《なぐさ》める祠《ほこら》の建立《こんりゅう》が決まったことは半ば必然だった。

全員で身体《からだ》を動かし、庭を整備し、祠を作り、祈《いの》りを捧《ささ》げる。

その作業を通じて心に整理を付け、さあと顔を上げたところで、俺はふと気付いてしまった。

——なんか頑張《がんば》った割に、あんまり懐《ふところ》が暖かくなってないぞ？　と。

いや、確《たし》かに立派なお屋敷《やしき》は手に入れた。

ちょっと悔《くや》しいが、俺たちのマイホームよりもお金が掛《か》かった屋敷だろう。

それに付随《ふずい》して、いろんな錬金術《れんきんじゅつ》の道具も貰《もら》った。

エディスとの思い出、そしてハルカたちが彼女から吸収した知識も、非常に価値がある。

だがしかし、現金の収入は微妙《びみょう》。

少なくはないけれど、頑張りに見合うかと言われると……やっぱり微妙。

そして、一番微妙なのが何かといえば——。

「最初の目的、アンデッド対策がほとんど進んでいない気がするんだが、どう思う？」

改めて指摘《してき》した俺に、ハルカたちが深く頷《うなず》いた。

「そうなのよね。聖水は実用的じゃないし、攻撃手段《こうげき》も増えてない」

「魔法《まほう》の練習はしてますが……色々やった割に、アミュレットが増えただけですね」

「だよねー、たった二割、安全性が上がったにすぎないし？」

だが唯一《ゆいいつ》、トーヤだけはきっぱりと首を横に振《ふ》った。

「いや、だから、オレ的には超《ちょう》重要だから！　オレからすれば一〇〇％だから！」

「俺たちには、やっぱり〇《ゼロ》％だけどな」

「うがっ！　そうだけどよ～」

図《はか》らずもエディスのおかげで、シャドウ・ゴーストのようなアンデッドでも、魔法を使えないトーヤ以外は危険性が低いと証明されてしまっている。

「つまり、ここしばらくの頑張りはトーヤだけのため？」

「しかも折角《せっかく》手に入れたアミュレット、扱《あつか》いを間違《まちが》えて取り憑《つ》かれてしまってますし……」

「すまんって～。でも、結果的には悪くなかっただろ？　エディスのことは」

「結果的にはね。アミュレットの効果も証明されたわけだし。――トーヤにしか関係ないけど」

「うがっ！　う～、皆様《みなさま》のご尽力《じんりょく》に応《こた》えられるよう、ガンバリマス……」

情けない表情で尻尾《しっぽ》を垂らすトーヤを見て、俺たちは顔を見合わせて笑い、話を戻《もど》す。

「――ま、トーヤ弄《いじ》りはこれぐらいにして。結局のところアンデッドへの攻撃手段は、現実的には属性鋼を使った武器ぐらいってことになってたよな？」

魔法を鍛《きた》えるという手段を除けば、今の俺たちに手が出そうなのはそれぐらい。

もちろん、属性鋼の武器にしても決して安いものではないのだが。

「そうね。それはエディスにも確認《かくにん》したわ。ついでに、属性鋼の作り方も教えてもらったし」

「うん。あたしたちなら、かなり自由に作れそうだよ？　魔法使いがいっぱいいるからね！　どんな属性もドンと来い！　——闇《やみ》は無理だけど」

「あぁ、マジックバッグと同じように、力を合わせて、みたいな？」

「そうね。別の方法もあるけど、無駄《むだ》にお金を掛ける必要はないでしょ？」

属性鋼を作る際には、属性毎《ごと》に特殊《とくしゅ》な素材が必要になるそうで、方法としては処理済みの素材を購入《こうにゅう》するか、目的の属性魔法が使える魔法使いを用意して、自分たちで作るか。

当然ながら、処理済みの素材を買う方がずっとコストが掛かる。

俺たちの場合、闇魔法以外は使い手がいるわけで、ここは節約のしどころだろう。

「なら、さっさと作って武器を発注しようぜ！　攻撃できるなら、アンデッドも怖《こわ》くねぇ！」

わくわくと目を輝《かがや》かせるトーヤだが、ハルカたちの方はため息をつく。

「そんなに簡単なわけないでしょ。確かに節約はできるけど、他の素材だって高いんだから！　手持ちの資金だと……エディスと一緒に練習で作ったのを合わせても、一人分かしら？」

「そんな感じかなぁ？　トーヤの剣《けん》だと、それでも足りないかも？」

俺やナツキの使う槍《やり》なら穂先《ほさき》だけだが、トーヤは剣。消費する金属の量も多い。

「やっぱり必要なのは現金か。……まさか、エディスの屋敷を売るわけにもいかないしなぁ」

「あったりまえだろ！　そんなことするぐらいなら、オレが稼《かせ》いでやる！」

もちろん売るつもりなんてなかったが、トーヤの反発が予想外に強かった。

エディスと過ごした時間が一番長かったからだろうか？

まさか『オレと嫁《よめ》さんのスイートホーム！』を夢見ているからではない――と思いたい。

「なるほど、トーヤに稼いでもらうのはありだな」

俺がそう言ってニヤリと笑うと、ユキたちも乗っかる。

「うんうん。属性鋼作りには関《かか》わらないわけだし、使い減りもしないしね！」

「家一軒《けん》分――いえ、豪邸《ごうてい》一軒分ですか。大変そうですね。トーヤくん、頑張ってください」

「むしろ仕事を探すのが大変そうよね。また、ディオラさんに頼《たの》むしかないかしら？　どんなに厳しい仕事でも良いから、稼げるのを回してって」

「……え、オレだけ？　オレだけ頑張るの？　そりゃ、オレが属性鋼作りに貢献《こうけん》できるのは、素材を買う金を稼ぐことしかねぇけどよ～」

トーヤが少し情けない表情で自分を指さし、俺たちは再び笑う。

「ま、冗談《じょうだん》はともかく。稼げる仕事が必要なのは間違いないんだよなぁ。割の良いオークは数が減ってしまったわけだし……もっと森の深い場所まで入るか、別の稼げる魔物を狙《ねら》うか」

「魔物ねぇ。森の二層、三層辺りだと、スカルプ・エイプ、バインド・バイパー、オーガーあたりが出るって話だったわよね？　稼げるの？」

「スカルプ・エイプは問題外、バインド・バイパーはオーク一匹《ぴき》よりも少し安いぐらいですが、群れませんので、効率は悪いでしょうね。オーガーはオークより稼げます。——斃《たお》せれば」

ナツキが解説の最後にポツリと付け加えれば、ユキが慌《あわ》てたように手を振った。

「それ、逃《に》げた方が良いって言ってた魔物だよね⁉　ダメじゃん！」

「はい、ダメですね。残念ながら、オークみたいにたくさん出てきませんしね」

「出てこなくて幸いだよ⁉　も〜、現実的にいこうよ。んっと……地道に稼ぐんじゃなければ、何度か話に出てた銘木《めいぼく》の伐採《ばっさい》？　ディオラさんはお勧《すす》めしてないみたいだけど」

ニコリと笑ったナツキにユキがため息をつき、そんなことを提案。

だが以前、冒険者《ぼうけんしゃ》ギルドの支部長がそのことを口にした時、ディオラさんは強く反対していた。あの反応からして、かなりの危険を伴《ともな》う仕事だと思うのだが……。

「取りあえず、調査、検討だけしてみましょうか。無理そうなら止めれば良いだけだし」

「だよね？　それじゃ、専門家に話を訊《き》きに行こ〜！」

おー、と拳を掲げたユキに連れられて、俺たちが向かったのは——。

第一話　木《き》を伐ってみよう！

初めて訪《おとず》れたシモンさんの家具工房《こうぼう》は、かなり大きかった。

作業場自体も大きいのだが、それよりも大きいのが併設《へいせつ》されている材木置き場。そこだけで普通《ふつう》の民家五、六軒《けん》分ぐらいはあり、途中で見かけた他の工房と比べても明らかに大きい。

これだけの工房の主《あるじ》となると、実はシモンさん、町でもかなりの有力者なのかもしれない。

小さな職人の家を想像していた俺《おれ》としては予想外。少し気後《きおく》れしてしまうが、何度かここを訪れているユキは気にした様子もなく、そんな工房の中にズカズカと入っていく。

その遠慮《えんりょ》のなさに引き摺《ず》られるようにユキの後を追えば、作りかけの家具が所狭《ところせま》しと並ぶ光景が目に入った。工房の大きさから予想はしていたが、弟子《でし》も複数いるようで、数ヶ所から鋸《のこぎり》を挽《ひ》く音や金槌《かなづち》の音が響《ひび》き、工房の中は案外騒《さわ》がしい。

そんな音を押《お》し退《の》けるように、ユキが大きめの声で呼び掛《か》ける。

「こんにちは～～。シモンさん、いますか～」

「おう、いるぞ。わりぃが、ちょっと待ってくれ」

「はーい」

少し遠くから返ってきた声にユキが返答。普段《ふだん》はあまり見る機会のない場所だけに、興味深く周囲を見学していると、やがて家具の間を縫《ぬ》うようにしてシモンさんが近づいてきた。

「やっぱ、ユキたちか。なんだ、家に問題でもあったか？」

少し不機嫌《ふきげん》そうにも聞こえるシモンさんの言葉を、ハルカが首を振《ふ》って否定する。

「いえ、家は問題ありません。十分に満足しています。ありがとうございます」

「へっ！　なら良いんだ。こっちも悪くねぇ仕事だったからよ。じゃ、なんだ、家具の注文か？」

一転、満足そうに頷《うなず》くシモンさんに、銘木《めいぼく》の伐採《ばっさい》について聞いてみたのだが――。

「本気か？　腕《うで》が立つことは知ってるが、下手したら死ぬぞ？」

そんな言葉と共に顔を顰《しか》める。それがシモンさんの反応だった。

「銘木が手に入るなら、儂《わし》らはありがてぇが、あの辺は魔物《まもの》はもちろん、鹿《しか》とかも出るしよぉ」

「もちろん、きちんと下調べしてから行くつもりだよ？　これもその一環《いっかん》」

「言いてぇことは解《わか》るが……伐採に行った高ランクの冒険者《ぼうけんしゃ》も逃《に》げ帰るほどだぜ？」

銘木が採れる北の森では、もう一〇年以上、伐採が行われていない。

現在ラファンにある銘木はすべてその頃《ころ》に伐られたもので、まだ多少は在庫が残っているのだが、新たに入荷しない以上、価格は上がる一方。上手《うま》くやれば大きな稼《かせ》ぎが期待できると、普段この街にいないような高ランク――とは言っても、せいぜいランク六程度までだったようだが――の冒険者たちがグループを作って伐りに行ったこともあるらしい。

だが、結果から言ってしまえば、それが継続《けいぞく》されることはなかった。

高ランクの冒険者故《ゆえ》に魔物の対処はお手の物。伐採もできたそうだが、問題は運搬《うんぱん》。

いくら高ランクでも巨大《きょだい》な丸木を担《かつ》いで移動することなどできず、人を集めて道なき森の中をズリズリと引き摺りながら移動するしかない。

当然、魔物は寄ってくるし、必要な護衛の人数は増え、一人当たりの手取りは減る。

いくら銘木が高く売れても、高ランクの冒険者からすれば割の良い仕事ではなかった。

必然的にそれは数回行われただけで終了《しゅうりょう》し、高ランクの冒険者はすぐに町を去ることになる。

そう、つまり一番の問題は運搬方法なのだ。

そして、俺たちにはそれを解決する手段として、マジックバッグがある。

伐った木をマジックバッグに入れることさえできれば、問題の大半は解決する。

そんなことをシモンさんに説明すると、彼《かれ》は「ふむ」と頷いた。

「丸木が入るマジックバッグがあるなら、可能性はあるな。あの辺の魔物を斃《たお》せるんなら、だが」

「そこは慎重《しんちょう》にやるから心配ないよ。安全第一が信条のあたしたちだからね！」

「馬鹿野郎《ばかやろう》！　安全第一な奴《やつ》らが北の森なんぞに入るかよ！」

呆《あき》れに心配も混ぜて怒鳴《どな》ったシモンさんだったが、すぐにため息をついて首を振った。

「――けどまぁ、冒険者にそんなこと言うのも野暮《やぼ》ってもんだな。それで何が聞きたい？　伐採の仕方なんぞは知らねぇぞ？　儂らは買うだけだからな」

「知りたいのはどんな木が高く売れるかとか？　あたしたち、銘木に詳《くわ》しくないから」

「値段の差はあるが、あの辺で伐採される木は全部銘木扱《あつか》いだからなぁ。木材を見てもあんま参考にならねぇと思うが……まあいい、見せてやる。来な！」

そう言ってシモンさんが案内してくれたのは、材木置き場の隅《すみ》にある鍵《かぎ》の掛かった小屋。その中には粗《あら》く製材された木材が積まれていたのだが、一見するとそこにある木材も、他の場所に置いてる物と大差はない。だが、よくよく観察してみれば……やっぱり普通の木材である。

——これが高いの？　本当に？

「この工房は町でもデカい方だが残りはこんだけだ。市場にも流れねぇから増える予定もねぇ」

「あの、シモンさん、見た感じ、よく解らないんですけど……？」

俺が躊躇《ためら》いがちにそう尋《たず》ねると、シモンさんは苦笑《くしょう》して頷く。

「荒材《あらざい》じゃ、素人《しろうと》には解らねぇだろうな。立木のままなら儂だって解らねぇ。あえて言えば、森を北西に分け入るほど良い銘木が生えているって話だが……参考になるのはその程度だろうな」

銘木の価格は、その品質で決まる。

それは当然のことだが、伐採場所と品質を比較《ひかく》すれば、明らかにその傾向《けいこう》があったそうだ。

「銘木はな？　木理《もくり》が細かく独特で硬《かた》いんだ。家具に使うにゃ、最高だな。素人にも解りやすい変わった色の木もあるが、決してそれだけじゃねぇ」

無垢《むく》のままでも美しく、彫《ほ》りを行うのにも適している。

逆に、表から見えない建材に使うには勿体《もったい》ない代物《しろもの》で、北の森から普通に伐り出されていた時代でも、家具以外では貴族の屋敷《やしき》の床《ゆか》や壁板《かべいた》に使われる程度であったらしい。

「きちっと鉋《かんな》掛《が》けしたのがこれだが、解るか？」

そう言いながら、シモンさんが傍《そば》に置いてあった板を拾い上げて差し出す。

大きさは五〇×一〇〇センチほど。そのまま使うなら、小さめのテーブルぐらいだろうか。

「えーっと……、綺麗《きれい》なのは解るかな？　あと、手触《てざわ》りは良い」

それをユキが撫《な》でながら微妙《びみょう》な感想を口にするが、違《ちが》いの解らない男である俺も同レベルだ。

コツコツと叩《たた》いた感じ、硬そうなのは解る。

黒っぽくモヤモヤとした木目が何となく味がある気もするが……高いのか？

トーヤたちも似たような感想を持ったようだが、そんな俺たちの中にも違いの解る女が一人いる。

そう、言わずと知れたナツキである。

金持ちの家に生まれたのは伊達《だて》ではない。

「これは、正に銘木ですね。かなり高いのでは……？」

「おっ、嬢《じょう》ちゃんは解るか。見事な杢《もく》だから机の天板にでも使おうと思ってな。これだけの物はそうそうねぇんだ」

解る人がいたのが嬉《うれ》しかったのか、シモンさんはニヤリと笑って色々な木を見せて、あれやこれやと解説してくれるのだが……俺にはさっぱりである。

いや、普通の板と全然違うのは解るんだが、価値の方は……。

穴があいた木とか、奇妙《きみょう》としか言いようのない模様とか、揃《そろ》っていない色とか、むしろ価値がなさそうなのに価値がある。丈夫《じょうぶ》さや手触りなど、解りやすい価値とは違う基準。

首を捻《ひね》る俺たちに、シモンさんは苦笑を浮《う》かべて、肩《かた》をすくめた。

「まぁ、素人が解んねぇのはしゃあねぇ。縁《えん》がねぇしな。木の種類ぐらいなら選んで伐れるだろうが……銘木なら何でも売れるから、あんま気にする必要もねぇと思うぜ？」

「そうですか。でも、何であの辺りの木は、品質が良いんですか？」

「解らねぇ。が、あの辺は魔力が濃《こ》いらしい。その影響《えいきょう》じゃねぇかってぇ話だが……そのせいか手強《てごわ》い魔物が増えすぎて、伐採できなくなっちまったんだがな。上手くいかねぇもんだ」

そう言ってシモンさんは苦笑いを浮かべるが、それもある意味必然。

自然界では場所により魔力の濃度《のうど》に差があり、様々な物に影響を与《あた》えていると言われている。

その影響範囲《はんい》が都合良く樹木だけに止《とど》まるはずもなく、順当に魔物にも及《およ》んだのだろう。

「なるほどねぇ。ちなみに伐採の時季とかは？　今から伐ってきても大丈夫《だいじょうぶ》かな？」

「はっきり言や、今の時季はちと遅《おそ》いな。けどまぁ、銘木なら儂の所に持ってくりゃ、いくらでも買い取るぜ？　冒険者ギルドよりは高くな。お前らは木材市場には出せねぇだろ？」

通常、木は木材市場を通して売買されるそうで、それを運営しているのは大工の組合と樵《きこり》の組合。取り引きに参加できるのは組合員か、冒険者ギルドのみ。

ただし、冒険者ギルドが扱えるのは銘木のみで、その辺で伐ってきた木を売ることはできない。

この制限は無計画な伐採を防ぐためであり、領主によって決められている。

銘木が除外されているのは、伐採が困難であり、伐ってくる人がいないからである。

ちなみに、売って儲《もう》けようとしなければお目こぼしされるので、森に薪《まき》拾いに行ったり、自家消費する分を伐ってきたりするぐらいは問題ないらしい。

「そう、ですね。もし上手くいったときは、お願いします」

「期待してるぜ――っと、だが、無理はすんじゃねぇぞ？　若《わけ》ぇ奴らが死ぬのは面白《おもしろ》くねぇ」

「はい、ありがとうございます」

やや不器用な言葉で心配してくれるシモンさんに礼を言い、俺たちは工房を後にした。

「結論としては、できるだけ森の奥《おく》で伐って くれれば良いだけみたいですね」

シモンさんの話を、ナツキが短く纏《まと》めてくれた。

どうせ俺たちにはよく解らない。身も蓋《ふた》もないがそういうことである。

ぐねぐねに捻《ね》じ曲がった木であっても、それはそれで味があるので、場合によっては高値で売れるというのだから、不思議としか言いようがない。

下手に探し回るより一本でも多く伐る方が、きっと稼げることだろう。

「ねぇ、ナツキ。私としてはあの銘木とか、イマイチ価値が解らないんだけど。あんな黒っぽくてモヤモヤしたのじゃなくて、木目が揃った綺麗な板の方が良くない？」

「うん、俺も同感。部屋に置くなら、そんな家具が良いよな？」

ハルカの言葉に俺たちが揃って頷けば、ナツキもまた苦笑して頷いた。

「あはは……、まぁ、すべてとは言いませんけど、銘木なんて珍《めずら》しさに価値を見いだすところがありますからねぇ。ほら、汚《きたな》い玩具《おもちゃ》でも数が少なければ高くなる、みたいな？」

「あぁ、アンティークとか、ゴミみたいな物に驚《おどろ》くような値段が付いてたりするよな。オレなら絶対、すぐに売り払《はら》うぜ、あんなのだと」

「知らなければ無価値だよね、ああいうのって」

古美術品なんて物は、結局はそのバックグラウンドに価値を求める物である。

絵画などにしても普遍《ふへん》的価値はなく、生きている間にはまともに絵が売れなかった画家も多い。

いや、むしろ多くの有名絵画は、画家が死んだ後の方が価値が上がっている。

簡単に言えば、希少価値——つまりは、『死んでいれば数が増えることはない』という、なんとも言い難《がた》いことを担保としているのだから、難儀《なんぎ》なものである。

「もっともここの銘木は、機能面でも優《すぐ》れているみたいですから、少し違いますけど」

「硬いんだよな？　切るのにも苦労するのかな？」

斧《おの》や鋸など、木の伐採に必要な道具はガンツさんの所で入手するつもりだが、俺たちの中で立木を切り倒《たお》した経験のある者はいない。俺にしても、木の枝を鋸で落としたり、斧で薪割《まきわ》りをしたりしたことがある程度。上手くいくかどうか、少々不安もある。

「ハルカの魔法で、スパッと切ったりはできねぇの？」

「無茶言うわねぇ。トーヤがその剣《けん》で、木を切り倒すぐらいには難しいわよ」

トーヤの持っている剣はほぼ鈍器《どんき》である。

ため息をつきつつ、ハルカが婉曲《えんきょく》に否定すれば、トーヤは「ふむ」と頷いた。

「不可能ということか。オレの剣より、ユキの小太刀《こだち》の方がまだ可能性があるな」

「魔法以上の無茶振《ぶ》りが来たよ!?　ハルカ、確か『鎌風《エア・カッター》』って魔法、あったよね？」

「それ、レベル5の魔法だからね？　むしろ実体のない風より『水噴射《ウォーター・ジェット》』とか、『砂噴射《サンドブラスト》』とか、そっちの方が良いんじゃない？　ユキも使えるでしょ？」

「うん。ナオも使えるよ！」

「……ハルカ、土魔法を教えてやろうか？」

現在のハルカの風魔法はレベル3。ステータス上のレベル表記と使える魔法は必ずしも一致《いっち》しないが、魔法のレベルと難易度は概《おおむ》ね等しく、特定の魔法だけを先に覚えることはなかなか大変。

それを考えれば、共にレベル1の『水噴射《ウオーター・ジエット》』と『砂噴射《サンドブラスト》』を鍛《きた》える方が良いというハルカの言い分は頷けるが、そうなると俺とユキ、そしてハルカの全員が苦しむことになるんだよな……。

困難をパスしあう俺たちに、ナツキが苦笑する。

「無理に魔法を使わずとも、まずは普通の手段を考えませんか？　鋸と斧、樵の人はそれで木を伐っているわけですから。技術はともかく、筋力なら本職にも負けてないと思いますし」

「賛成！　トーヤの活躍《かつやく》の場を奪《うば》うわけにはいかないもんね！」

「おっと、オレに戻《もど》ってきたか。まぁ、オレが活躍することに異存はねぇよ。必要な道具があれば、そして銘木がある場所まで行ければ、頑張《がんば》るぞ？　肉体労働がオレの取り得だからな」

俺たちとは違い、自信ありげに胸を張るトーヤの肩に俺はポンと手を置く。

「トーヤ、そんなに自分を卑下《ひげ》しなくても。唯一《ゆいいつ》の取り得だなんて」

「唯一とは言ってねぇよ‼　数ある取り得の一つだ！」

「おっと、誤解を招く表現があったか。不快な思いをさせてしまったなら申し訳ない」

「典型的不愉快《ふゆかい》な謝罪文⁉　——まぁ、冗談《じようだん》はともかく、問題はオーガーじゃねぇ？」

「だな。あと、シモンさんがあえて鹿と言ったのが気になる。普通は鹿って危険じゃないよな？」

俺のイメージする鹿といえば、歴史的都市で道を闊歩《かっぽ》していて、煎餅《せんべい》をむさぼり食うアレ。

集団で突進《とっしん》されたらそれなりに危険だとは思うが、冒険者が手子摺《てこず》るような敵とも思えない。

「鹿、ねぇ。誰《だれ》か見たことある？」

「ないですね。そもそも私たち、ほとんどの時間は一緒《いっしょ》に行動してますし」

「だよね。鹿なら普通に斃せると思うけど……実はエゾシカみたいにおっきい？」

「あ！　そうだった。ちょい待ち」

トーヤが声を上げて立ち止まり、バッグの中から一冊の本を取り出した。

表紙には『獣《けもの》・魔物解体読本』という文字。初めて見る本である。

「どうしたんだ、その本」

「ん？　この前買った。ほら、オレってお前たちと違って、戦うことしかできないだろ？」

ハルカから資金の分配を受けた後、自腹で購入《こうにゅう》した本らしい。

確かにトーヤのスキルは戦闘《せんとう》に偏《かたよ》っているが、臆《おく》せず敵の前に立つ彼の存在は頼《たの》もしいし、非常に助かっている。とはいえ、それを口に出すのはちょっと恥《は》ずかしく――。

「……いやいや、トーヤくん。君は重要な役割を担っているよ？　肉盾《たて》として」

「そうそう、悲観することないって！　戦いにしか能がなくても、あたしたちは見捨てないよ！」

「それを脱却《だっきゃく》したいの！　知的なトーヤくんになるの！」

駄々《だだ》を捏《こ》ねるように宣言するトーヤに、ナツキが優《やさ》しく微笑《ほほえ》む。

「ステータスに、能力値の表記がなくて良かったですよね」

「唐突《とうとつ》に無関係な発言！　――と思わせて、その実、オレの知力値を揶揄《やゆ》してねぇ⁉」

「ふふっ。まぁ、知識を増やすことは【鑑定《かんてい》】スキルにも好影響があるわけだし、向上心があるのは良いんじゃない？　――それで、見つかった？　鹿の既述《きじゅつ》は」

「むぅ。あったぞ。売れるのは角、皮、肉。『柔《やわ》らかくなめした革は衣服などに使われる』」

笑う俺たちに少し不満げに尻尾《しっぽ》を揺《ゆ》らしながらも、トーヤは本の記述を指でなぞる。

「そういえば、セーム革は鹿でしたね。時計やガラスのお手入れにも使う柔らかい革ですが」

「へぇ、セーム革……」

思い出すように口にしたナツキに俺も相鎚《あいづち》を打つが、実のところ、初耳である。

俺の知っているガラスのお手入れといえば、濡《ぬ》らした新聞紙。

うん、レベルが違う。ついでに、ガラス窓とガラス食器という違いもありそうだが。

「注意点は『すぐに冷やさないと肉が臭《くさ》くなりやすいので、川に浸《つ》けることを勧《すす》める』だと」

「川に浸けるのは無理だけど、冷やすことはできるわね。魔法があるから」

ハルカがふむふむ、と頷き、トーヤの持つ本を覗《のぞ》き込《こ》む。

普通の猟師《りょうし》であれば不可能な処置が可能なのが、俺たちのメリットだよな。

「鹿だと猪《いのしし》ほどはお肉、取れそうにないけど、味はどうなのかなぁ？」

「えーっと、『きちんと処理すれば美味《おい》しく頂ける』と書いてあるわね」

ユキの疑問に本を覗いていたハルカが答えるが、それ、処理が下手だと不味《まず》いってことだよな？

買い取り価格にも影響すると思うし、プロならどんな処理をしたか判別できるのだろうか？

「でも、少しでも足しになるなら良いですね」

「そうだな。俺たちの食事にもバリエーションが増えるし」

俺が「鹿肉は初めて食べるから楽しみ」と口にすれば、ナツキは少し困ったように笑う。

「えーっと、私も鹿肉は調理した経験がないですが……ハルカ、ありますか？」

「あるわけがない。ごく普通の家庭に育った私に何を期待してるの？」

「ユキは……ないですよね？」

「もち。一番可能性があるナツキがないんだから。【調理】スキルに頼《たよ》るしかないんじゃない？」

鹿肉なんて、普通のスーパーでは見かけないからなぁ。

調理したことあると言われた方が、むしろ不思議である。

猪やオークも初めてのお肉だったが、あれらは豚肉《ぶたにく》の亜種《あしゅ》。調理には困らなかった。

もしかすると鹿肉も、普通に調理すれば美味しく食べられるかもしれないが……。

「アエラさんに訊《き》いてみるか？　プロだから知ってるんじゃないか？」

家を手に入れて以降、食べに行く機会は減っているが、お肉の納品は続けているし、アエラさんとも仲良くさせてもらっている。

『お店の秘伝』みたいなものはともかく、普通の調理方法ぐらいなら教えてもらえるだろう。

「あぁ、それは良いわね！　鹿肉が手に入ったら、それを手土産に訊きに行きましょ」

「えー、肉だし、適当に焼けば食えそうだけどなぁ」

「獣人のトーヤはそうかもね。でも、私たちは柔らかくて美味しいのが食べたいの」

「偏見《へんけん》だ！　――って、言えないんだよなぁ、自分のことながら」

ハルカのジト目に一応抗議《こうぎ》しつつも、トーヤは苦笑を浮かべた。

実際トーヤは、以前よりも肉好きになっている気がするし、顎《あご》も俺たちより確実に丈夫。

俺たちが難儀するような分厚い肉でも、『むっしゃあ！』と食べる。

俺やハルカにエルフ的な種族特性があるように、狼《おおかみ》系獣人の特性の一つなのかもしれない。

「ま、どっちにしろ鹿肉が楽しみなのはオレも一緒だ。明日から頑張ろうぜ！」

そんな風に、まだ見ぬ鹿肉に期待を込めた俺たちだったが、少々見落としていたことがあったこと、そして見通しが甘《あま》かったことに気付くのは、しばらく先のことである。

◇　◇　◇

「そんなわけでガンツさん、伐採に必要な道具一式、二セットほどください！」

「ねぇよ！　突然《とつぜん》言われてもねぇよ！」

怒《おこ》られてしまった。お客なのに。

「えー、ねぇの？　樵とかいっぱいいるだろ、この町」

やる気満々だったトーヤが不満げに口を曲げるが、ガンツさんはため息をついた。

「ざけんな。樵がそう簡単に道具を新調するかよ。大抵《たいてい》は研ぎ直しか目立ての依頼《いらい》だよ。もちろん注文されれば作るがな。つーわけで、お前らも注文しろ」

「言われてみれば当然よね。それじゃ、ガンツさんお願いできますか？　私たちよく判らないので、鋸や斧だけじゃなく、必要とされる物を本当に一式。……高いですか？」

「安くはねぇ。が、お前たちの使ってる武器に比べりゃ、安いもんだな。解った、二日ほど待て。準備してやる。普通ので良いんだよな？」

「……普通じゃないのがあるんですか？」

訊いてみれば、樵が使う斧などは、個々人に合わせて使いやすいサイズを作るらしい。

標準サイズはあるのだが、例えば俺とトーヤが同じ重さの斧を使うのが効率的かといえば、決してそんなことはないわけで。斧は大きく重い方が威力《いりょく》があるが、使えなければ意味がない。

「それじゃ、トーヤ用のとあたしたち用でお願いできるかな？　ガンツさんなら向いている大きさとか解るよね？　いつも武器を作ってもらってるんだし」

「それは俺に対する挑戦《ちょうせん》か？　ま、構わねぇよ、任せておきな！」

にこりと笑うユキに、ガンツさんもニヤリと応じた。


——そして三日後、俺たちは予定通りに森の中を歩いていた。

つまり今回も、ガンツさんは期待に応《こた》えてくれたということ。頼りになるオヤジである。

まぁ、トミーも頑張らされたみたいだから、今度何か差し入れでもしてやろう。

「そろそろ、森の二層——以前アンデッドが出てきた辺りか。注意しないとな」

現状、実体のないアンデッドへの攻撃《こうげき》手段は、ハルカとナツキの『浄化《ピュリフィケイト》』のみ。

物理的に斃せる敵なら二人以外でも問題ないが、以前遭遇《そうぐう》したシャドウ・ゴーストだと面倒《めんどう》だし、あれ以上に厄介《やっかい》なアンデッドが出ないとも限らない。警戒《けいかい》を怠《おこた》るべきではないだろう。

いつもなら、どんな魔物が出るかをしっかり調査してから行動するのだが、そもそもこの辺りにアンデッドが出るという情報自体がないのだから、どうしようもない。

「ま、大丈夫じゃねぇか？　アミュレットを手に入れたオレは、もう何も怖《こわ》くねぇ！」

「――などと、エディスに取り憑《つ》かれた犯人は、意味不明な供述をしており」

「「「ぷっ！」」」

ユキがさらりと付け加えた言葉に、トーヤ以外が吹《ふ》き出す。

「もう大丈夫だから！　下手に外したりしないから！」

「マジで頼むぜ？　エディスだったから良かったが、悪霊《あくりょう》だったらどうなっていたか……。肉弾戦《にくだんせん》でいえば、お前が一番なんだからな？　本気で来られたら止められないぞ？」

ハルカたちの『浄化《ピュリフィケイト》』はあるが、それも魔法を使う余裕《よゆう》があってこそ。

トーヤが殺すつもりで襲《おそ》いかかってきたら、どれほど戦えるかは微妙なところだ。

もちろん、トーヤの命を諦《あきら》めるなら勝てるだろうが、そんなことできるはずもなく、筋力で負けている俺たちがどう考えても不利である。

「最近は暑いから、ホントに気を付けないとね。着替《きが》えるときにうっかり外したとか、嫌《いや》だよ？」

「森の中で着替えることは、そうそうねぇとは思うが……気を付ける」

なんといっても、前回取り憑かれた理由がそれである。

完全否定はできないのか、神妙《しんみょう》にトーヤが頷く。

「ま、そのときは俺が頑張って【索敵《さくてき》】するさ。俺も成長しているからな！」

見つけにくいアンデッドのみならず、この森にはオーガーという脅威《きょうい》も存在するわけで。

こんなときこそ、パーティー唯一の【索敵】持ちである俺の見せ場。

とても地味だが重要な役割と、気合いを入れ直した俺だったが、そんな決意を挫《くじ》くかのような重大な事態が引き起こされた——親友と思っていたトーヤによって。

「そういえばオレ、【索敵】スキルが生えたんだけど」

こちらに振り返り、ドヤ顔を見せたトーヤに俺は絶句、聞き間違《まちが》いかと訊き返した。

「…………え、マジで？　なんとなく判《わか》る、じゃなくて？」

「おう。これまで以上に判るようになったぞ」

……いやいや、あんまりトーヤが高性能になると、俺の出番がなくなるんだけど？

トーヤ、戦闘で活躍してるよね？　俺の見せ場、取らないでくれるかな？

「そういえば、ユキはまだ【索敵】はコピーしてなかったわよね？」

「うん。どうやれば良いのか判らなかったし」

「一応コピーしておいたら？『教える』の判定は結構緩《ゆる》そうだし、なんとかなるんじゃない？」

おぅふっ、ここにも俺の地位を脅《おびや》かす相手がっ⁉

「そうですよね。最近は私も、敵の気配が何となく判るようになってきましたから」

「私もそう。まだまだ微《かす》かに感じ取れる程度だけど」

「おぉぅ……。全員索敵ができたら、俺のアイデンティティー崩壊《ほうかい》の危機⁉」

ちょっぴりチートっぽい【索敵】スキルが俺のアピールポイントだったのに！

唯一じゃないけど、それなりに重要な。全体の底上げにはなるんだろうが、少し複雑である。

「いやいや、ナオみたいに一〇〇メートル以上離《はな》れている敵が判るわけじゃないんだから」

「はい。ナオくんの【索敵】スキルは凄《すご》く役に立ってますから」

「でもスキル構成的には、ナツキの方が斥候《せっこう》向きだよね。ナオって、ちょっと中途半端《ちゅうとはんぱ》？」

「ハルカとナツキはフォローありがとう。だが、ユキ。おめーはダメだ！　言うてはならんこと口にした！　……本当のことでも傷付くんだぞ？」

「ナオが言う⁉　あたし、下位互換《ごかん》とか、器用貧乏《びんぼう》とか言われてたんだけど⁉」

「それを言ったのは俺じゃない気がするが……そう思っていたのは否定しない」

「否定して！　お願い‼」

「すまない、マルチプレイヤー（笑）」

「ゴメン、そっちは引っ張らないで！　あれは気の迷いだから‼」

縋《すが》り付くように左腕《ひだりうで》を引っ張るユキをそのままに、俺は考える。

実際、俺以上に前衛向きなナツキが加入した時点で、俺の立ち位置が微妙になっている。

武器での戦闘、魔法、斥候。いずれもパーティーの平均値よりは上なのだが、特化したものがなく、このままではユキの言う通り、中途半端な構成になりそうではある。

「――う～む、ここは何かに専念すべきなのか？」

「現実はゲームじゃないんだし、別に構わねぇと思うぞ？　そもそもオレからすれば、ユキが言うなよって感じだし。お前って現状でも、全部平均以下の器用貧乏だからな？」

「ですよね。基本的にコピーしたものばかりで、スキルレベルもまだ1が多いですし」

「そ、それこそ禁句だよ!?　トーヤ、ナツキ！」

ががーん、と仰《の》け反るユキの肩に、俺は優しくポンと手を置き、微笑みを浮かべる。

「ナ、ナオ……」

心細げな表情を浮かべるユキに俺は言い放った。

「ユキって、凄く中途半端？」

「追い打ちかいっ！　あたしにも、優しい言葉をぷりーず！」

ビシリと良いツッコミが返ってきたが、ちょっとくらい良いだろ？

俺も少し気になってたことを言われたんだから。

「まぁ、器用貧乏が嫌なら対象を絞《しぼ》るか、他人《ひと》以上に努力するしかないよな、お互《たが》い」

「他人以上に努力って……今でもあたしたち、かなりの時間を訓練に充《あ》ててるよね？」

「だな。つまり、他のパーティーメンバー以上に努力する余地はない、と」

時間は平等、誰にでも。時空魔法が使える俺でも、それは変わらない――たぶん。

すんごくレベルアップしたら、判らないけど。

まぁ、誰もサボっていない現状では、万能《ばんのう》型の俺たちと特化型の差は広がる一方である。

「それじゃあんまり意味ないよぉ……」

「別に良いじゃない、器用貧乏でも。さすがに全部のスキルを上げるのは無謀《むぼう》だと思うけど、色々できるようにするのは、そう悪くないと思うわよ？　常に五人で行動するとも限らないんだし」

「ですよね。分かれて行動するときには、ユキは『使い勝手が良い』と思います。少し言葉は悪いですが。むしろ、トーヤくんはもう少しスキルを増やしても……」

少し悲しそうに眉尻《まゆじり》を下げたユキをハルカとナツキがフォローして、トーヤに視線を向けた。

「おっと、ブーメランが飛んできた。オレも思わなくはないんだが、完全な戦士タイプでキャラメイクしたからなぁ……」

「俺のお勧めは獣耳忍者《にんじゃ》──おっと、おしゃべりは終わりだ。敵、反応あり」

「え、そこで止めるか？　妙《みょう》なパワーワードを口にして？」

先頭を歩いていたトーヤが驚いた顔で振り返るが、俺はさらっと無視して言葉を続ける。

「反応は一つ。オークじゃない。脅威って感じでもないから、オーガーでもなさそうか？」

「返答なし⁉」

「トーヤ、うるさい。一つなら戦ってみるべきでしょうね」

「ハルカも酷《ひど》い……で、方向は？」

一刀両断されて耳を伏《ふ》せたトーヤだったが、すぐに真剣《しんけん》な表情になって耳と目を動かす。

「あっちの方向、八〇メートルぐらい。消去法でバインド・バイパー、か？」

ナツキに聞かされた情報が正しいのであれば、群れるスカルプ・エイプの確率は低く、オーク・リーダーよりも強いというオーガーにしては反応が弱い。

「なるほどな。そいじゃ、強さの確認《かくにん》も兼《か》ねて、まずはオレが戦ってみても良いか？」

「……大丈夫かしら？　皮が強靱《きょうじん》って話だったけど」

「それの確認も含《ふく》めてだ。無理なら、戦い方を考えないといけねぇしな」

一匹《ぴき》であれば、危なくなっても十分に援護《えんご》は可能だろうと、トーヤの提案を受け入れた俺たちはバインド・バイパー（仮）の方へと進路を取り、残り一〇メートルほど。

トーヤの【索敵】でも存在が確認できたらしく、こちらを振り返って頷いた。

「木の上にいるみたいだな。まだ見えないが」

「気を付けろよ？」

「もちろん」

ゆっくりと慎重に足を進めるトーヤ。

そして【索敵】の反応がトーヤと重なったその時、唐突に樹上から細長い物が伸《の》びてきた。

太さは直径二〇センチぐらいか。濃緑の大蛇《だいじゃ》が身体《からだ》を伸ばしてトーヤの首を狙《ねら》う。だが、警戒していたトーヤにとってそれを躱《かわ》すぐらいはわけもなく、素早《すばや》く一歩引き、剣を振った。

「――っ！　硬《かて》ぇ⁉」

響いたのはタイヤを叩いたような、「ばいんっ」という鈍《にぶ》い音。バインド・バイパーの胴体《どうたい》が大きく撓《たわ》むが、ダメージを受けた様子はなく、身体を縮めて木の上に戻ろうとする。

「どうする？」

「頼む！」

尋ねたのはハルカ。応えたのはトーヤ。

次の瞬間《しゅんかん》には、ハルカが放った矢がバインド・バイパーの目に突《つ》き立っていた。

「シャアァァァ――――！」

耳障りな叫《さけ》び声と共に、バインド・バイパーが大きく口を開けるが、そこにナツキが突きだした槍《やり》が突き刺《さ》さり、そのまま木に縫い止めた。

「よっしゃ！　任せろ！」

動きが止まった頭をトーヤが狙う。胴体には弾《はじ》き返されたが、硬い物に鈍器は効果的。

ナツキがタイミング良く槍を引き抜《ぬ》くのと同時に、トーヤがバインド・バイパーの頭に剣を叩《たた》きつけ、ゴシャリという音と共に頭蓋骨《ずがいこつ》を粉砕《ふんさい》、木の幹を血飛沫《ちしぶき》で染めた。

「やったか？　……フラグじゃないぞ？」

「いや、この状態から復活するとかはないだろ、いくら何でも」

頭を完全に叩きつぶされ、木の上からだらんと垂れ下がったバインド・バイパーの胴体。

それを俺が槍で突《つ》くと、シュルシュルと解《ほど》けてドサリと地面に落下した。

「うわー、長～い！　どれどれ？」

ユキが興味深そうに尻尾を掴《つか》み、ずりずりと引っ張ってその胴体を伸ばす。

「四……いや、五メートルは超《こ》えてんなぁ。太さも……ユキの太股《ふともも》ぐらいはあるか？」

たまたま傍に立っていたからだろう。トーヤが見比べるように少し目線を上げて、ポロリとそんな言葉を漏《も》らした。が、それはあまりにも迂闊《うかつ》だった。

「——それは宣戦布告と取れば良いのかな？　かな？　今宵《こよい》の虎徹《こてつ》は血に飢《う》えてるよ？」

小太刀をカチャリと鳴らし、腰《こし》を落としてニコリと笑うユキ。

まさか本気ではないと……いや、トーヤの尻尾を裸《はだか》にするぐらいは、やりそうな迫力《はくりょく》があるな⁉

トーヤもそれを感じたのか、慌《あわ》ててブンブンと首を振った。

「間違えましたっ！　ユキの胴体ぐらいです！」

「それはあたしが寸胴《ずんどう》ってことかな⁉　さすがにこんなに真《ま》っ直《す》ぐじゃないからねっ！」

「いえ、ウエストです！　ユキのウエストはこれより細いです！」

「え、そうかな？　って、さすがにそれは嘘《うそ》っぽい。——もう、言葉には気を付けてよねっ。最近、本当に足が太くなってて気にしてるんだから！　弛《たる》んでないのが唯一の救いだけど……」

ユキは不満げに口を尖《とが》らせるが、実際、バインド・バイパーはそれぐらい太い。

もしくは、ユキはそれぐらいに細い。

もちろん賢明《けんめい》な俺は、詳細《しようさい》に言及《げんきゆう》したりはしないが。

「冒険者ですから仕方ないですよ。足腰《あしこし》の強さは踏《ふ》み込みの強さに直結しますし、戦う以上は鍛えるしかありません。命が一番大事ですから」

「ってことは、ユキ以上に接近戦が得意なナツキは——」

長い袴《はかま》で隠《かく》されたナツキの下半身にトーヤの視線が流れた瞬間、ひんやりとした声が響いた。

「——トーヤくん？」

「なんでもありませんっ！」

迂闊、再びである。トーヤは慌ててナツキに背を向け、バインド・バイパーを見る。

「鑑定、鑑定っと。素材は皮と肉か。肉？　食えるのか、これ？　めちゃくちゃ硬かったんだが」

「……誤魔化《ごまか》したな。まぁ、美味《うま》そうには見えないよなぁ、これ」

追及するのも可哀想《かわいそう》とスルーして、槍の柄《え》でバインド・バイパーの死体を叩いてみるが、返ってくるのはボコン、ボコンと、やはりゴムタイヤでも叩いているかのような弾力《だんりょく》。

「皮も丈夫そうだよな。ユキ、これって切れるか？」

「えっと、小太刀で、だよね？　ちょっと待って。——えいっ！」

ユキが試《ため》しにと斬《き》りつけたが、結果は微妙。皮こそ切れたが、あまり深くは切り込めていない。

動かない相手でこれだから、戦闘時には更《さら》に微妙な結果となるだろう。

「これじゃ、頭を切り落とすのは無理か。実は案外、強敵？」

「さっきみたいに頭を固定してくれれば、オレが潰《つぶ》せるが……ナツキならどうなんだ？」

「私ですか？　……ハルカ、少し小太刀を貸してください」

「ん、どうぞ」

元の世界でも技術を身に付けていたうえ、現在も【刀術 Lv.1】のスキルを持つナツキ。

その結果は、と全員が見守る中、小太刀を手にしたナツキが死体を前に腰を落とす。

そして、ゆっくり息を整えると……一気に小太刀を抜き放ち、斬りつけた。

その所作は見事。素人の俺から見ても、ユキより数段滑《なめ》らかな動き。

だがそれでも、切断できたのは胴体の半分まで。骨の部分で刃《は》が止まってしまった。

「ふぅ。少なくともこの小太刀では無理ですね。据《す》え物斬りでこの結果ですから……。背骨を断ち切るのは難しそうです」

「確かに、コイツの背骨は硬そうだなぁ」

「でも、薙刀《なぎなた》を使えば、遠心力と重量で押し切れるかもしれません」

「トミーに頼めば作ってくれるかもしれないが……必要性があるかだよな。魔法もあるし」

それに森という場所では、振り回すタイプの武器は少し相性《あいしょう》が悪い気がする。

「はい。基本、出てくるときは一匹ですし、槍も刺さります。止《と》めはトーヤくんがいますから」

「ナツキが欲《ほ》しければ作っても良いと思うけど……それは属性鋼を作った後、武器を頼むときに考えましょ。取りあえずはこれの解体。他の獲物《えもの》に比べると簡単そうなのはメリットよね」

「うん。気分的には鰻《うなぎ》を捌《さば》いているような感じだよね。やったことはないけど」

「一般人《いっぱんじん》は、鰻を捌く機会なんかない——って、俺たち以前捕《つか》まえたよな。あれは？」

「マジックバッグの肥やしね。折角《せっかく》なら美味しく食べたいし。お醤油《しょうゆ》が見つかると良いんだけど」

機会があったよ、と思って尋ねてみたのだが、そういうことらしい。

まぁ、蒲焼《かばや》きじゃなければそう美味そうな魚でもないし、無理して食べる必要もないだろう。

「バインド・バイパーは鰻より捌くのが簡単そうですよ？　骨離《ばな》れが良いです」

頭の残骸《ざんがい》から魔石を回収し、尻尾まで切れ目を入れて内臓は廃棄《はいき》。そして、ナツキが骨を引っ張ると、それだけでスルスルと綺麗に抜けた。あとは皮と肉を分ければ終わりなのだが……。

「なかなかに……微妙な肉の色ね」

「だよな。てっきり白いのかと。あまり美味そうに見えない」

バインド・バイパーの肉の色は鮮《あざ》やかな赤だった。

哺乳類《ほにゅうるい》ならば赤い肉も普通だし、魚類だってマグロは赤い。気にしすぎなのかもしれないが……。

「純粋《じゅんすい》な味ではオークの方が美味しいそうですよ？　入荷数が少ないので、同じぐらいの値段で売れるみたいですけど。逆に皮は高く売れます」

「なかなか綺麗ではあるよな、この皮。深い緑で……そういえば、蛇《へび》が苦手な人は？」

蛇や蜘蛛《くも》は嫌《きら》われる代表格。だが、今回の戦闘、女性陣《じょせいじん》の誰も悲鳴を上げたりはしなかった。

ちなみに俺は、芋虫《いもむし》とかがダメである。

もし魔物として出現したら、遠距離《えんきょり》から魔法で焼き尽《つ》くす所存である。

「あたしは少し苦手だけど、ここまでのサイズになると、それ以前の問題というか……」

「それはありますね。蜘蛛なんかも別物って感じです」

「ある程度は割り切りよね。最初は解体するのも吐《は》きそうだったし。――よし、できた」

ハルカが剥《は》ぎ終えた皮をくるくると丸めてマジックバッグへ突っ込み、残った肉も適当なサイズにカットしてバッグの中へ。全員を『浄　化《ピュリフィケイト》』で綺麗にして一息つく。

「ふぅ、終了っと。それじゃ、次は魔法で戦ってみましょうか。それで斃すのに苦労するようなら、より深い場所で銘木を伐る余裕なんてないだろうし。ナオ、見つけられる？」

「問題ない。ちょっと遠いが……こっちだな」

「あ、その前に良いですか？」

次のバインド・バイパーへと向かおうとした時、ナツキが手を挙げてバッグをゴソゴソ。

「実は昨日、【薬学】で作った治療《ちりょう》用ポーションが完成したので、渡《わた》しておきますね」

出てきたのは、栄養ドリンクの半分程度の瓶《びん》。ナツキはそれを全員に配る。

見た目は少しだけ緑っぽい液体だが、これがポーションなんだろうか？

「上手くできたのか？」

「はい。これまでは使い道がなかった【薬学】ですけど、ちょっとは役に立ちますよ？」

「これまでも役には立っていたが……保険だったもんなぁ」

今までナツキが作っていた薬は、整腸剤《せいちょうざい》や痛み止めなど。

家庭の薬箱に入っていそうな物で、持っていることに安心感はあったのだが、【頑強《がんきょう》】スキルのおかげか、幸いなことにこれまでお世話になることはなかった。

「今回のはちゃんと怪我《けが》にも効くはずです。魔法ほど劇的ではありませんが。傷にかけても、飲んでも良いですが、かなり苦いのが難点ですね。苦いと言われる漢方薬ぐらいに」

「なるほど？」

ナツキの解るような、解らないような喩《たと》えに首を捻る俺。漢方薬なんて飲んだ覚えがないし。

頷いているのは……トーヤだけか。なんとも嫌そうな顔で。

「トーヤ、解るのか？」

「ああ。――知ってるか？　漢方薬って顆粒《かりゅう》で処方されるけど、正式にはアレをお湯で溶《と》かして飲むんだぜ？　オレが飲んだのは薬剤師《やくざいし》が『特に苦い』と言う物だったから、かなり……」

トーヤはその味を思い出したのか、少し遠い目をして口をへの字に曲げる。

本来は長期間飲むのが漢方薬の使い方らしいが、トーヤは処方された分だけは飲みきったものの、それ以降は止めてしまったとか。俺は粉薬も苦手だから、漢方薬は無理かもしれない。

もっともこの世界では、漢方薬を飲む機会はないわけで。

だが、逆にポーションは存在するわけで。可能ならば飲みたくはない。

「取りあえずこのポーションが苦いことは理解した。で、飲む意味はあるのか？」

掛けるだけで効くなら、あえて飲む必要はないよな、苦いのに。

「飲むと、しばらくは効果が続きます。傷をすぐに治したい場合は掛けた方が良いです。そのときの状況《じょうきょう》で選んでください。基本的には私かハルカが魔法で治すと思いますけど、危ない場合には躊躇わずに使ってくださいね。いくらでも作りますから」

「……あぁ、ありがとう」

ナツキに微笑みながらそう言われては、お礼を言う以外ない。

――うん、魔法で治療する余裕がないような戦闘は、ますます避《さ》けないとなぁ。


数こそ多くないが、森の奥にはそれなりに生息しているのか。

そう遠くない場所にいたバインド・バイパーと、今度は魔法を主体にして戦ってみたところ、その強靱な皮も、オークを一撃で屠《ほふ》る俺たちの魔法の前では無力だった。

頭を狙うことさえできれば一撃。ドサリと木の上から落ちてくる。

だがそれは、バインド・バイパーが雑魚《ざこ》ということを意味しない。

その緑色の表皮で青々と茂《しげ》った枝の中に隠れられてしまうと、見つけるのは非常に困難。気付かずにその下を歩けば、伸びてきた胴体が首に巻き付き、絞め殺《し》されるか、首の骨を折られるか。

俺たちは【索敵】で目星を付け、『光《ライト》』も併用《へいよう》して対処しているが、それがなければこの森を歩くことは精神的にとても疲《つか》れるだろうし、被害《ひがい》なしで移動することも難しいだろう。

ホント、銘木の伐採が行われていない理由がよく判る。

「でもこれで、ナツキ以外は斃せるってことだよね！　この辺でも、あんまり心配はないかも？」

「む。私も頑張れば斃せますよ？　……槍の強度にちょっと不安があるだけで」

少し拗《す》ねたように言ったナツキに、ハルカが慌てて言葉を挟《はさ》む。

「無茶しないでね⁉　その槍だって、結構高いんだから」

「解ってますよ。言ってみただけです」

ナツキの槍は金貨一四〇枚。

今の俺たちなら問題なく稼げるが、庶民《しょみん》なら一年は暮らせる額である。

「それからユキも。気は抜かないように。遭遇していない敵だっているんだから」

「当然。何はなくともオーガー、それからスカルプ・エイプ。あとは……鹿？」

「鹿か。肉のために一度ぐらいは狩《か》ってみたいが、継続的に狙うかは買い取り価格によるな」

「そいや、値段は見てなかったな。ちょい待ってくれ。えーっと……」

トーヤが取り出したのは、先日も見た『獣・魔物解体読本』。

「えっと……バインド・バイパーは皮と肉を合わせて三万レア弱。鹿は、ブラウン・エイクってのか？　処理方法によって幅《はば》があるみたいだが、一万五〇〇〇から三万ぐらいだな」

パラパラと本を捲《めく》ってトーヤが教えてくれた情報に、ユキが少し驚いたように目を瞠《みは》る。

「え、思ったより高いね？　猪よりもお肉、少なそうなのに。実は効率の良い獲物だったり？」

「でも、狩られていないってことは、何かあるんじゃないですか？」

「猪よりも強いとか？　――ちょうどそれっぽい反応もあるし、見に行ってみるか」

俺の提案に反対はなく、早速《さっそく》【索敵】の反応を頼りに森を進んだ俺たち。

だが、見えてきた光景は、ちょっと予想外のものだった。


「鹿、だな」

「鹿、ね」

「鹿、です」

「鹿、だね――って、あれ、縮尺がおかしくない!?　遠近法を使ったトリックアート？」

トーヤがポカンと口を開け、俺たちが異口同音に言葉を漏らすが、それも仕方ないだろう。

『鹿』と聞いて俺の脳裏《のうり》に浮かんでいたのは、ニホンジカ。

もしかするとエゾシカぐらい大きいかも、という予測はしていたが、それにしたって長い角が少し厄介な程度で、今の俺たちの身体能力と魔法があれば、大した脅威でもない。

数匹《ひき》纏めて相手取ったとしても、簡単に蹴散《けち》らして夕食のメインディッシュにできる――とか思っていたのだが、視界の先に現れたのは、そんなモノではなかった。

体長は三メートルを超え、足の太さはハルカの胴《どう》よりも太く、頭の高さはトーヤよりも上。

更にその上に巨大な角が鎮座《ちんざ》しているのだから、威圧感《いあつかん》もハンパない。

サイズ的には巨大なヘラジカ。だが、見た目的にはニホンジカに近い。

遠距離から問答無用で魔法をぶっ放せば問題ないと思うが、接近戦を挑《いど》むのはかなり危険そう。

少なくとも、あの角で突かれたり、足で蹴《け》られたりすれば、大怪我は免《まぬが》れないだろう。

「なるほどねぇ。シモンさんが殊更《ことさら》『鹿とかも出る』って言った理由は、これだったのね」

一般人なら野生の鹿も危険だろうが、冒険者が警戒するほどではない。それにも拘《かか》わらず注意を促《うなが》したのだから、普通の鹿じゃないことは想像して然《しか》るべきだったのだろう。

「……誰だよ。猪より肉が少ないとか言ってたの」

「だって、あんなに大きいなんて聞いてないよ！　ヴァイプ・ベアーよりも大きいじゃん！　ルーキーに注意を促すなら、こっちの鹿も対象にすべきなんじゃないかな⁉」

トーヤのぼやきにユキが小声で抗議するが、俺もユキと同じようなものなので同罪である。

というか、あのサイズは誰も想像だにしていなかっただろう。

「ユキ、たぶんルーキーは、こんなところまで入ってこないぞ」

「そうね。来られるなら下調べもするだろうし……トーヤ、本に大きさは書いてなかったの？」

「いや、あれは図鑑《ずかん》じゃなくて、解体の仕方が書いてあるだけだから」

「これは本格的に、魔物事典の購入を検討すべきかしら……？」

俺たちも魔物事典は持っているのだが、それは古本屋で見つけたもの。

ハルカが言っているのは、冒険者ギルドで注文すると購入できる魔物事典で、確か一〇冊以上で一揃《そろ》い。現在知られている魔物が網羅《もうら》されている事典である。

持っていれば便利なのは間違いないのだが、冒険者ギルド監修《かんしゅう》の下、挿《さ》し絵まで入ったしっかりした本なので、当然お値段も高く、普通の冒険者が簡単に手を出せる代物ではない。

「……ちなみにあれって、動物分類だよな？」

「……動物事典もあるのかしら？」

「……お金が掛かりそうですね」

「あ、ブラウン・エイクの角は高く売れるから、魔法を当てるなよ？」

「確実に狙える距離まで近付けと？　あの巨体《きょたい》だぞ？　なかなか難しいことを……」

猪なら一〇メートルも離れれば、十分な距離である。

だがあの鹿ならその程度の距離、数歩踏み出して角を振り下ろすだけで届いてしまうだろう。

もしも体当たりされてしまえば、細身の俺など簡単に空のお星様、もしくは百舌《もず》の速贄《はやにえ》。

なかなかにスリリングである。

「――けど、斥候系スキルを鍛える良い機会か。ちょっと行ってみる」

「え、ナオ、行くの？　もしかして、あたしが『ナツキの方が斥候向き』って言ったの、気にしてた？　大丈夫、あたしも仲間、仲間。お揃いだよっ！」

「違うわ！　――いや、多少は気にしてるが、そのために無理するつもりはない」

元気付けるように手を握《にぎ》ってくるユキを振り払い、ナツキとハルカに視線を向ければ、二人は少し不安そうな表情ながらも、小さく頷いた。

「気を付けてくださいね？　ニホンジカですら、角で突かれると死ぬことがありますから」

「お金よりも命。危険な場合は素材なんて無視して、魔法で吹っ飛ばすのよ？」

「おう。危なくなったら形振《なりふ》り構わず斃すか、素直《すなお》に逃げる」

俺はハルカたちから離れ、気配を殺して灌木《かんぼく》に身を隠す。

そこからブラウン・エイクの背後を目指し、大回りで近付いていく。

ブラウン・エイクの周辺に大きな木が生えていないのは、その巨体と大きな角が邪魔《じゃま》するからか。

あれでは森の中を歩くのも苦労しそうだ。上手く誘導《ゆうどう》すれば案外斃しやすい敵かもしれない。

「（もうちょい……）」

身を隠せるギリギリの場所まで近付くと、聞こえてきたのはブラウン・エイクが食事をするムシャムシャという音――いや、違うな。バリバリ、メキメキって言った方が近いな。

そっと窺《うかが》えば、葉っぱや木の皮どころか、太めの枝も纏めていっちゃってる。

あんまり美味そうには思えないが……凄い食欲である。

あのペースだと、山とか森とか風前の灯火《ともしび》って気がするが、捕食者《ほしよくしや》がいるのだろうか？

食事しながらも耳をピクピク動かしているのは、その捕食者を警戒しているのかもしれないが、あの大きさの鹿を捕食する動物とか、出会いたくないなぁ……。

一応俺も、ブラウン・エイク以外の存在にも警戒しながら、更に抜き足差し足、近付いていく。

――と、唐突にブラウン・エイクが食事を中断、顔を上げて辺りを見回した。

俺は慌てて動きを止めて、息を潜《ひそ》める。

ブラウン・エイクの視線は……正面方向に向いているな。ハルカたちが気付かれたのか？

人数的にも、スキル的にも、俺より確率が高いが、ここで逃げられるのは面白くない。

俺は【忍《しの》び足】のスキルを信じて一気に距離を詰《つ》めると、素早く『火矢《ファイア・アロー》』を放った。

その熱を感じたのか、鹿が僅《わず》かに頭を動かすが、それは遅きに失した。

ドンッという音と共に『火矢《ファイア・アロー》』が後頭部に突き刺さり、その頭を半ばえぐり取る。

巨体だけあって完全に吹き飛ばすには至らなかったが、それでも十分な致命傷《ちめいしょう》。そこから大量の血を噴《ふ》き上げながら、ブラウン・エイクの巨体がゆっくりと傾《かたむ》き、ドンとその場に倒れた。

「ふぅ……」

「お見事です、ナオくん」

万が一の際にはフォローしてくれるつもりだったのだろう。

魔法を放つと同時に飛び出していたハルカたちに歩み寄り、俺は小さく肩をすくめた。

「ま、デカいとはいえ、動物だしな。けど、ある意味、魔物よりも警戒心《けいかいしん》は強い気がするな」

「私たちに気付いたみたいだものね。襲ってこなかったのは、魔物じゃなくて動物だから？」

「かもしれません。その分、狩りにくいとも言えますが……私でもなんとかなったでしょうか？」

遠距離攻撃を持たないナツキだが、スキル構成は斥候系。【隠形《おんぎょう》】スキルも持っているし、一人だけなら槍で攻撃できる距離まで近付けたかもしれないが——。

「目的は斃すことなんだ。無理する必要はないだろ？」

「そうだよ。反撃されて怪我する危険もあるんだから。この脚《あし》で蹴られるだけでも死ねるよ？」

ユキが指さした脚は、改めて近くで見ると本当に太い。

その先にある蹄《ひづめ》の大きさも、俺が手のひらを広げてもまったく届かないほど。

こんな物で蹴り上げられるとか、恐怖《きょうふ》でしかない。普通の馬ですら肋骨《あばらぼね》ぐらいは簡単に折れるのだから、これならば内臓は確実にグチャグチャになることだろう。

「マジでけぇよなぁ。象くらいあるよな、これ――って、ヤベ、早く血抜きして解体しねぇと。肉の価値が落ちるぜ？」

「おっと、そうだったな。まずは……吊《つ》り下げるか」

パシパシと鹿を叩いていたトーヤに指摘《してき》され、俺たちは急いで解体作業に取り掛かる。

幸い、少し離れた場所には太い木が何本もあるため、場所の選定には苦労しない。

俺が丈夫そうな木に登ってロープを垂らすと、鹿を引き摺ってきたトーヤがその後ろ脚にしっかりと結びつける。あとは全員でロープを引っ張って、鹿を吊り下げれば解体準備は完了《かんりょう》である。

「……角が邪魔ね。まずはそれから切りましょ。やっぱり、鋸かしら？」

「ほーい。銘木の前に鹿の角で活躍かぁ」

鋸は一人一本準備済み。苦笑を浮かべつつも、ユキが率先して切り始めれば、トーヤも鋸を取り出して、ギコギコともう一本の角をカット。「思ったより軽いな？」などと呟《つぶや》いている。

「それじゃ、次は首を落としますね」

そんなことを軽く言いながら、ハルカから借りた小太刀で首を切り落としたのはナツキ。

頸椎《けいつい》の存在を物ともせず、スッパリと。見事な技術である。

その切り口から流れ出た血を受けるのは、ユキが土魔法で掘《ほ》った穴である。

巨体だけあって血液量も多く、既《すで》にバケツで掬《すく》えそうなほどの量が溜《た》まっている。

「うへー、だいぶ慣れたが、血の臭《にお》いがきついなぁ……」

「これから捌くから、もっとよ。まずは内臓を取り出すとして……これは捨てるのよね？」

「食えるが、処理が面倒なだけでそこまで美味くないそうだし、ポイで良いだろ。あ、言うまでもないと思うが、腹を割くときに傷つけないように注意してな」

「了解《りょうかい》。っと……手が届かない」

「そうだな？」

解体用ナイフを持った手を頑張って伸ばすハルカだが、胴体だけでも三メートルほどあるのだ。

それを吊り下げてしまえば、上まで手が届くはずもない。

「えーっと、代わるか？　もしくは、何か土台になる物を……」

「ナオ、肩車《かたぐるま》して」

不満そうな顔でハルカに言われては、「はい」以外の返答はない。

トーヤが本を見ながら指示を出し、俺の肩に上ったハルカが解体用のナイフで腹を割けば、湯気を上げる内臓がデロリと目の前に垂れ下がる。見慣れたものではあるが、見て楽しいものではなく、それはさっさと穴の中に投棄《とうき》。次の作業に移る。

「次は皮だな。デカい方が高く売れるから、破かないようにな」

「いや、それはまたで良くないか？　マジックバッグもあるんだから」

吊《つる》したままだと、再び俺が肩車をするはめになる。

それ自体は別に良いのだが、確実に作業しにくいし、それで失敗したら皮がもったいない。

「……それもそうだな。それじゃ次」

俺の言葉にトーヤも頷き、本のページを指でなぞりながら手順を確認。

「えーっと……あとは、川の中に放《ほう》り込んで冷やすのがベスト、って書いてあるが、これは無理だな。魔法で冷やしたら、氷と一緒にマジックバッグに放り込むか」

「はいはい。冷蔵庫ぐらいの温度で良いのかしら……？」

「一応俺も、『冷却《コールド》』が使えるようにはなったが……やろうか？」

これは最近覚えたレベル4の火魔法。水魔法の『冷　凍《フリージング》』に比べると効率は悪いが、肉を冷やすぐらいなら問題ない。属性による差か、零下《れいか》にまで冷やすのはかなり大変だが。

「大丈夫よ。ナオはユキを手伝ってあげて」

「了解。——あぁ、ユキ。もうちょっと穴を深くした方が良くないか？　血が溢《あふ》れるぞ？」

「そうみたいだねぇ。思ったより染《し》み込まなかったよ」

血で満たされた穴を、一度より掘り下げてから埋《う》める。そこにセットするのはマジックバッグ。その状態でロープを緩めれば、巨大な鹿肉がその中に収まるという寸法である。

「解体の手順は難しくはないですが、少し大変ですね……」

「そうね。大きさがネックなのよね。毎回ナオに肩車してもらうのもどうかと思うし？」

「それはまぁ、別に良いんだが――」

重いわけでもないしと続けようとした俺に、ユキがニヤリと笑う。

「ハルカの太股も楽しめるし？」

「あら？　そうなの？」

「そうそう、実は――って、わけあるか！」

ユキの戯《ざ》れ言に乗って、ふふっと笑うハルカにツッコミを入れつつ、俺はため息をつく。

「問題は収益性だ。普通の鹿をイメージしていたから稼げるかと思ったが、これならバインド・バイパーの方が楽だろ。数もそう多くないようだし」

バインド・バイパーが三万レア弱なのに対し、こっちは一万五〇〇〇から三万ぐらい。

戦闘時間と処理時間を考慮《こうりょ》すると、狙う意味がない。

「確かになぁ。斃すのは難しくねぇけど、後処理がなぁ。――楽しめないナオには申し訳ないが」

「だから違うっつーの。ま、遭遇したら斃す程度で良いだろ？」

「別にオレは構わねぇよ？　けど、美味ければ方針転換《てんかん》ありで」

相変わらずお肉に忠実なトーヤの言葉に、俺たちは笑って頷いた。

◇　◇　◇

森に入り始めて二週間ほど。

俺たちはようやく、銘木と言うに相応しい木々が生えている辺りまで到達《とうたつ》していた。

ラファンからは、距離にして二〇キロぐらいだろうか？

この辺りまで来ると森の植生も少し変化し、高木の割合がかなり増えていた。木々の間隔《かんかく》も広がり歩きやすくなったのは良いのだが、太陽の光が遮《さえぎ》られて少々薄暗《うすぐら》いのはデメリットか。

ただその分、暑さは緩和《かんわ》されるので、これからの季節にはありがたいかもしれない。

「随分《ずいぶん》と太い木が増えましたね」

「そうね。高さも……ディンドルの木とは比べられないけど、かなり高いわね」

「けど、これぐらい太ければ、シモンさんも文句はないだろう」

実は俺たち、伐採自体はこれで二度目である。一度目の伐採はもう少し浅い場所。

練習を兼ねて伐った木をシモンさんの所に持ち込んでみたのだが、銘木としては微妙と言われ、無理のない範囲で構わないので、もっと深い場所で太い木を伐ってきてくれと頼まれたのだ。

そんな木でも普通よりは高く買ってくれたのだが、稼げるというほどの額ではなかった。

その木が直径三〇センチほどだったのだが、この辺りには直径五〇センチを超えるような木がゴロゴロと。少し探せば一メートルを超える物も普通に生えている。

俺が抱《だ》きついても、半分も手が届かないような木すらポツポツあるのだから凄い。

「これぐらい太ければ、銘木じゃなくても高そうよね」

そう言いながらハルカがポンポンと叩くのは、直径二メートルを超えるような巨木《きよぼく》。

それも真っ直ぐ綺麗に伸びていて、素人の俺から見ても明らかに高く売れそうな木である。

「中に割れなどがなければ、日本なら一〇〇〇〇万円を超える値段が付くかもしれませんね。最近は巨木が減って、神社仏閣を補修する木材にも事欠くそうですよ？」

もちろん木の種類にもよるのだろうが、お金を出しても買えないほど減っているらしい。

一部の鎮守《ちんじゅ》の森や霊山《れいざん》には残っていても、そのような場所の木を簡単に伐ることなどできるはずもなく、新しく植えたところで伐採できるのは遠い未来の話である。

「これほど大きな木だと、伐るのがもったいなく感じてしまいますね」

「同感。これだけになるのに、どれくらいの年月がかかったのかな？」

「私たちの人生の何倍も、でしょうね」

一際《ひときわ》巨大な木を見上げ、悠久《ゆうきゅう》の時の流れに思いを馳《は》せる俺たち。

だがそんな感傷を叩きつぶしたのは、トーヤだった。

「でも伐るんだろ？」

「……まあ、そうなんだが」

ここまで苦労してやって来て、伐らずに帰るという選択肢《せんたくし》はない。

ないのだが……やはり、感傷にすぎないか。

「せめて間引くような形で、間隔を空けて伐っていきましょ」

「間伐的にか。ま、今のところ俺たち以外、伐りに来る人はいないわけだしな」

幸いと言うべきか、資源の枯渇《こかつ》を心配する必要はなさそうである。

「でも、以前はこの辺でも伐採してたんだよね？　その痕跡《こんせき》が見当たらなくない？」

「そういえば、切り株を見た覚えがないな？　まさか、掘り起こしていたとも思えないが……」

畑にするわけでもあるまいし、そんなことをする理由がない。

だが、盛んに伐り出されていたと聞いたわりに、歩いていて目に付くこともなかった。

「一応あったぞ？　かなり朽《く》ちて、まともには残ってなかったが。その辺にも……ほら」

俺の疑問に答え、トーヤが近くの下草を掻《か》き分けて示したのは、確かに切り株の跡《あと》だった。

直径一メートルには満たないが、それでもかなりの大きさ。地上部はほとんど残っておらず、地中部分も朽ちて土になりかけ、そこから草も生えていて地面と同化している。

「切り株って長期間残るものだと思っていたんだが……いや、これがいつのかは判らないんだが。伐り出されなくなってからだから、最低でも一〇年以上か？　トーヤ、よく見つけたな」

この切り株が二〇年、三〇年前の物である可能性もあるが、他に目立つ切り株もないのだから、一〇年あまりで大半の物が朽ちたことは間違いなさそうである。

「朽ち木になる前に生えるマジックキノコという実例もありますし、もしかすると腐《くさ》りやすいのかもしれませんね。この辺りは、木の生長も早いそうですよ？」

「ちょこちょこと、不思議な物があるよね、この世界。ほら、インスピール・ソースとか」

「……確かにアレは、脅威の分解力よね」

「正直、バイオテロにならないあたりが不思議議です」

「同意。人が食べて良い物なのか、不安になるレベルだよな。――美味いから食べるわけだが」

それを考えれば、切り株の分解の早さぐらい、大したことでもないのかもしれない。

「それじゃ、そろそろ伐ろっか！　えっと、ハルカの選んだ木で良いのかな？　結構高いよね？」

見上げるユキに釣《つ》られるように視線を向ければ、その天辺《てっぺん》は遥《はる》か上。ディンドルという規格外を知っているので驚きはないが、それでもかなり高い木であることは間違いない。

「どれぐらいの高さがあるんだ、これ……？」

「そうですね……三〇メートルを超えるぐらいでしょうか」

答えを期待していたわけではなかったが、目を細めて見上げていたナツキから返答があった。

「よく判るな？　見上げただけで」

「三角関数ですよ。正確に測ろうと思えば器具が必要ですが、おおよその目安ぐらいなら」

「あ、そっか。四五度で見上げれば、計算しなくてもおよその高さは判るよね」

ユキが納得《なっとく》したようにポンと手を打つと、木を見上げながらぴょんぴょんと距離を取り、木から三〇メートルほどの所で止まって、うんと頷いた。

「倒すならこの方向かも！　ここを狙えれば、他の木には当たらないよ！」

「……いや、伐るのは俺たちだぞ？　素人には無理だろ、それは」

確かに木を傷付けないためには、倒す方向を計算することは重要だろう。

だが、ユキが示したその範囲は、狭い箇所《かしょ》は左右の間隔が五メートルほど。直径二メートルの木を倒すにはかなりギリギリで、角度が微妙にずれただけで、他の木に激突《げきとつ》してしまう。

「とはいえ、別の方向では、確実に他の木に当たってしまいそうですね。木に寄りかかった状態で止まってしまうと、非常に危険です。近付いたときに倒れでもしたら……」

「う～ん、今回は滑車《かっしゃ》も持ってきてるし、なんとかなるんじゃないかな？」

「先にロープを掛けて引っ張れば……いける、か？」

前回の伐採で得た知見を元に用意した道具、それが滑車。

トミーに頼んで作ってもらったその目的は、安全に木を引っ張ること。

昔見た伐採の動画でもやっていたことなので、効果はあると思いたい。

幸い俺とハルカなら、木の天辺付近にロープを結ぶこともさほど難しくはないわけだし。

「……ま、最初のうちは、私たちに当たらなければそれで良い、ぐらいのつもりでやりましょ。無理して事故が起きたら、元も子もないもの。――トーヤ、木を伐採する時の注意点は？」

「前回とはちょっと桁《けた》が違うもんな。えっと、まずは倒したい方向の幹に受け口を切る。それからその反対側、受け口の少し上の部分から切っていく。周囲をしっかり確認し、最後に楔《くさび》を打ち込んで倒す。倒す前には『たーおれーるぞー』と叫ぶ。そんな感じ」

「そうね、意外に重要ね、かけ声。このサイズの木、下敷《したじ》きになったら命に関《かか》わるわ」

「滅茶苦茶《めちゃくちゃ》重そうだよな」

地上何十メートルもの高さから、お相撲《すもう》さんがボディプレスを仕掛けてくると考えれば、その脅威は理解できるだろう――いや、硬い分、それよりも酷いか。良くて骨折、悪ければ死亡。

いくら身体能力が向上しているとはいえ、その強度を試す気にはならない。

「でもさぁ、一番の問題は木の太さじゃねぇの？　これ、斧でなんとかなる太さか？」

取り出した斧を、トーヤが木の幹に当ててみせるが、その差は歴然。

トーヤの斧は俺たちの物より大きいのだが、それでも刃渡《はわた》り三〇センチほど。

ぶっとい木の幹と比べると、それはあまりにも非力に見えた。

もう切ると言うより削《けず》っていく、という感じである。

「このサイズの巨木って、現代だと、どうやって伐るのかな?」

「以前見た動画では、長さが俺の身長ぐらいある巨大なチェーンソーを使っていたな」

「チェーンソーじゃ参考にならないわね」

「ハルカでも作れない?」

「魔道具でってこと? 研究すれば不可能とは言わないけど、あまり気は進まないわね」

「じゃ、あれか、超《ちょう》巨大な、冗談みたいな鋸。刃が妙に大きいヤツ」

トーヤがそう言いながら、「こんなの」と簡単な図を描《えが》けば、それを見たハルカが『うん』と一度頷いてから、首を振った。

「大鋸《おが》のこと? あれ、ギザギザは大きいけど、刃が付いてるのは先っぽだけだからね?」

ギザギザしているのは、大鋸屑《おがくず》を排出《はいしゅつ》しやすくするためなんだとか。

そもそも大鋸は製材に使う鋸で、伐採では使わないらしい。

「鋸なら、両引き鋸ということになるのかしら? 両方から二人で引くタイプの」

「それは買ってないぞ?」

「そうなのよね。斧でなんとかなると思ってたから……」

一本ぐらいなら頑張れるかもしれない。

だが、実際に来てみると、想像以上の巨木が何本も存在していた。

「これ、一本だけでも十分にキツそうだが、何本もとかマジで死ぬぞ？　——トーヤが」

「斧だけ倒すのは凄く時間がかかりそうだものね。一体どれほど大変か。——トーヤが」

「いくらなんでもこれを一人でやるのは……筋肉痛になりそうですよね。——トーヤくんが」

「でもでも、普段から鍛えてて力もあるし、きっと頑張ってくれるよ！　——トーヤが」

「仲良いなお前ら⁉　いや確かに、このパーティーで斧を振るのが誰の仕事かと言えば、当然のようにオレだけどさ！　知的労働者の皆《みな》さんは、魔法でなんとかしてくれないんですかねぇ⁉」

流れるように押し付けにかかった俺たちに、トーヤが激しく抗議。

前回は何も言わずに一人で伐ってくれたのだが、さすがにこの巨木はキビシイらしい。

「えー、折角の活躍の場面なのに？　以前、取らないって言ったじゃん」

「活躍にも限度がある！　オレの筋肉は有限なの！　前回木を伐った時、実は翌日辛かったの！」

「大丈夫、大丈夫！　ナイスバルク！　仕上がってるよ！　大胸筋は喜んでるし、僧帽筋《そうぼうきん》は山脈で、上腕二頭筋《じょうわんにとうきん》ははち切れそうだ。キレてる、キレてるよ！」

「きれるの意味がちがーう！　適当な掛け声を入れんじゃねぇ——‼」

いや、それなりに本気なんだが。今の俺には縁遠《えんどお》いものとなってしまったわけだし。

鍛錬《たんれん》はトーヤと同じぐらいやってるんだが、筋肉には反映されないんだよなぁ、この身体。

ムキムキになりたいわけじゃないが、細マッチョぐらいにはちょっぴり憧《あこが》れる。

「……なぁ、ナオ。オレのこと、煽《おだ》てれば木に登るとか思ってね？」

「登らなくて良いから伐ってくれ。代わりに俺が木に登る。ロープを掛けるために」

「誰が上手いこと言えと。――で、実際どうなんだ？　魔法で伐れたりしないのか？」

「魔法かぁ。以前話題に出たし、あれ以降、俺も検討はしてみたんだが……ユキはどうだ？」

どんなものかと話を振ってみると、ユキは自分を指さして目を丸くした。

「えぇ!?　あたし？　試してはみたけど、無理っぽいよ？」

トーヤ以外の魔法が使える面々は、地道に魔法の訓練も続けているのだが、実際の戦闘で使われるのはほぼ火魔法オンリー。一番火力が高く、火耐性《たいせい》持ちの魔物なんてのも、今のところ遭遇していないので、他の魔法が使われる余地がないのだ。

……あぁ、アンデッドだけは別か。

まだ数えるほどしか戦っていないが、アンデッドは『浄化《ピュリフィケイト》』で綺麗さっぱり消えてくれるので、これが最適。火魔法に対して、明確なアドバンテージがある。

だが、他の魔法に関しては微妙。むしろ戦闘より、日常生活で活躍している。

簡単に風呂《ふろ》に入れるのも、身綺麗《みぎれい》に過ごせるのも、寒さを気にしなくて良いのも、雨に濡れずに済むのも、すべて魔法のおかげ。

派手さはないが、とても重要な役割を担っているのだ。

「『水噴射《ウオーター・ジェット》』と『砂噴射《サンドブラスト》』という話でしたよね？　ユキ、どんな感じなんですか？」

「言っとくけど、『水噴射《ウオーター・ジェット》』って、そのままだと高圧洗浄機《せんじょうき》にも劣《おと》るんだよ？」

そう言いながら、ユキが人差し指を木の幹ギリギリに近づける。

「できるだけ圧力を上げてみるけど、あまり期待しないでね？　むむむっ……『水噴射《ウォーター・ジェット》』！」

ユキの指先からズババッと水が迸《ほとばし》り、木の幹を抉《えぐ》る。

そのままゆっくりと指をずらしていけば――。

「……削れているのは、表皮だけね」

「知ってるか？　木材の皮を剝《む》くのに、高圧洗浄機を使う場合もあるらしいぜ？」

「ユキ、もうちょっと頑張れない？　水の量はそのままで、もっと細く絞るとか」

「無理無理、限界！　というか、魔力も限界！　終わり！」

指から出していた水を止め、ユキが「ふぃ～～」と息を吐いて額の汗《あせ》を拭《ぬぐ》う。

ユキが魔法を使った場所を改めて確認してみるが、やはり削れているのは表皮のみ。これでは効率が良くない……という以前に、表皮程度なら鋸で挽けば簡単に切れるので、何の意味もない。

「せめて幹が削れれば、ちょっとは価値があるんだが……」

「むぅ～～！　そんなこと言うなら、ナオもやってみれば良いんじゃないかな⁉」

「おっと。同じ万能《ばんのう》系でも、ユキとは違うところ見せつけろと？　仕方ないなぁ！」

「全然仕方ない声色《こわいろ》じゃないよねっ⁉　くそぅ、これ、何か目処《めど》が付いてるな？」

悔《くや》しそうに地面をドンドンと踏みしめるユキの頭を、ポンポンと叩く俺。

「ふっふっふ、ユキくん、主役は遅《おく》れて登場するものだよ？」

「あたしは前座かよっ！　差を見せつけられるために、こんなに魔力、使ったの？　あたしは‼」

「…………もしかしたら、ズバッと切れる魔法でも開発したかと思って」

「全然思ってもなかったよねっ！　これでショボかったら、指さして笑ってあげるからね！」

「まぁ見ているが良い。俺の努力の成果を！」

使うのは『水噴射《ウオーター・ジェット》』と『砂噴射《サンドブラスト》』をブレンドした魔法。現代のウォーターカッターでも採用されている、研磨剤《けんまざい》入りの水なら効果も高いだろうと苦労して実現したのだ。

俺がユキと同じ箇所に指を置き、ズギャギャッと魔法を使えば、木の幹が抉れる。

「どうよ？」

笑《え》みを浮かべて振り返れば、悔しそうなユキの顔。

だが、俺が削った所に顔を近付けて成果を確認していたハルカは、少し困ったように苦笑した。

「えっと……深さ三センチぐらいかしら？」

「……あれ？　おかしいな。家で実験した時は、もうちょっと削れたんだが」

当たり前だが、いきなり披露《ひろう》などできるはずもなく、丸太の切れ端《はし》で実験済み。

その時はちゃんと、直径二〇センチぐらいの丸太がカットできたのだ。

この木を伐るには足りないとはいえ、多少は役に立つ魔法ができたと自負していたのだが……。

「銘木だからでしょうか？　普通より硬いんですよね？」

「なるほど、それはありそうだな。つまり俺は悪くないと――」

「ナオ、中途半端！　そのスキル構成みたいに、中途半端！　指さして笑うにも、手放しで褒《ほ》めるにも中途半端！　これじゃ、笑いが取れないよ⁉」

「いや、それは目的じゃないからな⁉　つか、俺は本体が切れてるからな？　頑張ればいけるかもしれないと、希望を持てるからな？　——まぁ、魔力は全然足りそうにないが」

たぶん、数日掛かりでやらないと、この木は伐れないだろう。

「ダメじゃん！　そもそも、あたしたち魔法使いが、魔力を使い切ったらダメだよねっ！」

「正論ですね。ナオくんの火魔法は重要な火力ですし」

「まったくね。この辺りでは危険な魔物も出てくるんだから。素直に斧と鋸で頑張りましょ」

そう言ったハルカがトーヤを振り返ったが、俺はそれに言葉を挟む。

「……その通りではあるが、ここはハルカにも披露してもらうべきじゃないか？」

ああいう話が出た以上、ハルカの性格からして多少は『鎌風《エア・カッター》』の練習をしているはずである。

だが、率先して披露していない以上、やはり良い結果は出なかったはずで。

折角だからお仲間になって欲しいと、ユキに視線を向ければ、ユキも心得たとばかりに頷く。

「だよね。あたしたちだけじゃ不公平だよ。ハルカさんのちょっと良いとこ、見てみたい！」

そんな俺たちの心根を理解してか、ハルカは呆れたようにため息をついて手を上げた。

「……失敗を見ても仕方ない気がするけど。危ないからちょっと離れてて……『鎌風《エア・カッター》』！」

次の瞬間、目では何も見えなかったが、木の幹にズバッと切れ目が走った。

それを見たトーヤが目を大きく見開き、何度か瞬《まばた》きをする。

「……やべぇな、この魔法。何も見えねぇ。速度も速いし、敵が使ってきたら避けられねぇよ」

「魔力を感じられたら、何となく見えるんだけど……あ、それよりどう？」

「えーっと、一センチぐらい、か？」

俺の方は切り幅が五ミリぐらいあるのだが、ハルカの方は一ミリにも満たず、目視では深さが確認できない。代わりに近くにあった落ち葉を差し込んでみたのだが、奥行《おくゆ》きはそれぐらいだろう。

「やっぱり、そんなものよね。経験を積めばまた別かもしれないけど、当面は普通に伐った方が効率が良いわ。ということで、トーヤ、お願いね？」

「……お前らも努力している以上、嫌とはいえねぇなぁ。そいじゃ、頑張るか！」

トーヤは軽く肩を回し、「よしっ！」と一つ気合いを入れると、斧を大きく振り上げた。


「ふふふ、ふ〜ふふ、ふ〜ん♪」

とても有名な樵ソングを口ずさみながら、トーヤが斧を振る。

まだ不慣れな作業だろうに、その姿はなかなか堂に入ったもので、とても似合っている。

技術よりも力業なのだろうが、それでも俺には不可能なことで、木の幹がガッツンガッツン削れていく様はとても小気味良く、見ていて面白さすら感じる。

「さすがはトーヤ、力は随一《ずいいち》だな」

「それが取り得だからな。——ふい〜。受け口はこんなもんか？」

やがて手を止めたトーヤは、額に浮かんだ汗を拭う。

「普通は三分の一ぐらいまで切るみたいだけど……良いんじゃない？」

「そいじゃ、次は逆側か。……そろそろ交代したい人、いねぇ？」

さすがに疲れたのか、斧を地面につき、その柄にもたれかかったトーヤが俺たちを見回した。

確かにそろそろ交代してやるべきなのだろうが……。

「でも俺は、トーヤほど斧が似合わないし？」

「ナオ、お前だって【筋力増強】があるだろうが。斧ぐらい振れるだろ」

「できるが、無理すると、魔力を多量に消費するからなぁ」

一応、俺の【筋力増強】のスキルはレベル2になっているのだが、これは魔力を使って身体能力を上昇《じょうしょう》させるスキルなので、使った分だけ魔力が消費される。

トーヤは魔法を使わないため、自己回復と消費がほぼ釣り合っていて問題ないのだが、他の魔法使いにとってはそうではなく、魔力の枯渇は戦力の大幅《おおはば》な低下に直結する。

一番影響が少ないのは【魔力強化】のスキルを持っているハルカなのだろうが、逆にハルカは素の筋力が最も低いという欠点があり、伐採作業にはあまり向いていない。

それを考慮すると、二番目に力があり、魔法を使わなくても戦えるナツキが候補なのだが……。

「私、ですか？　確かに妥当《だとう》ではありますね」

俺がチラリと視線を向けたのを感じたのか、ナツキが納得したように頷く。

だがそれに対して、ユキが冗談っぽく非難の声を上げた。

「えー、ナオ、女の子にやらせるの？」

「俺はフェミニストなんだよ。本来の意味でな」

男女同権というなら、得意なことは男女関係なくやれば良い。

純粋な筋力を比べると、残念ながら俺が確実に勝てるのは、ハルカだけである。

「でも、料理を作るのはあたしたちだよね？」

「うっ。やれというならやるが……美味い物は作れないぞ？」

それを言われると弱いのだが、俺も美味しい料理が食べたいので、できれば手は出したくない。

「気にしなくて良いわよ。私も不味い料理は嫌だし、保存庫のおかげで別に大変じゃないから」

「時間のあるときに、たくさん作り置きしておけば良いだけですしね」

マジックバッグを箱形にしたあれの便利さは、はっきり言ってシャレにならない。

冷蔵庫なんかの比ではなく保存が利くし、熱い物は熱いまま、冷たい物は冷たいまま、取り出すだけで食べられるのだから、俺やトーヤでも簡単に食事の準備ができるのだ。

「でもでも、掃除《そうじ》と洗濯《せんたく》も、ハルカとナツキ任せだよね？」

「いや……それは仕方ないだろ？　そもそもユキも同じだろーが」

普通に掃除するなら、もちろん手伝うのだが、実際は掃除も洗濯も『浄化《ピュリフィケイト》』一発。

それが使えない俺たちに出番はない。

——いや、実は俺も、光魔法の練習はしているんだけどな？

しかし、優先すべきは他の魔法。練習に使える時間も少なく、成果が出るのは当分先だろう。

だが、素質を持たないユキは練習しても使えないわけで。

この点はユキに対する明確なアドバンテージである。ふふふ……。

「もちろん、不満があれば、なんでも言ってくれて良いんだが」

そう言ってハルカやナツキにも視線を向けるが、ハルカは軽く肩をすくめた。

「今のところは別にないわよ？　お酒を飲んでゴロゴロしてるわけじゃないし、訓練や仕事をサボるわけじゃない。私たちにも気を遣《つか》ってくれるし……ねぇ？」

「はい。むしろ、共同生活としては上手くいっている方じゃないでしょうか」

「それは確かに。トラブルがないよな、オレたち」

文句を言っている余裕なんてなかったことや、元々仲が良かったこともあるのだろうが、これまで別々に暮らしていた他人が集まって生活している割に、問題が起きていない。

ハルカと俺だけは互いの家を自由に行き来するぐらいに距離が近かったが、他の三人については生活習慣や生活レベルもかなり異なったはずである。

にも拘わらず、これまで喧嘩《けんか》らしい喧嘩になったことがない。

意見の対立がゼロとは言わないが、話し合いをして、それぞれがちょっとずつ譲《ゆず》れば、擦《す》り合わせが可能な範囲。問題なく生活できている。

「シェアハウスとか、結構破綻《はたん》するって聞いたりするが……このメンバーで助かったな、俺たち」

「同感ね。特殊《とくしゅ》なこの状況、一緒に努力できる相手じゃないと信頼《しんらい》もできないし」

「では私は、伐る努力をしましょうか。――ナオくんは【索敵】を頑張っているみたいですし？」

「……気付いていたのか？」

「視線の動きで。どうですか？　魔物の動きとかは」

直接見えるわけではないのだが、反応がある方に意識を向けると、自然と視線もそちらに動く。

ナツキが気付いたのは、そのためだろう。

「今のところ、俺の索敵範囲では明確な動きはないな」

これは前回もそうだったのだが、カンカンと斧の音を響かせていても、案外魔物が寄ってきたりはしない。索敵範囲が広いだけに魔物の存在自体は確認できるのだが、その動きにはあまり変化がなく、一部の反応はここから離れるような動きも見せているほど。

もっとも、それらはすべて【索敵】で判る範囲のこと。本当に影響がないのかは不明。

若干《じゃっかん》気になることもあるので、できるなら【索敵】だけに集中したい。

「そう。警戒は怠らないでね？」

「もちろん。ナツキも安心して斧を振ってくれ」

「ええ。無理しない範囲で頑張ります」

「次はあたしがやるから、疲れない程度で交代ね」

ナツキからユキへと作業が受け継《つ》がれ、合わせて一時間ほど。休んで回復したトーヤが再び斧を振り始め、ガンガンと切り込んでいったが、やがて手を止めて木を見上げた。

「そろそろ危ねぇか？」

耳をピクピクと動かすトーヤに倣《なら》い、俺も耳を澄《す》ませる。

サラサラと流れる風。それに揺らされる木々。

そして、風が吹く度《たび》にピキピキと響く音。

「……いけるかしら？　トーヤ、楔をお願い。私たちはロープを引きましょ」

「おっしゃ！　任せろ！」

木の天辺付近に結んでおいたロープは、倒したい方向に設置した滑車に通してある。

それを四人で引っ張れば、木の先端《せんたん》がぐぐっと曲がり、ミシミシという音が聞こえる。

それに合わせ、トーヤが幹の切れ目に楔をいくつも突っ込み、順番に叩いていく。

カツーン、カツーンと鎚の音が響き、少しずつ傾くような気はするのだが……。

「……これは、無理、か？」

「そのようですね。少なくとも今の私たちの力では」

「力があっても、ロープの方が保たないんじゃないかな？」

このロープはディンドルを採る時に命綱《いのちづな》として購入した物で、かなり丈夫な代物なのだが、さすがに金属ワイヤーみたいな強度はない。

倒れる方向の誘導ぐらいはできても、強引《ごういん》に引き倒すのは無理だろう。俺たちの筋力的にも。

「もう少し切るべきだったかしら……？」

「そうだったっ、かもっ、しれねぇなっ！　と、ダメだ。全部めり込んだぞ」

楔を打ち込んでいたトーヤが手を止め、切れ目の中に入り込んでしまった楔を指さす。

木の大きさと楔が合っていないのか、それとも使い方が下手なのか。

少なくとも、これ以上叩き込むのは難しそうである。

「伐採のプロにも話を聞くべきだったか？」

「力業でもなんとかなると思ったんだがなぁ。あともうちょい、って感じだし」

「そうね。魔法でもう一押《ひとお》ししてみましょうか。……ナオ、敵の様子は？」

「順調に集まってきてるな。すぐに襲ってくる感じではないが」

そう、実はナツキが斧を振り始めて程なく、ここを囲むように集まってくる反応があったのだ。あまり強そうな反応ではないのだが、数が多くて統制された動き。おそらくはこれまで遭遇していないスカルプ・エイプだろうというのが、俺たちの結論だった。

俺とハルカが伐採に参加しなかったのは、非力であることに加えて、それを警戒して魔力を節約するためでもあった。

「それでもナオは温存すべきね。私がやってみるから、トーヤたちはロープをお願い」

「了解。あぁ、ナオはハルカの護衛な。オレなら、ハルカとナオの分ぐらいはカバーできるしな」

「否定できないなぁ……。それじゃ、よろしく頼む」

攻守《こうしゅ》交代、ではないが、トーヤの位置に俺とハルカ、ロープの所に他の三人。

トーヤの発言に嘘はなく、ロープにぐいぐいと引っ張られて木の先端が撓《しな》っているのを確認し、ハルカが切れ目の部分に『鎌風《エア・カッター》』を何度か放つ。

切れ目が細いため、どれだけ切れたかは確認しにくいが、効果はしっかりあったようで、木の傾きが次第《しだい》に大きくなり、ミシミシという音がはっきりと聞こえ始めた。

「もう一回ぐらい……？」

「いや、退避《たいひ》しよう。どんな感じに倒れるか判らないから」

大丈夫だとは思うが、これだけの木を伐るのは初めてのこと。

万が一、倒れた衝撃《しょうげき》でバウンドでもしようものなら、十分な距離を取っているトーヤたちはまだしも、すぐ傍にいる俺たちは非常に危ない。

それを指摘した俺にハルカも頷き、木の根元から距離を取れば、それを見たトーヤたちが更に力を込めてロープを引っ張り始め、木が裂《さ》ける音がますます大きくなる。

やがて、撓っていた木がゆっくりと傾き始め――――。

バキバキバキッ、ズズンッ‼

枝が折れる音と低い地響《じひび》きをたてながら、その巨木は地面へと横たわったのだった。

「ふぅ。なんとか、無事に伐れたか。大変だったなぁ……」

これだけの大きさ、ミスがあれば大怪我は避けられない。何事もなく終わったことに胸を撫で下ろしていると、こちらに戻ってきたトーヤが呆れ顔を向けてきた。

「やりきった感を出しているところ悪いが、一応言っておくと、お前一番貢献《こうけん》してないからな？」

「……ロープ結んだし？　警戒もしてたし？」

「そうだな。どちらもお前だからできることだな。だができれば、もっと楽に木を伐れる魔法を開発しておいて欲しかった！」

「鋭意《えいい》努力しよう。今後に期待してくれ。……俺も問題だと思ったし」

「頼むぜ、マジで？　さすがに一本伐るのに毎回これだとキツいぜ……」

そう言ってトーヤは肩を落としたが、すぐ気を取り直したように顔を上げ、嬉しそうな笑みを浮かべて、倒れた木をペしペしと叩く。

「けどまぁ、こうやって見ると……改めてデカいな！　苦労しただけはあるぜ！」

「すっごく時間がかかったよねぇ。高く売れなかったら、泣けるよ、これ」

トーヤが最初に斧を入れたのが午前中。途中《とちゅう》昼食を挟み、現在は三時頃《ごろ》か。

この後の作業も考えれば、木を一本伐るだけで完全に一日仕事である。

これだけの大きさの銘木、決して安くはないと思うが、稼ぎの効率という面ではどうか、少し心配ではある——が、今はそれを気にしている余裕はないようだ。

「残念ながら、感慨《かんがい》にふける暇《ひま》はなさそうだぞ？　一斉《いっせい》に近付いてきた。戦闘準備を！」

「クッソ！　解ってたことだが、忙《せわ》しねぇなぁ！」

当然の備えとして、俺は武器を手放していないが、トーヤたちは違う。悪態をつきつつトーヤが武器に手を伸ばせば、ナツキたちも速やかに戦闘準備を整え、敵を待ち構える。

やがて視界の先に現れたのは……一言で言い表すならば、スタイリッシュなゴリラ。

動物園で見たゴリラよりはスリムだが、チンパンジーとは明らかに違うその姿は、まるでゴリラがウェイトトレーニングをして、身体を引き締《し》めたかのような風貌《ふうぼう》。

ただし、体毛は薄《うす》い茶色なので、そこはゴリラとは明確に違う。

そんなスカルプ・エイプが五匹、俺たちを囲むように地面を歩いて近付いてきた。

それぞれの手には木の枝を加工した棍棒《こんぼう》が握られているので、ある程度の知能はあるのだろう。

「……なぁ、知ってるか？　ゴリラの握力《あくりょく》って五〇〇キロぐらいあるらしいぜ？」

「なら、あのスタイリッシュゴリラはそれ以上か」

トーヤの蘊蓄《うんちく》に何気なく漏らした言葉だったが、すぐ横で小さく吹き出す声が聞こえた。

「——っ！　ちょっと、ナオ、笑わせないで！　力が抜けるでしょ」

「ふふ、で、でも、確かに危険ですね。掴まれないようにしないと」

「冗談じゃなく、骨が粉砕されそうだよね。じゃ、良い感じに力が抜けたところで……行くよ！」

初撃はユキの放った『火　矢《ファイア・アロー》』だった。

最も接近していたスカルプ・エイプに向かって放たれたそれは、そいつが咄嗟《とっさ》に振るった棍棒ごと右腕を消し飛ばして、その先にある頭をも抉り取る。

それに続いたのはハルカの矢。ユキのような派手さこそないが、逆側から近付いていたスカルプ・エイプの頭を正確に射貫《いぬ》き、その命を刈《か》り取った。

僅かな時間で仲間が二匹も失われたことに衝撃を受けたのか、スカルプ・エイプたちの動きが一《いっ》瞬《しゅん》止まるが、すぐに「うぉっ、うぉっ！」と大きな鳴き声を森に響かせ始めた。

それによって動きが変わったのは、目の前のスカルプ・エイプ——ではなく、【索敵】スキルでのみ確認できる、スカルプ・エイプたちだった。

離れた位置から一気に近付いてきているのだが、視界には入らない。

これは……木の上か！

「ナツキ、トーヤ、地上の敵を頼む！　ハルカとユキは樹上の敵を狙え！」

「「了解！」」

近くの敵はハルカたちに任せ、俺は【索敵】も駆使《くし》して、できるだけ遠くの敵を。

そしてその合間に、トーヤとナツキの死角から近付く敵も討つ。

このために魔力を温存していたこともあり、出し惜《お》しみなしで『火　矢《ファイア・アロー》』を連発するが、オークに比べると動きが速い上に、木の枝を利用して三次元的に移動するため、なかなか当てづらい。

「あっ！　ゴメン！　ミスした！」

それはユキが攻撃した一体。『火　矢《ファイア・アロー》』で左腕が半ばから失われ、木から落下したが、地面でバウンド、すぐに起き上がり走り出そうとしたが――ハルカの矢で止めを刺され、倒れ込んだ。

「ゴメン、ありがと！」

「フォローするのが仲間の役目だからね」

ユキの謝罪に、ハルカが軽く笑って首を振る。

「トーヤとナツキは……まだ大丈夫か」

「少し動きは速いですが、オークより小さいので楽ですね。手が届きますから」

サクサクと急所を槍で刺し貫《つらぬ》きながら応えたのはナツキ。

トーヤの方も力勝負ではなく、避けてから斬りつける形で順調に処理を進めている。

「これ、対人戦の練習になるかもな！　一番人間に近いサイズだしっ！」

「その余裕が続けば良いんだがなっ。ユキ、そっちから二匹、出てくるぞ！」

「了解！　取りあえず一匹は任せて」

敵の供給が速く、魔法が追いつかなくなってきた。

小太刀を構えて前に出たユキの後ろ、ハルカを背後に庇《かば》う位置で俺も槍を構える。

絵面的にはユキの後ろに俺が隠れる形でイマイチだが、そこは長物故、許してもらいたい。

茂みの奥から二匹の敵が出てきたのはほぼ同時。

そして、俺たちが攻撃を加えたのもほぼ同時。

ユキは右側に回り込むように首元を切りつけ、俺は胴体の心臓付近を狙って槍を突き出した。

ドンッという重い衝撃と共に槍の穂先《ほさき》がほぼ根元まで突き刺さり、スカルプ・エイプの身体から力が抜けて地面へと崩《くず》れ落ちた。どうやら上手く心臓に突き立ったらしい。

ユキの方はと言えば、首元から血は噴き出しているものの、まだ倒れずに動いている。

しばらく放置すれば死にそうではあるが、そういうわけにもいかない。

「ユキ！　追加で三匹！」

「えぇっ⁉　えぇい！　仕方ない！」

俺の言葉に少し困ったような表情を浮かべてユキが、血を被《かぶ》るのを我慢《がまん》して踏み込もうとした瞬間、背後から放たれた矢が、今度も見事に頭に突き刺さった。

「再びありがと、ハルカ！」

「それは良いから、ユキ、来てるわよ！」

茂みをかき分けてやってきたのは、【索敵】で掴んだ通り、やはり三匹。

ナツキとトーヤの方にもおかわりが四匹。

枝を飛び移るようにして近付いてくるのが五匹。

そこまで強くないが、とにかく数が多い。

ハルカが小太刀を鞘《さや》から引き抜くのを横目に捕《と》らえ、槍で牽制《けんせい》しつつ、『火矢《ファイア・アロー》』で一匹斃す。

もう一匹の対処に移ろうとしたその時、妙な動きをしている敵の姿が目に入った。

一匹のスカルプ・エイプが一握《ひとにぎ》りほどの石を拾い、木の上に投げる。

その先には、枝の上に立つもう一匹のスカルプ・エイプ。

そいつは石を受け取ると、腕を大きく振りかぶり――投げた⁉

「マジかっ！」

速いっ！　バッティングセンターの最高速ぐらいはあるか⁉

石の飛ぶ先にいるのは――ハルカ。

警告しようにも間に合わず、俺は咄嗟に身体を入れ替《か》える。

突然の行動に、ハルカが僅かな動揺《どうよう》を見せる――が、そこはハルカ、対処が速い。

すぐに目の前のスカルプ・エイプに小太刀で斬りつけ、代わりに俺は石を受け止める。

響いたのは「バシッッッ‼」という良い音。鈍い痛みが手のひらから腕へと広がる。

「痛ってぇぇ！」

「――っ！　ありがと！」

状況を理解したのだろう。ハルカがスカルプ・エイプに止めを刺してお礼を口にするが、俺は手をひらひらさせつつ首を振る。

「き、気にするな。だが、野球のグローブでも欲しいところだな、これ」

革手袋《かわてぶくろ》はしているが、クッション性が足りない。

今の俺たちなら、気付いてさえいれば投石を避けることも、受け止めることも難しくはなさそうだが、戦闘中に後ろから投げられるとかなり危ない。

しかも「キシシシッ」という鳴き声が笑っているように聞こえて、神経を逆なでされる。

「遠距離攻撃は面倒だなっ。舐《な》めるなよっと！」

右手に握りしめた石を思いっきり振りかぶり、投げてきたスカルプ・エイプに向かって返球。

ふと思いつき、石が手を離れるその瞬間、『加重《ヘビー・ウエイト》』をかける。

それは実験的なものだったが、鋭《するど》い音を立てて飛んだ石はスカルプ・エイプに避けることすら許さず、『ゴスッ』という音と共に顔面にめり込み、脳漿《のうしよう》をその背後へと撒《ま》き散らした。

「おおぅ、なかなか……」

向上した身体能力＋野球の投球フォーム＋『加重《ヘビー・ウエイト》』の威力はシャレにならなかった。

昔の戦争で最も人を殺したのは、剣などではなく投石らしいが、それが理解できる威力である。

——いや、魔法と身体能力が違うので、比較はできないだろうが。

しかしそれでも、何か違和感《いわ》が……？　何が変なんだ？

「ナオ！　へるぷ～～、追加が来てるよ～」

「あ、すまん！」

ハルカと共に四匹のスカルプ・エイプに対処しているユキから援助要請《えんじよようせい》。

俺は槍を掴み直して攻撃に加わりつつ、石を拾っていたスカルプ・エイプがいる辺りを狙って、牽制の『火球《ファイア・ボール》』を放つ。

レベル3の魔法だけに、着弾《ちやくだん》時に爆発《ばくはつ》を伴《ともな》うなかなかに派手な魔法なのだが、実のところ、同じだけの魔力を使うのなら『火矢《ファイア・アロー》』で狙撃《スナイプ》する方が威力が高かったりする。

だが、牽制目的や雑魚が多くいる場合には、役に立つ。

大きな音と爆発で浮き足立つスカルプ・エイプを、俺たちは一気に処理。

だが、それでも周囲に残数七。

ちょっと一息つきたいところだが、まだまだ追加が来ているわけで——。

「戦術をミスったか？　待ち構えるより、打って出た方が良かったかもなぁ」

「今更《いまさら》でしょ！　無駄《むだ》撃ちになるかもしれないけど、やるわよ！」

威力や狙いの正確性は低下するが、ハルカが『火矢《ファイア・アロー》』を同時に複数本発射。

俺もそれに続くが、どうしても必殺とはならず、手負いの敵が増えていく。

止めには槍も併用して数を稼ぐが、それでも漏れは出てくる。

そんな一匹が俺の横を抜け、ハルカに向かった。

「マズっ！」

ハルカは魔法を放った直後。咄嗟に左手が出た——確実に悪手。

その腕をスカルプ・エイプに掴まれた。慌てて振りほどこうと——。

「——ッゥ‼」

ミシリ、という音が響く。僅かに漏れた声を押し殺し、俺は半ば反射的に一歩《いっぽ》踏《ふ》み出す。

咄嗟にこんなことができるのも、訓練の成果。

——ナツキ、【体術】を教えてくれてありがとう！

と感謝しつつ、ニヤけているようにも見えるスカルプ・エイプの鼻を狙って肘《ひじ》を叩き込む。

メキッという音と共に、僅かにスカルプ・エイプの手が緩んだ。

俺は強引に腕を抜き取り、不完全な体勢ながら槍を突き出すが——浅い！

だがそれでも、スカルプ・エイプを一歩引かせることには成功。

すぐさまその顔に手を突き出し——。

「『火矢《ファイア・アロー》』！」

速度優先。オーク相手に使っているものに比べると、威力は半分以下だろう。

だが、極至近距離、ほぼ密着状態で放たれた『火矢《ファイア・アロー》』は、命を奪うに十分だった。

「ナオ！　無理しないで。抜けてきても対処できるから！」

「ハルカ……すまん、頼む」

「うん！」

ハルカが俺の隣《となり》に並び、武器を構える。俺も槍を握るが、左腕がじんじんと痛む。

槍は両手で扱うもの。この状態ではまともに使えそうにない。

「こんなことなら、俺も小太刀、買っておくんだった……」

片手で扱えないこともそうだが、今回のように近づかれた場合に困る。

槍は近づかれると厳しいとはよく言うが、一対一じゃない場合はそれが更に際立《きわだ》つ。

乱戦となると、すべての敵と最適の間合いを確保するのは難しい。

「ま、それでも魔法主体なら問題ないが」

ハルカと共に近くには魔法を散蒔《ばらま》きつつ、遠くの敵は一撃必殺。少しずつ削っていく。

ユキの方面は……追加は来そうにないな。

疲れは見えるが怪我もなく、任せておけば問題ないだろう。

それに対し、トーヤたちの方は、まだもう少し追加されそうだ。

「もうちょっとだけ、頑張りますか！」

俺は腕から響く痛みをこらえ、気合いを入れてそちらに一歩踏み出した。


最終的に俺たちが斃したスカルプ・エイプの総数は三八匹に達《たっ》していた。

正に死屍累々《ししるいるい》、綺麗に斃す余裕もなかったので、辺りには血の臭いや臓物、及びそこから漏れた何やかんやの臭いが漂《ただよ》い、なかなかに酷い有様である。

「くはぁぁぁ……多すぎじゃね？　いくら何でも」

「だよなぁ。……何喰《く》ってんだろ、コイツら」

身体が大きい上にこの群れの数。

魔物に常識は通じないかもしれないが、狩猟《しゅりょう》生活で賄《まかな》えるのだろうか？

まぁ、どのくらいが適正な生息数かなんて、俺には判らないのだが。

「ゴリラは一日に三〇キロぐらいの草を食べるそうですが……スカルプ・エイプは肉食なんでしょうか？　――いえ、そもそも魔物は体格に見合った食事をするんでしょうか？」

「あんまり研究は進んでないみたいだよ？　お金を掛ける余裕もないし、魔物は動物より凶暴《きょうぼう》だから。目の前に大量に転がってる、胃とか腸とか調べたら判るかも？」

「興味ない、とは言わないけど……それよりもナオ、怪我したんじゃないの？」

「ああ、左腕がちょっと。治療頼めるか？」

心配そうに近づいてきたハルカに、俺は苦笑して左腕を掲《かか》げた。

正直、かなり痛い。ほぼ骨が折れてるな、これ。粉砕されなかっただけ、まだ幸運か？

「私がやります。私は魔法を使ってませんから」

ナツキが俺の腕をとり、『治癒《キュアー》』を使ってくれる。

火照《ほて》りを感じていた腕からスッと痛みが引いていく。さすが魔法。

「ありがとう、ナツキ」

「どういたしまして」

ニコリと微笑《ほほえ》んだナツキは、トーヤにも魔法をかけていく。常に前線で戦っていただけあって、トーヤも何箇所か打ち身になったようだが、鎧《よろい》のおかげもあって酷い怪我はないようだ。

「さて、まずは……魔石の回収か。スカルプ・エイプの魔石っていくら？」

「一二〇〇レアだったぞ、確か。ちなみに、魔石以外に価値はない」

「萎《な》える情報だなぁ……オークの半値以下かよ」

単体ではオークより弱かったのは確かだが、あれだけの群れで襲ってこられるとかなり厄介。

心構えをして待ち構えたので凌《しの》げたが、不意打ちをされて周囲から同時に攻撃を受ければ、おそらく誰かが大怪我をしただろう。

――いや、俺の腕も十分大怪我だけどな？　治癒魔法がなければ。

「あれだけ苦労して魔石だけぇ～？　でも、数は多いから……四万五六〇〇レア、だね」

「二重の意味で骨を折った割には、微妙な稼ぎよね」

そう言うハルカがちらりと見るのは俺の腕。オーク二匹の売り上げに満たないとか、確かにショボいが、あの怪我は俺の明らかなミスなので、追及《ついきゅう》しないで欲しい。

「……それじゃ、手分けして回収していくか。面倒だが、放置するのも勿体ないだろ？」

「一匹当たり金貨一枚以上の価値となるとなぁ。死体はどうする？　放置で良いか？」

見回せばゴロゴロと転がる大量の死体。

多少の死体であれば、森の肉食獣《にくしょくじゅう》が処理してくれるのだが……。

「お肉の量、全部で二、三トンはあるよね。森の動物、食べてくれるかなぁ？　魔石しか価値がないんだから、美味しくないんだよね？　動物たちが味を気にするかは知らないけど」

「一度マジックバッグに入れて、森のあちこちに放り出すという方法もあるけど……」

「それは……迷惑行為《めいわくこうい》ではないかい？」

謂《い》わば死体のポイ捨てである。上手く処理されれば良いが、そうでなければかなり迷惑。

だが、この場に放置してしまうと、腐敗《ふはい》して確実に悪臭《あくしゅう》を放つだろう。

「どちらにしろ、魔石の回収漏れをなくすには集めるしかないですし、今度来た時に残っていれば、ナオくんに焼き払ってもらいましょうか。盗賊《とうぞく》たちのように」

「あれなら……まぁ、焼けるか。この辺りなら木の間隔もあるし、延焼の心配もなさそうだな」

他に適当な案もなく、俺たちはナツキの意見を取り入れ、作業を開始する。

そんな中、俺はトーヤが持ってきたスカルプ・エイプに目を留めた。

「……あぁ、それ、俺が投石で斃した奴か」

「これ、ナオの仕業なのか？　ほぼ頭が消えてるんだが……。いくら【筋力増強】があっても、ここまで威力が出るのか？　普通の投石で？」

「『加重《ヘビー・ウエイト》』も使ったから、純粋な筋力じゃないがな」

そうだ。そういえばあの時、何か違和感があったのだ。

なんだ？　何に引っ掛かった？　石を投げた速度……？

確かに速かったが、十分に目で見える速度だったし、【筋力増強】があることを考えれば、そこまで異常なことではない。では、何に……？

「でも、結構離れてたのに、良く当てられたね？　ナオって、野球得意だったっけ？」

「いや、普通だったぞ」

俺はユキにそう答えたが、ハルカが少し呆れたような視線を向けてきた。

「普通って……球技大会だと、野球部の人と同じぐらい活躍してたじゃない。トーヤと一緒に」

「あー、そうだよね、二人とも運動得意だったよね」

「あれを普通と言ってしまっては、他の人から僻《ひが》まれますよ？」

活躍、ねぇ？　運動神経は悪くないからダメダメだったとは言わないが、目立つほどじゃなかったと思うが。やっぱり、毎日練習している野球部とは全然違うし。

あの程度の距離なら、トーヤだって当てるのに苦労はしないだろう。

「俺は普通に投げただけ——それかっ！」

「えっ！　突然何かな!?　びっくりだよ？」

ユキがビクリと体を震《ふる》わせ、非難がましい視線を向けるが、俺はそれに構わず言葉を続ける。

「普通に当たったことが、違和感だったんだよ。あの時、『加重《ヘビー・ウエイト》』を使ったのは話したよな？」

「うん、聞いたよ？」

「にも拘わらず、石は狙った通りに飛んだ」

「それの何がおかしいの？」

『狙って投げたんだから、当然だよね？』とユキたちの視線が物語っているが、俺は首を振る。

「おかしいといえばおかしい。おかしくないといえば、おかしくない。俺は『加重《ヘビー・ウエイト》』を対象にかかる重力を増加させる魔法と思っていたんだよ。でも石の軌跡《きせき》は影響を受けていない」

そこまで言えば女性陣はすぐに理解が及んだようで、ハッとしたようにウンウンと頷く。

「……あぁ、それだと少しおかしいかもしれませんね」

「でも、頭を砕《くだ》くような速度で真っ直ぐ投げたら、あんまり影響はなくない？」

「いえ、それでも同じ感覚で投げれば、狙った場所には当たらないわよ」

ただトーヤだけは、すぐには理解できなかったのか、「どういうことだ？」と首を捻る。

「物理の問題だよ。物体を斜方投射した場合、対象にかかる重力が増えれば、軌跡は想定よりも下方向へぶれる。だが石は、俺が想定した通りに飛んだ」

「つまり、『加重《ヘビー・ウエイト》』は重力じゃないと?」

「多分な。威力も想定以上だったから質量を増やしているのか? だが質量が増えれば、重力の影響も大きくなるはず。重力の影響は遮断《しやだん》して、質量だけ増やす? そんなことが可能なのか?」

魔法に科学的根拠《こんきよ》を求めること自体ナンセンスな気もするが、かなり不思議。

どうなっているのかと俺は首を捻ったが、ハルカたちは一歩進んでいた。

「もしも、時空魔法が対象のみに影響を与えて、外部の力の影響を受けないのなら、使い方次第で凶悪《きようあく》な魔法になりそうよね。『時間加速《アクセラレイト・タイム》』って魔法もあったわよね?」

「うん。——あ、そっか。見かけ上の速度を増やせるんだ? エネルギーは質量と速度の二乗に比例するから……もしも、矢の時間を二倍に加速できたなら、威力は四倍?」

「質量を二倍にできれば八倍ですね。——魔法が最適な形で影響を与えるなら、ですけど」

「高い所から岩を転がすときとか、有効そうだよね」

「これって、建物の一部に使ったりしたらどうなるのかしら? 上手くすれば、バランスが崩れて崩壊とかあり得るの?」

流れるようにヤバげな使用方法を開陳《かいちん》するハルカたち。危険思想である。

「実はあたし、『時空魔法って地味だなぁ』とか、『実質、マジックバッグ作製魔法だよね』とか思ってたんだけど……、実は使い方次第かも? 夢が広がるよね!」

ニコニコと嬉しそうに俺の肩を叩くユキ。

これまでの実績からして、なかなか否定しづらい言葉だが——。

「ユキ、そんなこと思ってたのかよ！　元々夢はあっただろ⁉　『転　移《テレポーテーション》』とかさぁ！」

「その夢は遠すぎるかな？　実用レベルで使えるまで、一体どれだけかかることやら」

「うっ、それは確かに……。難しいんだよなぁ、時空魔法って」

今の俺の時空魔法がレベル4、ユキが2。

『転　移《テレポーテーション》』はレベル6の魔法だが、最初にできるのは視界内に転移するだけ。

ちょっとおもしろいとは思うが、実用性はなんとも微妙である。

「けどさぁ、そんな難しい時空魔法、動いている物体——しかも、石とか矢とか、小さい物にかけられるのか？　投射前にかけても意味はないだろ？」

「先に重くなっては、重い石を投げるのと同じですしね。かといって、一瞬で飛んでいく矢に的確に魔法をかけるのは……自分で調整可能な、ユキとナオくん専用でしょうか？」

「私としては、ナオが息を合わせてくれるなら、是非《ぜひ》やってみたいけど……」

「それは……一緒に練習しようか。さすがにいきなりやれるとは思えない」

実験をしてからにはなるだろうが、仮説通りの効果があるなら、頑張ってみる価値はある。

「——ま、それも帰ってからか。まずはスカルプ・エイプ、そして銘木の処理を終わらせよう」

「だね。って言っても、スカルプ・エイプはこれで終わり。次は銘木だね」

話しながらでも手を止めないのが俺たちの良いところ。スカルプ・エイプの死体を少し離れた場所に積み上げたら、ハルカたちに『浄　化《ピュリフィケイト》』をかけてもらって、銘木の処理に取り掛かる。

「まずは枝打ちからね。このサイズ、そう簡単には転がらないと思うけど、各自注意して」

「了解。太い枝はオレに任せて、ハルカたちは細いのを頼む」

とはいえ、トーヤがガンガン斧を叩きつければ判らないわけで。

俺とユキで幹の両側に土を盛り上げて、転がり止めを作ってから作業を始めた。

「細い枝は、魔法でいけるな」

「私の『鎌風《エア・カッター》』だと、本当に細いのだけね」

「どうせあたしの魔法は、細い枝すらいけないよっ！」

「ユキ、無理をせずに鉈《なた》を使いましょう？」

「オレの斧なら、結構太いのも一発だぜ？」

などと和やかに雑談しながら順調に作業を進め、程なく巨木は一本の丸木となった。

だが、問題はここから。持ち帰るには、これをマジックバッグに収納しないといけないわけで。

このために空間拡張と重量軽減に特化したマジックバッグは用意したのだが、残念ながらこの世界のマジックバッグは、対象物に触《ふ》れるだけでシュパッと収納できる便利機能は付いていない。

「どうやって入れる？『軽量化《ライト・ウエイト》』を使っても、持ち上げるのはキツそうだが」

順当に考えるなら、木の方にマジックバッグを被《かぶ》せていくことになるだろうが……。

「土魔法で下に隙間《すきま》を作って被せていきましょ。袋《ふくろ》に入った部分の重さは無視できるし、それでなんとか……。ガンツさんが用意してくれた伐採セットには鳶口《とびぐち》も入ってたし、あれも使って」

「なるほど、梃子《てこ》の原理。あれはこういう時に使えば良いのか」

鳶口を大雑把《おおざっぱ》に喩えるなら、先の尖ったL字のバールのような物。

丸木に打ち込んで引っ張ったり、梃子の原理で動かしたり。

数センチ持ち上げる程度なら、十数分の一の力で実現可能な、人類の知恵《ちえ》の結晶《けっしょう》である。

だが、そんなステキアイテムを使っても、俺たちは慣れない作業に四苦八苦。

時間をかけつつも、安全第一で作業を進め、なんとか無事故で巨木の収納に成功したのだった。

第二話　甘《うま》い話には……？

「おい！　おいおいおい!!　おい、おめぇ！　マジか！　マジかよ!?　おい！」

シモンさんが語彙《ごい》力を失った。

ここはシモンさんの工房《こうぼう》の材木置き場。目の前には俺《おれ》たちが伐《き》ってきた銘木《めいぼく》が鎮座《ちんざ》している。

「腐《くさ》れもねぇし、割れもねぇ。完璧《かんぺき》じゃねぇか、おい！」

おっと、無事に知性を取り戻《もど》したらしい。

最初はマジックバッグの容量に驚《おどろ》いていたのに、そこから出てきた銘木を見るなり、その切り口に齧《かじ》り付いて、ほぼ『おい』しか言わなくなってしまったからなぁ……。

「あ、一応、マジックバッグに関しては、口外しないでくださいね？　面倒《めんどう》なので」

冒険者《ぼうけんしゃ》ランクも上がったし、無責任に売りさばいているわけでもないので、そこまで気にしなくて良いと思うのだが、厄介事《やっかいごと》は少ない方が良い。

「言わねぇよ、儂《わし》をバカにすんな！　つか、どうでも良いわ！　お前ら、どこまで行ったんだよ。儂でもここまでの木は初めて見るぞ？」

「そんなにですか？　ギリギリ日帰り可能なので、そこまで深い場所ではないと思いますが……しばらく伐採《ばっさい》されていなかったからでしょうか？」

「かもしれねぇな。あの辺は、普通《ふつう》の森とは生長速度も違《ちが》うって話だしなぁ」

シモンさんは『ふむ』と頷《うなず》き、次の瞬間《しゅんかん》、俺たちにギロリと鋭《するど》い視線を向けた。

「で、これは儂に売るってことで良いんだよな？」

一応は疑問形だが、その視線は『売らないと言ったらぶっ殺す』ぐらいの凶悪《きょうあく》さである。

「は、はい、もちろん」

「そうか、そうか。なら良いんだ！」

一転、凄《すご》い笑顔《えがお》になったシモンさんにバンバンと肩《かた》を叩《たた》かれ、工房の方へと背中を押《お》される。

「じゃあ、売買契約《けいやく》といこうじゃねぇか！　安心しろ。儂も金は持っているからな！」

ガハハ、と笑いながら、重そうな革袋《かわぶくろ》を軽い足取りで持ってきたシモンさん。

その中に入っていた金貨の量は……。


「凄かったですね……」

「あぁ、確かに凄かった。まさかあれほどとはなぁ」

シモンさんから支払《しはら》われた金貨の数、実に二八〇〇枚。

それを押し付けつつ、『これで文句ねぇよな？』と言われては、俺たちとしても頷くしかない。

ぼったくりはしないと信用しているし、そもそも直接売却《ばいきゃく》する手段のない俺たちは、ギルドでの買い取りを除けば、他の工房に話を持っていくぐらいしか方法がないのだ。

それであれば、付き合いのあるシモンさんに売る方が安心というもの。拒否《きょひ》する理由がない。

「前回なんか、金貨数十枚だったのにねー」

「あれは随分《ずいぶん》細かったからなぁ」

「けど、こんな大金をすぐに用意できるとか、シモンさんて、なにげに凄くね？」

「冷静に考えると、体積当たりでは、前回の物と二割程度しか違わないのですが……」

「いやいや、効率は段違《だんちが》いだから。シャレにならないから」

一日頑張《がんば》って働いたら、ポポポンッと家が建つ。

ちょっと凄すぎじゃなかろうか？

俺たちがマイホームを手に入れるために頑張った日数を考えると、格段の違いである。

――アレはアレで、かなりチートっぽい稼《かせ》ぎではあったが。

「でも、これでガッポガッポだね！　しばらく稼げていなかったのを、取り戻す勢い！」

「そうね。この調子で稼げば、全員の武器と防具も問題なく更新《こうしん》できそうだし……これからも銘木の伐採を続けていくってことで、良いわよね？」

「おう！　この稼ぎなら、あれぐらいの肉体労働は軽いもんだ！」

「うん。大変だったけど、『報《むく》われた～～！』って感じだよね。あたしもあれぐらいなら――あ、でも、スカルプ・エイプとは戦いたくないかも。ナオ、お願いね？」

「あれは俺の努力で避《さ》けられるものか？　一応は頑張ってみるが」

伐採作業で長時間同じ場所に留《とど》まり、大きな音を響《ひび》かせる以上、どうしようもない気がする。

「あの戦闘《せんとう》を含《ふく》めても十分な稼ぎでしょ。でも、木《き》を伐る速度が上がれば、戦闘を避けられる確率も上がるわよ。ユキ、魔法《まほう》の練習、頑張って」

「うやっ！　藪蛇《やぶへび》だった‼　うー、頑張ってみるけど……ナオ、教えてね？」

「あぁ、構わないぞ。俺も威力《いりよく》アップに励《はげ》む必要があるしな」

面倒なこともあるけれど、その成果は約束されているわけで。

なんだかんだ言いつつも、全員の表情は明るい。

——だが、そんな都合の良い話は、そうそう続かないもので。

◇　◇　◇

「すまねぇが、銘木の伐採はしばらく休んでくれねぇか？」

シモンさんからそんなことを告げられたのは、巨木《きよぼく》の伐採にもだいぶ慣れ、魔法を使った切断方法の確立にも光が見え始めた頃《ころ》のことだった。

「えっと……何か問題でもあったのかな？」

ユキが心配そうに尋《たず》ねるが、シモンさんは苦笑《くしよう》して首を振《ふ》った。

「いや、お前らに問題はねぇ。どっちかつぅと、儂の方の問題だ。隠《かく》しても仕方ねぇから言うが、買い取る金がねぇんだよ」

「「「あぁ……」」」

シモンさんのぶっちゃけ話に、揃《そろ》って『納得《なつとく》！』と頷く俺たち。

俺たちがここしばらくでシモンさんから受け取った現金は、かなりの額に上る。

最初の金貨二八〇〇枚でもとんでもないと思っていたが、それ以降もポンポン払《はら》ってくれるので若干麻痺《じゃっかんまひ》していたが、これほどの現金を一工房が持っているなど、異常といえば異常である。

それらの現金がどこから出ていたのかといえば――。

「知り合いの工房にも一通り渡《わた》ったからなぁ。どこの工房も、手持ちの金がもう残ってねぇんだ」

そう、他の工房からである。

俺たちが伐りに行ったことで、十数年ぶりに市場に流れた銘木。

ラファンの家具の代名詞でもある物だけに、在庫が逼迫《ひっぱく》していた各工房は競うように手を出したのだが、値段が値段であり、そう大量に買い込《こ》めるはずもない。

「今は買った銘木を乾燥《かんそう》に回し、これまで後生大事に抱《かか》えていた在庫で、久しぶりに銘木をふんだんに使った家具作りに取り組んでいる段階だな。これが売れりゃ、また買えるんだが、大半の売り先はこの町じゃねぇからなぁ。代金が回収できるのは、当分先になるんだよ」

「それはそうでしょうね。庶民《しょみん》向けではない、高級家具でしょうし」

「あぁ。あとはまぁ、これからの時季はあんま伐採には向いてねぇ。今まではどんな銘木でも欲《ほ》しかったんだが、手に入るとなれば、できるだけ質の良い物が欲しくなる。贅沢《ぜいたく》ですまねぇな」

ちょっと口元を歪《ゆが》めて頭を下げるシモンさんに、ハルカが首を振る。

「いえ、大丈夫《だいじょうぶ》ですよ。私たちも家具工房を敵に回したくはないですから」

「敵に回すどころか、どこも感謝してるぜ？　けど、お前らも家具を買ってくれたら、更《さら》に助かることは確かだな。家を買ってからあんま買ってねぇよな？」

「そういえば、まだ揃えてなかったね。なんだかんだと忙《いそが》しかったから」

「はい。折角《せっかく》ですし、少しぐらい還元《かんげん》すべきかもしれません。随分高く買ってもらってますし」

なるほど。稼ぐだけじゃなく、使うことも検討すべきか。

武器、防具には大金を投じる俺たちだが、それ以外では節約してるからなぁ。

——あの時に見たロッキングチェア、買おうかな？

トーヤを見れば、「オレも、あのソファーを……」とか呟《つぶや》いているし、ハルカたちも何やら気になっている家具がある様子。全員で視線を交《か》わし、小さく頷く。

「それじゃ、また展示場に行ってみよっか？」

「おう、行ってみてくれ。お前らなら、顔パスで入れるからよっ！」

「はい……って、よく考えたら、シモンさんに注文した方が？」

「そう言ってくれるのはありがたいが、そうもいかねぇ。高級家具に関しては、な」

他に産業のないラファンにとって、家具作りは命綱《いのちづな》。

その腕《うで》を落とさないよう、すべての工房の品を一堂に並べて、注文を受け付ける。

純粋《じゅんすい》に品質で比較《ひかく》され、甘《あま》えは許されない。そういう覚悟《かくご》で作られたのがあの展示場らしい。

「もちろん、お前らがウチの家具を気に入ってくれたなら、喜んで注文は受け付けるぜ？」

「う〜ん、でも、工房名は書いてないから、完全にあたしたちの好みだよね？」

「そういうこった！　これでも儂らは、家具作りに誇《ほこ》りを持っているからな。自分たちが一番気に入った家具を選ぶんだぞ？」

自分の工房が選ばれるかは判らない。にも拘《かか》わらず、なんだか嬉《うれ》しそうなシモンさんに見送られて工房を後にした俺たちは、その翌日、以前訪れた家具展示場に足を向けた。

そこで俺たちを出迎《でむか》えてくれたのは、なんだか見覚えのある人。

「……確か、クロウニーさんでしたよね？」

さすがはナツキ。一度会っただけなのにしっかりと名前を覚えていたらしい。

「覚えていてくださいましたか。はい、クロウニーです。本日はようこそおいでくださいました」

「ありがとうございます。でも、ここの担当は持ち回りだったのでは？」

「本来はそうなのですが、皆様《みなさま》がおいでになると小耳に挟《はさ》みまして。是非《ぜひ》お礼を申し上げたいと、代わって頂いたのです」

クロウニーさんはそう言うと、姿勢を正して俺たちに丁寧《ていねい》に頭を下げた。

「この度《たび》は銘木をこのラファンに供給して頂き、誠にありがとうございました。皆様がいらっしゃらなければ、遠くないうちにラファンの家具産業は廃《すた》れ、延《ひ》いてはこの町自体が廃れてしまったでしょう。皆様は私どもの工房のみならず、町の恩人です」

「ええっ、そんな大袈裟《おおげさ》な……」

随分と年上の男性に畏《かしこ》まられて、俺たちは戸惑《とまど》い、ユキは困ったようにプルプルと首を振るが、クロウニーさんは「いいえ」と大きく首を振った。

「大袈裟ではありませんとも。節約はしていましたが、町全体を合わせても銘木の在庫は残り僅《わず》か。私どもも腕に自信はありますが、ラファンには立地という弱点があります。普通の木材では、あえて遠くの辺境から家具を取り寄せる理由がなくなり、町にお金が入ってきません」

物流の発達していないこの世界では、輸送費というコストが馬鹿《ばか》にならない。

仮に金貨一〇〇枚で一五〇枚分の価値がある家具を作れるとしても、輸送費に金貨二〇〇枚掛《か》かるとしたら？　自分の町の家具工房に、金貨二〇〇枚で発注した方が安上がりだろう。

対して銘木で作った家具なら、素材が手に入らないので真似《まね》できない。

「そういうことですか。ですが、私たちも随分と儲《もう》かりましたから、お互《たが》い様ですよ」

「ありがとうございます。――それで、本日はどのような家具を？　今でしたら、銘木を使った家具も大変お安くなっておりますが」

「なるほど、それなら――って、安くはないだろ。どう考えても」

原材料の売却価格を知っているのだ。

あれから木取りして加工することを考えれば、元よりもずっと高くなるのは当然のこと。

全員が好きな家具を銘木で揃えたら、下手したら折角貯めたお金が激減しかねない。

「ほっほっほ。それでも皆様が銘木を持ち込まれる前よりは、値下がりしているんですよ？」

クロウニーさんは笑いながらそう言うが、それでも俺たちには分不相応。

嘘《うそ》ではないのだろうが、普段《ふだん》使《づか》いするには気を遣《つか》いすぎる。

「俺は普通の木材で十分です。ここの家具は、それでも十分に高品質でしょう？」

「そう言われてしまっては、否定できませんね。では、行きましょうか」

微笑《ほほえ》んだクロウリーさんに案内され、今回ものんびりと展示会場を見て回った俺たちだったが、俺が選んだのはやはり前回目を付けていたロッキングチェアー……の、上位バージョン。

具体的には職人が採寸した上で、俺の身体《からだ》に合うように作ってくれる一点物。

当然、その分高くはなるのだが、これも地元への利益還元である。

そう、利益還元。心に棚《たな》を作ってくれる、とても便利な免罪符《めんざいふ》。

そんな物を手に入れたハルカたちも、普段《ふだん》の節制を棚上げにしてお気に入りの家具を注文。

やや殺風景だった我が家が、少しグレードアップしたのだった。

ちなみにだが、俺のロッキングチェアーと、トーヤの頼《たの》んだソファーの製造元は、図らずもシモンさんの工房だったようで。今後とも良い関係が続けられそうで、一安心である。

◇　◇　◇

さて、家具を注文した俺たちではあるが、その製作はすべて手作業、しかも手間隙《てまひま》を掛ける高級家具。一朝一夕《いっちょういっせき》に完成するはずもなく、できあがりを楽しみにのんびり待つことになる。

そして俺たちは日常に戻る――前に、装備の更新に着手した。

高級家具は確かに高かったが、俺たちが稼いだ額には遠く及《およ》ばず、これまた利益還元の名の下に、すべての装備を属性鋼で作り直すことにしたのだ。

さすがにこれに必要なコストは膨大《ぼうだい》で、実行すれば手持ちのお金は大幅《おおはば》に目減りする。

だが、死人は貯金を使えない。自分たちの命が最優先である。

特に異論もなく方針は決まり、ハルカとユキは早速《さっそく》、属性鋼の錬成《れんせい》に必要な素材を注文するためにリーヴァの元へ、トーヤは散歩がてら不要な素材を売りに冒険者ギルドへ。

残る俺とナツキは、二人でアエラさんの店へと向かっていた。

目的は美味《おい》しい料理――といっても、食べに行くわけではない。

銘木フィーバーで後回しになっていた、ブラウン・エイクとバインド・バイパーの調理法を教えてもらえないかと、お願いに行くのだ。

「いらっしゃいませ～」

お店の扉《とびら》を開くと、初めて聞く女性の声が朗《ほが》らかに俺たちを出迎えた。

目を向ければ、そこにいたのは記憶《きおく》にない二〇歳《はたち》前後の女性。

『おや？』とナツキを振り返ると、ナツキも彼女《かのじょ》を知らないようで、小さく首を振る。

「空いているお席にどうぞ？」

動かない俺たちを不思議そうに見て、女性が小首を傾《かし》げたので、俺は慌《あわ》てて口を開く。

「あ、いえ。アエラさんに用事があってきたんですが……。俺はナオと言います」

「ナオさん……？　少々お待ちください」

用件を告げると、女性は少し目を見開いて俺の顔をまじまじと確認《かくにん》。

何度か目を瞬《しばたた》かせてから、キッチンの方へと向かった彼女の背中を見送り、俺は店内を見回す。

今は午前中。営業時間を避けて訪《おとず》れたつもりだったのだが、どうやら午前からの開店に変更《へんこう》していたらしい。普通ならばあまり客が入りそうにない時間帯だが、それは無事に成功したようで、既《すで》にテーブル席の半分ほどが埋《う》まっていた。

客層も落ち着いた感じの女性が中心で、目論見《もくろみ》通りという感じだろうか。

心配なのはアエラさんの過労だが、彼女もプロだし、そのために先ほどの女性を雇《やと》ったのであれば、俺が気に掛ける必要はないのかもしれない。

「上手《うま》くいっているようで、安心ですね」

「そうだな。あの時に作ったナツキたちの制服も、出番はなさそうだ」

ナツキたちの客寄せ効果は実証済み。場合によっては必要かと思っていたのだが、幸いなことにこれまでのところ、そんな状況《じょうきょう》には陥《おちい》っていない。

「あらナオくん、あの服、気に入ったんですか？　何なら、家で着ましょうか？」

ニコリと微笑《ほほえ》むナツキに、思わず頷きそうになるが――。

「……これ、肯定《こうてい》して良い場面か？」

「大丈夫ですよ、私しか聞いてませんから」

それがダメな気がする。なので、少し話をずらす。

「しかしお互い、あの時の服は使い道がないよな。俺たちの生活では」

「そうですね。ユキが気合いを入れたので物は良いんですが……ちょっと勿体《もったい》ないです」

小さく笑うナツキから目を逸《そ》らし、もう一度お店を見回していると、キッチンから顔を出したアエラさんが嬉しそうに顔を輝《かがや》かせ、パタパタと駆《か》け寄ってきた。

「ナオさん！　お久しぶりです！　それに、ナツキさんも」

「え〜っと、数日前には会ったよな？」

「でも、お肉を納品したら、すぐに帰っちゃったじゃないですか。お家《うち》のご飯が一番ですか？」

少し頬《ほほ》を膨《ふく》らませて不満そうなアエラさんに、俺は苦笑を浮《う》かべる。

「あまり答えにくいことを訊《き》かないでくれ。隣《となり》のナツキと目の前のアエラさん、どちらの料理が美味《うま》いか言うようなものだろ？　今後の連携《れんけい》に支障が出る」

「そこはプロの料理人である、私の料理が美味しいと言って欲しいんですけど？」

「あら？　私は気にしませんよ？　単に、今後のナオくんのお食事が粗末《そまつ》になるだけですから」

「支障、大ありだよ！　絶対言わねぇ！」

俺は悪戯《いたずら》っぽく笑う二人から目を背《そむ》け、興味深そうにこちらを見る女性に視線を移した。

「ところでアエラさん、そちらの女性は？」

「あ、そういえば、ナオさんたちは初めてでしたね。私の修業時代の友達《ともだち》なんです。忙しくなってきたので、来てもらったんです」

「初めまして、ルーチェと申します。あなたがアエラの言っていた『ナオさん』なんですね」

ぺこりと頭を下げて自己紹介《しょうかい》をするルーチェさんに、俺とナツキも挨拶《あいさつ》を返す。

「ナオです。アエラさんにはお世話になっています」

「ナツキです。修業時代ということは、ルーチェさんも料理人なんですか？」

「いえ、私の方はアエラの働いていたお店で給仕《きゅうじ》をしてました。アエラが前のお店より給料アップ

を約束してくれたので、引っ越《こ》してきたんです」

「あ、給料アップで引き抜《ぬ》いたんだ？　友達だからとかじゃなく」

俺のそんな言葉に、ルーチェさんは唇《くちびる》に指を当て、「ふふふっ」と笑う。

「ナオさん、友情でお腹《なか》は膨らまないんですよ？」

「もう、ルーチェったら。前の職場とほとんど同じ額しか受け取ってないじゃない。それなのにこんな所まで引っ越してきてくれて」

「それはほら、折角引っ越ししたのに、このお店が潰《つぶ》れちゃったら困るじゃない？」

不満そうに言うアエラさんにそう言い返しているが、照れ隠しなのだろう。

この二人、外見はルーチェさんが年上に見えるが、彼女は人間、実際の年齢《ねんれい》はエルフであるアエラさんの方が上だろう。だが、二人の仲の良さは、そんな年齢差《ねんれいさ》を感じさせない。

「それよりもアエラ、ナオさんたちは放っておいて良いの？」

「あっ、ナオさん、ナツキさん、すみません。それで今日は？」

ルーチェさんに指摘《してき》され、慌ててこちらに向き直ったアエラさんに、ナツキが用件を伝える。

「実はバインド・バイパーとブラウン・エイクを狩《か》りまして。折角のお肉なので、できれば料理法を教えてもらえないかと」

「もちろん良いですよ！　任せてください！　両方とも上手く調理すれば美味しいですから」

ナツキの頼みを聞き、アエラさんはニコニコと軽く請《う》け合ってくれたが、そんな彼女の腕を、ルーチェさんが遠慮《えんりよ》がちに引く。

「ちょっと、アエラ。良いの？　料理の技術や知識は財産なのに……」

「ナオさんたちなら問題ありません。今このお店があるのはナオさんたちのおかげですし、ランチメニューで人気のあの料理だって、ナツキさんたちが教えてくれたものなんですよ？」

「あれを？　つまり、ナツキさんたちも腕の良い料理人？　なら、交流する価値は十分に……」

おそらくはトンカツとか、そのへんのことだろう。

目を丸くしたルーチェさんに視線を向けられ、ナツキが遠慮がちに微笑む。

「私たちなんて、大したものじゃ……ちょっとした趣味《しゅみ》ぐらいのものですよ？」

「あれで大した物じゃないと言われたら、この町の料理人は全員素人になりますよ！」

それは大袈裟、と言いたいところだが、かなりの部分は同意せざるを得ない。

この町の料理処には、『これで金を取るのか⁉』と思ってしまう店が多すぎる。

〝微睡《まどろ》みの熊《くま》〟のような例外はあれど、少なくとも大半の屋台は素人《しろうと》以下。

ついでに言えば、ハルカの【調理】スキルはレベル4で、ナツキとユキはレベル3。

普通に考えて十分すぎるほどに大した腕である。

「問題ないなら、お願いしたいが……空いている日はあるか？　午前中も営業を始めたようだが」

「そうなんですよ、ルーチェに勧《すす》められて。ただその代わり、定休日を作りました」

「おかげさまで経営は順調なんですが、逆に予約が多くなりすぎてましたから。他の用事が何もできなくなってたから、せめてゆっくり休める日が必要かと思いまして」

そこまで忙しくない午前の営業時間を増やす代わりに、丸一日の休みを確保する。そういう戦略で調整を行ったらしい。基本的に定休日がないお店が多い中、なかなかの英断である。

「良いと思いますよ？　余裕《よゆう》がないと、美味しい料理を作れないと思いますし」

「はい。私も改めてそう思います。試作料理を作る時間も確保できましたから。——あ、それでですね、定休日なら時間が取れるので、料理を教えるのはその日で良いですか？」

「あぁ。場所は……俺たちの家で良いか？　時間があるようなら、ルーチェさんも一緒《いっしょ》に」

以前はこのお店を借りたが、今は自宅に台所がある。

俺たちの都合で仕事場を借りるのは申し訳ないと提案すると、アエラさんはすぐに頷いた。

「判りました。では、伺《うかが》わせて頂きますね」

「えっと、私も良いんですか？　ご迷惑《めいわく》では？」

「問題ありませんよ。ウチは広いですし、是非一緒にいらしてください」

普段使わない食材を扱《あつか》えるのが楽しみなのか、嬉しそうなアエラさんと、やや遠慮がちに俺たちの顔を窺《うかが》うルーチェさん。そんな二人に、ナツキはニコリと微笑んだ。

◇　◇　◇

その日、俺たち全員が再び顔を揃えたのは夕食時。必然的に話題は今日の報告となる。

「それじゃ、アエラさんとの約束は取り付けられたのね？」

「はい。少し先になりますが、教えに来てくれるそうです。ハルカたちはどうでしたか？」

一応、今の主目的は武器と防具の更新。

属性鋼はどうなったのかとナツキが尋ねれば、ユキが肩をすくめて首を振った。

「全員の武器と防具に必要な量だからねぇ〜。さすがにリーヴァのお店には在庫がなかった」

「注文はしたんだけど、実際に手に入るまでには、しばらくかかりそうね」

「そうなのか。まぁ、そこまで急ぐわけじゃないが……トーヤは？」

「オレは特に報告することはねぇかなぁ。ギルドで普通に売って、金はハルカに渡して……後は町をぶらぶら？　ドラマもなーんもない。ナオが歩けば女に当たるのになぁ」

「人聞きが悪い⁉　人を犬と棒みたいに言うなよ。それにドラマが良いものとは限らないぞ？」

「そうですよ。私たちみたいな例もありますし」

「だよねー。トーヤって、ヤンデレでもオッケーなタイプ？」

今は亡き地雷《じらい》三人組か。あれはヤンデレじゃなくて、ただの性犯罪者だと思うが。

「あぁ、さすがに地雷を踏《ふ》むのは嫌《いや》だなぁ、オレも。あ、でも、獣耳が着いていたら……？」

「トーヤ、お前はまだ、ヤンデレの怖《こわ》さを知らない。『ミザ○ー』を読め？」

アホなことをほざく獣耳フリークに現実を教えてやる。

「何だそりゃ？　小説か？　つか、読めねぇよ、この世界じゃ」

「うむ、それが残念だ。ヤンデレ小説の金字塔《きんじとう》なのに」

「あれはヤンデレって言うのでしょうか……？」

「病んでいることは間違いないけど……。一般《いっぱん》的にはホラー小説よね」

「あたしの知っている『デレ』とは違うかなぁ……？」

何とも微妙《びみょう》な表情のナツキたち。まぁ、中身を知っていれば、そうなるだろう。

俺もあんな人には好かれたくない――が、知らないトーヤは力強く断言する。

「いや、可愛《かわい》ければ、多少病んでいても許容できる！」

「……トーヤ、あなた、一点突破《とっぱ》しすぎじゃない？」

「獣耳が着いていても、悪い女はいると思いますよ？」

「尻尾《しっぽ》の毛までむしり取られて、路地裏で震《ふる》えるトーヤの姿が目に浮かぶよ……よよよ……」

呆《あき》れ顔のハルカとナツキ、そしてわざとらしく目元を押さえるユキ。

しかし、男として『可愛ければ、多少は』の部分は少し同意できるので、一応フォローする。

「まぁ、あれだ。トーヤも飢《う》えているだけさ。獣人《じゆうじん》の多い町にでも行けば、病気も治まるだろ」

「病気扱いかよっ!? さすがに『多少』を超《こ》えるヤバい相手は、見極《みきわ》めて避けるぞ？」

トーヤがそう言って俺に反論するが、ハルカたちは懐疑《かいぎ》的である。

「その見極める目に、獣耳と尻尾しか映らないんじゃないかと心配なんだけど？」

「だよねー、トーヤだもん。本格的に検討してみるべきかも？ 獣人系の領地とかあるかなぁ？」

「不本意な評価だ！ が、そんな町に行けるなら、その程度の中傷は甘んじて受け入れよう！」

その反応が既にダメな気がするが……まぁ、捕《と》らぬ狸《たぬき》というやつか。

「それはトーヤに恋人《こいびと》ができてから考えようか。杞憂《きゆう》に終わるかもしれないし」

「……それは、オレが良い人を捕《つか》まえるかもって意味だよな？ 恋人ができる可能性が杞憂レベルって話じゃないよな？」

「……少なくとも、天が落ちてくるよりは確率が高いと思ってるぞ？」

「答えになってねぇ⁉」

いや、選ばなければ、普通にできると思うけどな？

けどトーヤって、獣耳がたくさんいたらいたで、目移りしそうなんだよなぁ……。

でも面倒なので、指摘はせずに話を纏《まと》める。

「取りあえず、今日の用事は順調に終わったということで。明日から当面、何をするかだが——」

「あ、はい！　あたし、ソースが作りたい‼」

俺の言葉をやや食い気味に、妙《みょう》な宣言をしたのはユキだった。

「突然《とつぜん》どうしたの、ユキ？」

「あたし、思ってたの。インスピール・ソースは確かに美味しい。この世界ではある意味驚異《きょうい》的に。でも、同じ味は飽《あ》きる！　変化が欲しい！」

そう言いながらユキが指さすのは、目の前の料理。

「なるほど。ハルカたちの料理に不満はないが、バリエーションを増やすことには賛成だな」

その辺の屋台と比べれば雲泥《うんでい》というものだが、料理上手が三人もいるのだから、どうせならいろんな雲を食べてみたい。

数少ない調味料だけに、インスピール・ソースは結構な頻度《ひんど》で日々の料理に使われているのだが、正直に言ってしまうと、醤油《しょうゆ》などに比べてそこまで汎用性《はんようせい》のあるソースではない。

だが、ハンバーガーのようなパン食が多くなりがちな現状ではそれなりに合うし、やはり単純な塩味などより美味しいので、必然的に似たような味が多くなってしまう。

「オレも同感ではあるけどさ。オレとナオが手伝えることってあるか？」

「同意。大した料理も作れない俺たちが、ソースなんて高尚《こうしょう》な物を作れるわけがない」

「もちろん解ってる。だから、作ってもらうのは、インスピール・ソースだよ」

ドヤ顔で言ったユキの言葉を聞き、俺とトーヤは顔を見合わせた。

「……？　じゃあ、何も変わらないだろ？」

「ちっちっちっ、ほら、インスピール・ソースって、入れる物によって味が変わるじゃない？　それぞれが個性的な物を入れたら、いろんな味のソースになるかと思って」

「へぇ、ユキ、なかなか良いことを考えたわね？　確かにそれは面白《おもしろ》いかも」

「でしょ？　そんなわけで、壺《つぼ》を用意したよ！」

そう言って、ユキがマジックバッグから取り出したのは一〇個の壺。

容量は五リットルぐらい、薄茶色《うすちゃいろ》の瓶《かめ》のような形をしたそれを、俺たちに二個ずつ配る。

「……準備が良いな？　決まる前から」

「お金がたくさん入ったからね！　否決されても、自分で実験するつもりだったし」

銘木のおかげで今の俺たちの財布《さいふ》はかなり重い。この程度の壺なら、大して痛くないほどに。

蓋《ふた》を開けて覗《のぞ》いてみれば、中には既に少量、インスピール・ソースが入っていた。

「この中に各自好きな物を放《ほう》り込んで、完成したソースの品評会をしよ？　どうかな？」

「ほほぅ、オレのセンスが試されるわけか。料理は作れねぇけど、これならいけるぜ！」

トーヤは自信ありげに、「ふっふっふ」と笑うが、そんな彼《かれ》にナツキが心配そうな目を向けた。

「……トーヤくん、食べられない物を入れてはダメですよ？」

「それぐらいは信用して⁉　闇鍋《やみなべ》じゃあるまいし、食える物しか入れねぇって」

「闇鍋でもダメだと思いますが……。人間は骨を食べませんからね？」

「犬じゃねぇ！　いや、マジで普通の物しか入れねぇから。金の無駄遣《むだづか》いをするつもりはない」

さすがにトーヤも、食えない物は入れないだろうが、『肉が好きだから』と生肉を放り込むぐらいならやりかねない危険性が――いや、待てよ？

もしかしていける？　インスピール・ソースのポテンシャルなら……。

「……ナオ、妙なこと考えてない？」

「いや、別に？　単にインスピール・ソースの可能性について、思いを馳《は》せていた」

「十分妙だと思うけど……ま、あまり制限すると似た物ばかりになるだろうし、多少突飛《とっぴ》な物があっても良いでしょ。予算は、一人金貨二枚までにしましょうか」

「それぐらいなら痛くないか。今の俺たちなら」

全員で金貨一〇枚。この額を許容できるとは、思えば成長したものである。

「だね！　あ、でも、ちゃんと再現できるように、記録は残しておくこと！」

「美味しければ、また作らないといけませんしね。期限はいつまでにします？」

品評会をするなら、締《し》め切りを決めないといけない。

だが、熟成には多少の時間も必要になるわけで。

「なら……アエラさんが来る日でどうだ？　折角だし味見に付き合ってもらおう」

順位付けをするなら身内以外の意見も聞きたいし、時には他人に食事を振る舞《ま》うこともある。

そんなときのために、こちらの人の味覚にも合うかどうかも知っておきたいと、そんな理由で提案したのだが、皆《みな》はそう取らなかったようだ。

「ほほぅ、本格的な競争にしようと？　ナオもやる気だね！　当然その日まで、どんなソースを作ったかは秘密だね！　面白くないもんね！」

「ふっ。つまり、オレの作ったソースも、忖度《そんたく》なしの公平なジャッジが期待できるわけか」

「公平かどうかは判りませんが……料理人としての意見は気になりますね」

「ふふ、誰《だれ》が一番美味しい物を作るか、楽しみね？」

いや、そんな、戦いじゃあるまいし。

だが、やる気があるのは良いこと……だよな？　そのやる気が味に繋《つな》がるかが問題なだけで。

……むぅ、不安しかないぞ？

◇　◇　◇

翌日の早朝、ハルカたちは『ソースの材料を探す』と、町へと散っていった。

釣《つ》られて俺も家を出たものの、特に当てがあるわけでもなく、一人、市場を散策中。

朝の市場は活気があり、色々な食材が売られているのだが、これだけあると逆に目移りする。

「自由にと言われても、悩《なや》むよなぁ」

まずは、あのお好みソースっぽい味から離《はな》れることを考えてみるか。

俺の知るお好みソースはデーツで甘みを出していたが、インスピール・ソースはイモを入れることで甘さが増す。なので、イモ類は除外。前回入れなかった物は……。

「根菜を使わなかったよな……？　安く手に入るし、やってみるか？」

大根や蕪《かぶ》みたいな野菜、人参も根菜か。一つ目はこのへんで纏めてみよう。

さすがに根菜だけだと面白みに欠けるので、安めの香辛料《こうしんりよう》も入れるとして……。

「もう一つは……お店のオススメを入れていこうか？」

市場を歩いていると、店の前で強く目を惹《ひ》くお薦《すす》め商品。

言い換《か》えるなら、大量にできた作物。お安いのが良いところ。

ギャンブル要素も大きいが、俺の主観が入らないし、これもまた面白いだろう。

ぐるりと見回し、たまたま店番のおばちゃんと目が合った露店《ろてん》へと足を向ける。

「おばちゃん、オススメは何？」

「ウチのは全部オススメさね。でもこの時季だとこれが特に美味いよ！」

農家のおばちゃんっぽい女の人が差しだしたのは、タマネギっぽい野菜。

……うん、【ヘルプ】でもタマネギと出ているから、それに近い品種なのだろう。

「丸焼きにして塩をかけるだけでも、甘くて美味しいのさ！」

「へぇ、それじゃ、それを三つちょうだい」

「毎度！　銀貨一枚だよ！」

うん、安い。俺の握《にぎ》りこぶしよりも一回りぐらい大きいのに。代金を払って次の店へ。

ここは葉物野菜が多いが、全体的にちょっと萎《しお》れている。

冷蔵庫もないし仕方ないのだろうが、サラダなど、生で食べるには厳しそうである。

ここで店番をしているのは、少年。親の代わりに売っているのだろうか。

「こんにちは。オススメを教えてくれるかな？」

「オススメ？　そうだな、それなんか良いんじゃないか？」

そう言って少年が指さしたのは、隅《すみ》の箱に積まれたセロリのような野菜。

一つ手にとって匂《にお》いを嗅《か》いでみると、セロリとは少し違うが、やはり強い匂いがする。

【ヘルプ】では……　〝ベレオージ〟？

「もしかして、これって売れてないのかい？」

「な、何を言うだ、兄ちゃん！　そんなことないだ！」

少年は焦《あせ》ったように否定するが、他の野菜と比べると、明らかに残っている量が多い。

匂いにもクセがあり、売れにくいのかもしれない。子供とか嫌《きら》いそうだし。

「もしかして……売れ残ると、君の食事になったり？」

俺の言葉に視線を逸らした少年だったが、じっと見ていると堪《たま》りかねたように叫《さけ》んだ。

「……もうベレオージばっかの食事なんて嫌なんだ！」

うん、ありがちである。まぁ、売れ残ったら自家消費するしかないよな、収穫《しゅうかく》した以上。長期に保存できる物でもないわけだし。

「はっはっは！　ベレオージは畑の隅に播《ま》いておくだけで、簡単にできるからね！　この時季にはどこの店でも置いてあるのさ」

笑いながら俺たちの会話に入ってきたのは、隣のおばちゃん。

今がちょうど旬《しゅん》なので、片手間に栽培《さいばい》した農家がついでに店に並べるらしい。

そう言うおばちゃんの所にもしっかりと。

あまり売れないと解っているのか、その数は少ないのだが。

「気持ちは理解できるが、この量は買えないぞ？」

インスピール・ソースの材料にするには多すぎるし、普通の料理にするにしても、俺が調理するわけではないので、大量に買い込むことはできない。

「それでも良い！　ちょっとでも減らしてくれ！　値引きするから」

「うーん、そこまで言うなら」

俺もセロリは好きじゃないし、あれを毎日食べさせられることを考えると……。

懇願《こんがん》するように頭を下げる少年が不憫《ふびん》になり、俺はベレオージを購入《こうにゅう》。

両手を使ってやっと掴《つか》めるような量で、銀貨二枚。相場は判らないがたぶん安い。

その様子に隣のおばちゃんは苦笑していたが、それは無理に売った少年に対してだよな？

高く売りつけられた俺に対してじゃないよな？

ま、仮に多少高いとしても、銀貨二枚程度なら大した問題でもないし、構わないのだが。

そんな感じで更に六軒《けん》ほど露店を回り、それぞれの店でオススメ商品を一品ずつ購入。

家に戻ってみると、台所に立っていたのはナツキだった。

料理中だったのか、コンロでは蒸し器が湯気を上げ、美味しそうな匂いを漂《ただよ》わせている。

「あ、ナオくん。お帰りなさい」

「ただいま。ナツキだけか？」

「はい。ユキは仕込《しこ》みを終えたようですが、トーヤくんとハルカはまだ帰っていません」

「そうか。ハルカはともかく、トーヤは心配だな……ソースの中身的な意味で」

今更《いまさら》町で危険な目に遭《あ》うことはないだろうが、妙な物を見つけてきそうという意味では危ない。

時には『常識に囚《とら》われず、果敢《かかん》に挑戦《ちょうせん》し、新たな価値を生み出す』なんてことも必要だろうが、その結果が俺の口に入ると思うと……『最低限の常識』という枠《わく》はあると期待したい。

「大当たりか、大外れか……ちょっと楽しみではありますけどね。——お手伝いしましょうか？」

「その蒸し器は良いのか？」

「はい、しばらくは待つだけですから」

そう言って微笑むナツキの手も借り、俺は買ってきた材料を丁寧に洗っていく。

本当は何を使うかも秘密にすべきなんだろうが……そこまで厳密にやることもないか。

「あとはこれを刻むだけだが……」

壺の容量は五リットルほど。それに応じて刻む野菜もかなり多くなる。

時間をかけて熟成させるのであれば、あまり細かく刻む必要はないのだろうが、今回は日数がないので、頑張って微塵《みじん》切りにするしかないだろう。

「結構大変だよな、これ」

「あ、心配しなくても良い物がありますよ。なんと、フードプロセッサーが」

ニコニコと嬉しそうにナツキが出してきたのは、まさしくそれ。

形は少し違うし、ちょっと大きいが、実物を知っていればすぐに判《わか》るぐらいの差でしかない。

「どうしたんだ、これ？　売っていた……ってことはないよな？」

「つい先日、ハルカとユキが作ってくれたんです。錬金術《れんきんじゅつ》を使って。お野菜を刻むのはそう苦じゃないんですが、ミンチ作りはとても楽になりました」

あまり料理をしない俺でも、ミンチを包丁で作るのが非常に大変なことぐらいは理解できる。

しかもウチの場合、一度に纏めて作るのだから、その作業量たるや。

肉には事欠かないのだから、ステーキなどにした方が余程楽だろう。

なのに最近、時々ハンバーグや肉団子が出てくると思ったら、これのおかげだったのか。

「やっぱりパンに挟むなら、ハンバーグの方が食べやすいですからね」

「だよなぁ。工夫《くふう》はしてくれていたが……ステーキでも普通に食うのはトーヤぐらいだよな」

ナツキたちも肉を薄《うす》くスライスしたり、細かく包丁を入れたりと、手間を掛けてくれていたのだが、やはりハンバーグに比べると食べにくい――普通に噛《か》み千切るトーヤを除いて。

「それじゃ、それを借りて……」

野菜を大まかに刻んで放り込み、ガチョッと蓋をする。スイッチは……強、中、弱とあるな？

「強で良いか。スイッチオン」

「あっ――」

グギュオォォォン‼

ちょっと調理器具とは思えないような音を立て、中身が一瞬《いっしゅん》にしてジュースになった。

「それ、かなり強力ですから、気を付けた方が――って遅《おそ》かったですね」

「い、いや、問題はないが……想像以上だった。蓋のロックが妙にしっかりしていると思ったら」

俺の知るフードプロセッサーの蓋は載《の》せるだけだったが、ハルカたちの作ったこれはかなりしっかり閉まるようになっていた。その理由がこの威力なのだろう。

――威力という言葉は、調理器具に使うべき言葉だっただろうか？

「安全対策は必須《ひっす》だな。ハルカたち、作る時に怪我《けが》しなかったか？」

「これ、軟骨《なんこつ》入りのミンチも作れますからねぇ。そこは注意したと言ってましたよ」

家庭用としてはややオーバースペックな気もするが、便利なことは間違いない。

特に今回は、ジュースになっても問題ない物。

俺はドカドカと材料を放り込むと野菜ジュース的な物を作り、壺の中に注ぎ込む。

「後はこれを……」

どうしようかと顔を上げると、ナツキが食堂の窓辺に置かれた机を指さす。

そちらを見れば、側面に『ユキ1』、『ユキ2』と書かれた壺が二つ。

「なるほど」

俺もそれに倣《なら》い、『ナオ1』、『ナオ2』と書いて隣に並べ、「うむ」と頷いた。

◇　◇　◇

ある日の我が家の台所。そこにパチパチと拍手《はくしゅ》の音が響く。

「本日は、講師にアエラさんをお招きしております。拍手でお迎《むか》えください！」

そんなことを言ったのはユキだが、俺たちにも打ち合わせなどなかったわけで。

響いた拍手はユキ一人のものである。

「ど、どうも、アエラです……？」

それでも乗ってくれるアエラさん、優《やさ》しい。

きょときょと視線を彷徨《さまよ》わせながら、ぺこりと頭を下げる。

「アエラさん、無理に付き合わなくて良いからね？　でも、今日は来てくれてありがとう」

「い、いえ、お料理は好きなので……。久しぶりに調理する食材、楽しみです」

「ひどーい、あたしも歓迎《かんげい》の意を示しただけなのに～。あ、それからゲストのルーチェさんです」

「えっ!?　えっと……ルーチェです。初めまして？」

ぶぅと口を尖《とが》らせたユキから唐突《とうとつ》に紹介され、これまた律儀《りちぎ》に頭を下げるルーチェさん。

「初対面の人を困惑《こんわく》させるな。ついでに言えば、俺も困惑だ」

「さっき紹介してもらったしなぁ」

当然ではあるが、ルーチェさんのことは、ウチに来た時点でアエラさんが紹介済み。

台所まで来て改めて言われても、困るだろう。

「料理番組の様式美かと思って！　ちなみに、慣れない手つきで材料を切ったり、ただ混ぜるだけの作業という、ゲストの見せ場もきちんと用意――」

「しなくて良いですから。アエラさん、作業を進めましょう」

「あ、そうですね。では、まずはブラウン・エイクから」

苦笑したナツキに促《うなが》され、シャキッと料理人の顔になったアエラさんは、用意されていたブラウン・エイクの肉の塊《かたまり》を手に取ると薄くスライス、それにパラリと塩を振る。

「これは狩った後の処理が重要です。手を抜くと臭《くさ》みが強く出るので……ちょっと失礼して」

その肉をさっと焼いたアエラさんは、パクリ、モグモグ。

「……うん。とても処理が良いですね。臭みもほとんどありません。それをクセとして好む人もいますが少数派です。このお肉は普通の人でも食べやすい、かなり理想的な状態ですね。これならいろんな料理が作れますよ。何種類か作ってみましょう」

アエラさんが手早く肉を切り分け、それをハルカ、ユキ、ナツキの三人が手伝う。

当然ながら俺とトーヤ、ついでにルーチェさんは見学組である。

「ちなみにルーチェさん、普段、お料理は？」

「私は食べる専門です。アエラがいたから……」

「あぁ、料理が上手い人が身近にいると……自作しても『コレじゃない』というか」

苦笑を浮かべるルーチェさんに俺が頷くと、彼女も『我が意を得たり』とばかりに深く頷く。

「でしょ！　手順も守ってるし、同じ物を使ってるはずなんですけど」

「ちょっとした違いが、重要なんでしょうね」

「センスの違いなんですかねぇ。アエラって、あれで冒険者としても強いですすよね。それでいて、ちょっとダメなところもあるから目が離せないというか。――今後の私の食生活がピンチになるので、これ以上は秘密ですけど」

視線を俺の背後に向け、何故《なぜ》か少し慌てたように口を噤《つぐ》むルーチェさん。

そちらに目をやると、そこには鋭い目をしたアエラさんが。

だが、俺が目を向けたことに気付くと、アエラさんは誤魔化《ごまか》すように笑って料理を再開する。

「か、硬《かた》くなりやすいので、あまり火を通しすぎないのがコツですね。煮込《にこ》む場合は、手間と時間がかかります。取りあえず今回は焼き料理を二品、煮込み料理を一品作ってみますね。その手順を見れば、ハルカさんたちなら応用も利くと思います。まずは――」

解説を挟みながらも、流れるような動きで煮込み料理の仕込みを終えたアエラさんは、それが煮《に》える間に焼き料理に取り掛かったかと思うと、あっという間に二品仕上げてしまった。

さすがはプロ。ハルカたちも人並み以上だが、それ以上に動きが滑《なめ》らかである。

「煮込みは時間がかかるので、まずは焼きの方を、温かい内に食べてみてください」

自信ありげに差し出された鹿肉《しかにく》料理。それを一口大にカットして、みんなで味見する。

ややしっかりとした歯応えだが、硬すぎるということはなく、臭みも感じられない。

むしろ、独特の旨味《うまみ》があって、コレはコレであり。

「想像以上に美味しいな。鹿肉ってもっと食べにくいかと思っていた」

「私も料理人ですから。美味しく食べられるように工夫はしてます。ここまで食べやすいのは、お肉の処理が良かったからこそですけどね」

俺の素直《すなお》な感想に、アエラさんは自慢《じまん》気な、それでいて嬉しそうな笑顔で胸を張る。

「他の皆さんはいかがですか？」

「美味しいわ。若干手間がかかるけど、これならたまには作っても良いわね」

「オレは好みだな。柔《やわ》らかすぎないのが良い」

ナツキやユキ、ルーチェさんにも評判は良く、できあがった料理はすぐになくなる。

「問題ないようですね。次はバインド・バイパーに取り掛かりましょう」

「バインド・バイパー、見た目がちょっとアレよね」

マジックバッグから取り出したバインド・バイパーの肉は、幅《はば》五〇センチほどのぶつ切り。

皮は剥《は》いであるので、言われなければ蛇《へび》とは気付かないかもしれないが、そうと知っている俺たちからすれば、どう見ても蛇の一部である。しかも真っ赤。結構、グロい。

「一般的な食材じゃありませんし、慣れないとそうかもしれませんね。でも、バインド・バイパーの骨から作るスープはとても美味しいんですよ？」

「骨から、ですか？」

「はい。とても簡単なんですけど、手間がかかるんですよね」

具体的には中骨を鍋に入れ、灰汁《あく》を取りながらひたすら煮るだけ。

煮崩《にくず》れるほど柔らかくなったら漉《こ》し、あとは塩で味を調える。

香草《こうそう》などを入れても良いが、そんな物が必要ないほど澄《す》んだ味の美味いスープになるらしい。

「まさか、骨に価値があったとは……最初に斃《たお》したやつ、骨を捨てたのは勿体なかったな」

二匹目《ひきめ》以降は手間を省いて骨ごとぶつ切りにしていたのだが、それが功を奏した形である。

「でも、オレの持ってる本には、骨が売れるって書いてなかったぞ？」

「作業は単純でも、煮込みに三時間から五時間はかかるので、使う人が限られるからでしょうね。普通のお肉屋さんでは買い取ってくれないかも。家庭で作る人はまずいないので、基本的にはお店、それもちょっと高級な食事処で出てくるスープですね」

「確かにそれは、『ちょっと今夜の夕食に』とはいかないわね」

骨と水を入れた鍋を火にかけたところで、アエラさんがルーチェさんに振り返る。

「はい。お店でも大量に作らないと、なかなか……。ということで、ルーチェ、お願いね」

「はーい。灰汁を取っていれば良いのね？」

「うん、よろしく。――あちらはルーチェに任せて、お肉にいきましょう。少し硬い……というか、弾力《だんりょく》があるので多少好みが分かれますけど、薄くスライスして塩焼きにすると結構いけます。鳥のせせりみたいな感じでしょうか？　脂《あぶら》は少ないですが」

「ほぅ、せせり！　俺、結構好きだな」

蛇ということと肉の色で、少し敬遠する部分もあったが、食べてみても良いかもしれない。

「そうなんですね！　でも、弾力が強い分、あまりたくさん食べられる肉じゃないんですよ。自分たちで消費する場合は、ある意味、骨よりも処理に困るかもしれません」

話しながらも切り分けた肉を薄切りにして、フライパンで焼いていくアエラさん。

火を通すと真っ赤だった肉の色が変化し、牛肉と豚肉《ぶたにく》の中間ぐらいの色に落ち着いた。

それに塩をパラパラ。フォークで刺《さ》して、俺に「どうぞ」と渡してくれた。

「――むぐむぐ。やや淡泊《たんぱく》だが、案外美味い……噛んでると旨味が出てくるな」

こにゅこにゅとした弾力のある食感は、確かに鳥のせせりに似ている。

だが、アエラさんが言ったように脂は少なく、ややヘルシー？

難点を挙げるなら、薄くスライスしてあっても顎《あご》が疲《つか》れるほどの弾力があることだろうか。

「これは、たくさん食べられないわね」

「ミンチにすれば……いえ、このお肉だけだと、少し厳しいでしょうか」

食べるのは少量で良いという皆の意見の中で、一人だけ異を唱えたのはトーヤだった。

「オレはこの歯応え、好きだな。もっとぶ厚い肉でも良いかも」

「えぇ⁉　獣人の方でも厳しいと思いますけど……焼いてみますか？」

「おう。お願い」

目を丸くしたアエラさんが、今度はステーキサイズで肉を切り分け、焼いていく。

匂いだけは美味そうなんだが……あの厚み、食べられるのか？

「できましたけど……大丈夫ですか？」

「いただきます！　むっ……この、歯応えが……良い感じ？」

皿に載って出てきたステーキをフォークでぶっさし、齧り付くトーヤだったが、その様子は『ぶちんっと噛み千切る』といった感じだ。俺にはまず無理そうである。

ハルカたちもそれは同じだったのか、ため息をついた。

「……やっぱり、大半は売った方が良さそうね。アエラさんのお店はどう？」

「ウチもそこまで多くは……。骨の方はありがたいですけど。すみません」

「いやいや、別に気にする必要はないから。冒険者ギルドにでも売るさ」

申し訳なさそうに眉尻《まゆじり》を下げたアエラさんに俺は手を振る。

こういうときのためのギルドなのだから、活用すべきだろう。

「だがこれなら、積極的に狩るような獲物《えもの》でもないか」

「オークの方がお手軽だよね。お肉も使いやすいし？」

遭遇《そうぐう》すればわざわざ避ける必要もないが、あえて探して狩るほどの価値もない。

そんな俺たちの意見に、アエラさんが笑《え》みを浮かべる。

「ふふふ、そうでしょうか？　もしかしたら意見が変わるかもしれませんよ？」

「ん？　何かあるのか、アエラさん？」

「それは後のお楽しみです。さぁ、ブラウン・エイクの煮込みができましたよ」

深皿に入って提供されたそれは、まるでビーフシチューのような見た目。

ゴロゴロと転がるお肉を掬《すく》って口の中に入れれば、ホロリと身が崩《くず》れ、香草の香《かお》りが鼻に抜ける。

非常にコクがあり、微《かす》かにある肉のクセも上手く調和している。

少し固めのパンと一緒に食べたい料理。素晴《すば》らしい。

『素材を活《い》かした』と言いつつ、『それ、素材そのままだろ？』って感じの料理もあったりするが、これはそんな料理の対極。素材は活かしてあるが、そこには確かに料理人の腕がある。

「味付けのバランスが凄いです……経験では敵《かな》いませんね」

「うわぁ、ここまで柔らかくなるんだ？　ちょっと想像以上だよ……？」

「時間をかけるとこれぐらいにはなります。やっぱり家庭だと手間がかかりますけど」

これも時間、だよなぁ。俺たちはそこまで忙しくないが、作るのはハルカたち——あ。

もしかして、時空魔法を上手く使えば時間の短縮も可能……？

以前やったディンドルの乾燥では上手くいったし、これは検討の余地があるかもしれない。

「もう一品、バインド・バイパーの料理です。一般的には、これぐらいの量をお酒の肴《さかな》として出しますね。飲みながら、ちびちびと食べる感じです」

煮込みを食べている間にアエラさんがささっと作って出してくれたのは、小鉢《こばち》の料理。

小さく薄切りにした肉を甘辛《あまから》く炒《いた》めてあり、美味。これはご飯が欲しくなる料理だ。

「……あぁ、これなら食べやすいですね。私たちはお酒を飲みませんが、確かに合いそうです」

「うん、作り置きしておけば、一品になるかも」

「ありがとうございます。締めはバインド・バイパーの骨を使ったスープ——といきたいところですが……もう少しかかりますね」

ルーチェさんが番をしていた鍋をかき混ぜ、アエラさんが少し考えるように顎に手を当てる。

ちなみにそのルーチェさんは、灰汁取りをアエラさんと替《か》わり、料理に舌鼓《したつづみ》を打っている。

「あ、じゃあ、ちょうど良いね！　この時間を使ってやっちゃおう！」

ユキがそう言いながら立ち上がり、笑顔で両腕を広げた。

「インスピール・ソースの品評会、開催《かいさい》だよ～～！　どんどんぱふぱふ～～！」

唐突な宣言に、アエラさんとルーチェさんが目を瞬かせる。

「……え？　品評会、ですか？」

「インスピール・ソースって、アエラが作ってるあのソースだよね？」

「うん。実はみんなで作ってみたんだよね、入れる物を変えて」

ユキが窓際《まどぎわ》を指さすと、どこかスッキリしたように、両手をポンと合わせるアエラさん。

「あぁ、あれですか！　実は気になってたんです」

そりゃ気になるだろう。窓際にずらりと一〇個、名前の書かれた壺が並んでいるのだから。

むしろ二人が今まで、何も訊いてこなかった方が不思議である。

「正直に言えば、私も。何かの宗教儀式《ぎしき》かと……訊きづらかったんですよね」

「儀式⁉　ヤバい人じゃん、そんなの！」

ユキが目を剥《む》くが、確かに一歩引いて見てみれば、骨壺《こつつぼ》か何かにも見えなくもない。

明るい所だからマシだが、これが地下室の暗い場所にでも置いてあったら、身体の一部でも漬《つ》け込まれていそうで……ホラーである。

「心配しなくても、あれはソースの入った壺です！　ヤバいものじゃないよ、たぶん」

「『たぶん？』」

「どんな味かはあたしたちも知らないからね。──ってことで、品評会。アエラさんとルーチェさんには、第三者として公平な意見を期待するよ」

「そういうことであれば。でも、料理に関しては妥協《だきよう》しませんよ？」

「私はプロじゃないので、単純な好みになりますが……解りました」

「うん、よろしく。なんと！　一等賞になった人には豪華《ごうか》賞品が‼　──あったら良いな？」

途中《とちゆう》から疑問形で小首を傾げるユキに、俺は苦笑する。

「一気に弱気だな、ユキ？　賞品進呈《しんてい》はないのか？」

「あたしに提供できる物なんてないもの。ハルカ、なんかない？」

「突然そんなことを言われてもね。事前に相談してくれれば、考えておいたけど……優勝者のお願いを一つ、ユキが叶《かな》えるってのは？」

「なるほど、それならコストは掛からないね！　あたしだけ、大変だけどね‼」

「発案者だし？」

「そうだけど～。せめて『誰か一人にお願いできる』にしようよ。あたしが勝ったら悲しいよ？」

ユキが上目遣《うわめづか》いで窺うものだから、俺たちは思わず笑いを漏《も》らす。

「ふふっ、良いんじゃないですか？　みんなもそれで良いですか？」

「うん、この面子《めんつ》なら良いか」

妙なことを言うやつもいないだろうし、余興としてはありだろう。

ハルカとトーヤも、『まあ良いか』とでもいうような表情で頷き、評価の準備が整えられた。

目の前に並ぶのは、一人一〇枚の小皿。全員分なので、計七〇枚。この時に備えてユキが土魔法で量産した物で、番号が彫《ほ》り込まれていて区別が付きやすくなっている。

厳密にやるならブラインドテストにすべきだろうが、所詮《しょせん》はお遊び。面倒なので、どの番号が誰が作ったソースかは、事前に知らされている。

「自由に味をみても良いけど、折角だしプロモーションが欲しいよね。誰からいく？」

「誰でも良いけど、一番と二番が私のだし、私からいきましょうか？　まずは一番の方ね」

色は……黒いな。今までのインスピール・ソースと比べて粘度《ねんど》も高い。指に付けてペロリ。

「甘っ！　なんだこれ⁉」

予想外の味に思わず声が出る。

甘辛いは想像していたが、これは純粋に甘い。

「まるで黒蜜《くろみつ》ですね。砂糖とはちょっと違う風味がありますが」

「ハルカ、何入れたの？　砂糖は高いよね？」

「実はこれ、芋《いも》しか入れてないの。しかも一種類だけ」

「――芋だけ？　芋だけだとこんな味に……種類の問題でしょうか？」

アエラさんはハルカの言葉に瞠目《どうもく》すると、より味わうように目を瞑《つぶ》ってソースを舐《な》める。

「上手く使えば、お菓子《かし》も作れそうですね」

「そうね。思ったよりも成功、かしら？　次、二番の方は……使い方次第かも」

「こっちは食べる前から匂いがきついな」

色はこちらも黒っぽいのだが、舐めてみるとあまり味がなく、香りばかりが強い。

あとは少しの刺激《しげき》。ピリッと舌を刺し、正直に言えばあまり美味しくはない。

「こっちは香草類だけを入れてみたの。料理に使うことを考えて作ってみたんだけど……」

「香味《こうみ》油のような使い方が良いかもしれません」

「ちょっと混ぜるだけで、料理が一段階美味しくなるタイプの調味料だね」

俺の印象はイマイチだったが、料理をする人からは案外高評価である。

まぁ、ニンニクとか、ショウガとか、匂いの強い食材はそんなものか。

そのまま食べても美味しくないが、あるとなしでは料理の味がまったく違う。

取りあえず、こちらも成功と判断しても良さそうである。

「シンプルな素材できっちり有効な物を作るとか、さすがハルカだね。次は三番と四番だから、あたしかな？　結構上手くできたと思うよ？　――片方は」

色は三番が薄い茶色、四番はそれよりも黒っぽくて、両方ともさらっとしている。

「三番は……何というか、フルーティー？　使いにくそうな……」

「お店で使っているソースを薄めたような味ですね」

首を捻《ひね》る俺に同意するようにルーチェさんも頷き、微妙な表情。

「うーん、やっぱりそうだよね。常識に引っ張られたのか、思った以上に差が出なかったんだよ。でも、本命は四番の方だよ！　食べてみて？」

自信ありげなユキに勧められるまま、四番を舐めてみる。

「――むっ！　これは、ウスターソース！　っぽい！」

「ふっふっふ、でしょ？　ウスターソースと同じような原料を、頑張って探したんだ！」

これは納得の味なのか、ユキが満面の笑みで胸を張るが、それを聞き、ハルカは眉根《まゆね》を寄せた。

「……ちょっと待って、ユキ。ウスターソースの原料ってことは、トマトが手に入ったの？」

「うん！　見つけた！」

「えっ⁉　それならトマトケチャップも作れるか？」

俺、トマトケチャップって結構好きなのだ。

できるなら作って欲しい、と期待の視線を向けたのだが、ユキは小首を傾げる。

「いや、どうだろ？　見つけたのは乾燥トマトだったし……」

「乾燥トマト……できる、かしら？　使ったことないのよね、私」

「そもそもハルカ、トマトケチャップの作り方って知っているんですか？　トマトピューレならともかく、あの味に調えるのって難しいと思うんですが……」

「それはあるわよね。トマトと砂糖は判るけど、他の香辛料が難しいし」

「ほとんどはその二つだと思いますが、たぶん、僅かな香辛料が決め手ですよね」

「トマトのソースですか？　この時季は乾燥物になりますよねぇ。水で戻せばそれっぽい物は作れますが、やっぱり新鮮《しんせん》な方が美味しいですから。保存できないので、季節物でしょうか」

自然に会話に入ったアエラさんだったが、その言葉には重要な情報が含まれていた。

そのことに気付いたハルカが一瞬動きを止め、慎重《しんちょう》に尋ねる。

「……この辺りでも、生のトマトは手に入るの？」

「もう数ヶ月ほど経てば、市場に並ぶと思いますけど……？　もしかして、この辺りでは栽培されていませんか？　潰れやすいので、あまり余所《よそ》の町からは運んでこない作物ですよね」

「そのあたりは私たちも……この町に来たのが、昨秋でしたから」

そんなハルカたちの議論に取り残されたユキが、少し口を尖らせてハルカをツンツンと突《つつ》く。

「ねぇねぇ、ケチャップじゃなくて、あたしの作ったソース、話題にして欲しいかな？」

「え、良いんじゃない？」

「軽っ⁉　結構考えて作ったのに！」

「だって、そんな感じの味だし。ねぇ？」

「まぁ、そうだな。普通に使えるソースだよな」

「今までのソースの派生みたいな感じで、驚きは少ねぇけど」

ハルカに同意を求められ、俺たちも普通に頷く。

普通に美味しいのだが、驚きはない。『うん、ソースだよね』って感じで。

元々のインスピール・ソースが、より作るのが難しそうなお好みソースに近いのだ。

ウスターソースが手に入っても、今更感がある。

「くぅ……頑張ったのに！」

「ユキのソースは二つとも意外性がなかったですね」

「否定はできないけど、結構酷《ひど》いね、ナツキ……」

「折角ですから冒険《ぼうけん》してみないと。ということで、私はちょっと意外な物を使ってみました」

ナツキのソースは、二つともユキの作ったソース以上にさらっとしている。

色は共に透明感《とうめいかん》のある薄茶色。俺は僅かに色の濃《こ》い五番の方を、ちょっと指に付けてペロリ。

「――――っ！」

「ちょ、これって醤油⁉」

声を上げたのはユキ。俺も声こそ上げなかったが、最初に感じた印象は正に醤油だった。

再度よく味わってみると、香りも味も少し違うのだが、代替《だいたい》可能な程度にはよく似ている。

「想像以上に上手くいきました。ダメ元だったんですが……」

「これ、原料は何？」

「蒸した豆と炒《い》った麦、それに塩です。ちなみに六番のほうは、蒸した豆と塩だけです」

「お、こっちはちょっと味噌《みそ》っぽい。……味噌エキス？」

トーヤが六番の方を舐めてそんな感想を口にしたが、味としてはその言葉通り。

五番との差別化が少し難しいが、こちらも十分に使い道はあるだろう。

「穀物ですか。これは発想の転換《てんかん》ですね。料理のバリエーションが広がりそうな味です」

「初めて食べる味ですけど、これはこれで美味しいですね」

ナツキのソースは、アエラさんとルーチェさんにも好評な様子。

変に細かいことを考えるより、特化した素材を入れた方が面白い物ができてるなぁ。

俺もそれなりに特化したのだが、結果の方は――。

「次は俺だが……ナツキのマジカルを見た後では、出しにくいなぁ」

人に出す物なので事前に味見はしたのだが、七番の味を簡単に言うなら『薄味《うすあじ》』。

付け加えるなら『泥臭《どろくさ》い』。おまけを載せるなら『エグい』。

はっきり言って、これは評価が難しいだろう――褒《ほ》めるところがないという意味で。

「「「……」」」

沈黙《ちんもく》という評価が出たので、サクサクと先に進める。

「はいはーい、次は八番をどうぞ。クセがあるから、難癖《なんくせ》も付けやすいぞ？」

「いや、それはそれでどうなのかな⁉　――あ、これ、ベレオージを大量に入れたよね？」

ユキにあっさり看破された。

……まぁ、それぐらい特徴《とくちょう》が出ているということである。

「この時季はいくらでも手に入る野菜ですよね。嫌いな人もいるので、お店では使いませんが」

「ナオはセロリが嫌いだから、ウチでも出してないんだけど……大丈夫なの？」

「確かに、普通なら買わない野菜だな。ついでに言うと、出さなくて正解だ」

それぞれの露店でオススメを買う、という手段を選んだから買っただけで。

件《くだん》の店番の少年ではないが、ベレオージがメイン料理で出てきたら、俺も泣くかもしれない。

「ですが、これなら少し調整すればソースとして使えるかもしれません」

「万人《ばんにん》受けはしないかもしれませんが……う、うん、なんとかなる、かも？」

あぁ、やっぱり七番の方はダメなのね、調整しても。解ってた。

そしてアエラさん、そんなに気を遣ってくれなくて良いんですよ？

「次いこう、次。幸いこのソースには、あんまりお金が掛かってないからな！」

誰かの失敗作は忘れることにして次へ進み、残る小皿は二つ。

何かやってくれそうなトーヤの物である——両方の意味で。

「よし！　取りはオレだな。コストは絶対にナオ以下。コンセプトはゼロ円食堂！」

いきなり不安なことを言い出したぞ？

「……捨てちゃう食材でも探してきたのか？」

「いや、オレにそんな交渉《こうしょう》ができるわけねぇだろ？　自分で集めてきた。森で」

「アレは交渉というより、テレビだからこそ貰《もら》えるんだと思うが……って、森で？」

肉を除けば、森で食べられる食材なんて限られているはず。不安が募《つの》る。

というか、聞く前から十分に不安だったのだが。皿のソースを見ただけで。

「「「緑だな（ね）（ですね）（だね）」」」

異口同音に同じことを口にする俺たち。

だが、最初にこの感想が出てこなければ嘘だろう。

これまでのソースは、多少の差はあれどすべて茶色系だった。

むしろ俺など、『インスピール・ソースはすべてを茶色に染め上げる！』とすら、思っていた。

だがこのソースは鮮《あざ》やか……ではないが、はっきりと緑である。

誰でも不安にならざるを得ない。

「トーヤ、味見はしたのか？」

「してねぇけど……食える物しか入れてねぇよ？」

「それは当たり前だ！　つか、味見しろ！　まずは自分で味見しろ！」

「オレ？　別に食べられないことはないと思うぞ？」

素直さはトーヤの美点である。

俺たちが躊躇《ちゆうちよ》する中、トーヤは臆《おく》した様子もなくソースをペロリと舐める。

――が、次の瞬間に言葉を失い、ぱかりと口を開けて舌を出した。

「かっ――にっ――ぐあ！」

「何を言いたいのかは解《わか》らんが、美味くないことは理解した」

「「うん（はい）」」

とはいえ、今日は品評会。評価しないわけにはいかないだろう。

俺は極僅か、指の先に付けて舐める。

「辛《から》い！　苦い！　そして、エグい！」

予想に反して青臭《あおくさ》さはないのだが、とにかく不味《まず》い。

あえて表現するならば、苦めの珈琲《コーヒー》に渋柿《しぶがき》の汁《しる》を垂らして、山葵《わさび》を溶《と》かしたような味。

「ぐぐ……食えるって鑑定《かんてい》できたのに」

「これって……トーヤ、食べられるからと、灰汁抜きもせずに山菜を大量に放り込んだ？」

「洗ってから、フードプロセッサで潰して入れた」

納得いかないという表情を浮かべるトーヤに、少し呆れたように指摘するのはハルカ。

確かに山菜は食えるが、生のままではえぐみが強すぎる物が多い。

事前に灰汁抜きするなり、灰汁が気にならない天ぷらにするなり処理が必要である。

それを纏めてミキサーにかけるとは……神をも恐《おそ》れぬ暴挙だ。

「私としては、この辛みが気になります。山葵のような植物でも見つけましたか？」

「ああ。自生してたから、葉も根っこも纏めて入れた」

「入れるなよ！　むしろ普通に確保しておけよ！　このソースより余程価値があるぞ⁉」

「……それもそうだな。醤油的な物も手に入ったし、山葵醤油で肉を食うのも良いかも？」

「山葵発見の功績は評価するけど、このソースは没《ぼつ》ね。問題外」

「ま、しゃあねぇな。オレも食いたくないし、タダだから惜《お》しくもない。次にいこう、次に」

「そうだな。——取りあえず、トーヤ、味見しろ」

「またオレ？　いや、言いたいことは解るけどよ……自作だし」

先ほどのことがある以上拒否もできないのか、トーヤは率先してソースを舐め……首を捻る。

「……う～ん？　これって……不味くはない、んじゃないか？」

「曖昧《あいまい》だな。まぁ、悶絶《もんぜつ》しないだけマシか？」

アエラさんたちが手を付ける前に確認すべく、俺も舐めてみたが――これは難しい。

不味いってことはないが、どんな味かと訊かれると……まったり？

俺とトーヤ、二人揃ってそんな反応をするものだから、ナツキたちはむしろ興味深そうに手を伸《の》ばし……やっぱり首を捻った。

「これって……『旨味《うまみ》』でしょうか？」

「あ、そうね、それね！　トーヤ、これ何を入れたの？」

「森で見つけたキノコを何種類か。入っているのはキノコだけで他は何も入れてねぇぞ」

「キノコって……ヤバい食材の筆頭じゃないか。チャレンジャーだな」

もちろん【鑑定】で判定はしたのだろうが、元の世界ですら、触《さわ》るだけでもヤバいキノコが存在したのだ。魔法なんてものがあるこっちの世界で、よくも集めようと思ったものである。

「でも、キノコは旨味成分も豊富だからアプローチとしてはありね。入れる種類は見極めないといけないけど……毒キノコのベニテングダケも実は美味しいそうよ？」

「いや、美味くても毒キノコは嫌だぞ⁉」

「大丈夫、『毒治癒《キュア・ポイズン》』があるわ」

「それは大丈夫と言わない。毒に冒《おか》される前提で、メシは食いたくないぞ？　……河豚《ふぐ》ならちょっと食べてみたい気もするが」

毒があるが、実は美味しいらしい部位。死なないのなら……？

「冗談《じょうだん》よ。さすがに危険な物は……。ベニテングダケだって、毒抜きして食べるみたいだし」

ハルカがそう言うと、アエラさんも同意するように深く何度も頷く。

「確かに毒抜きできる種類もありますが、キノコは見極めが難しいですからねぇ。エルフは大丈夫でも、獣人はダメってのもありますし……トーヤさんも気を付けてくださいね？」

「……え、そうなのか？」

「はい。獣人の方に特に嫌われているのは、シトメラルガというキノコですね。他の種族は食べても問題ないですが、何故か獣人の方が食べると、尻尾の毛が抜けてしまうようで」

「マジで⁉　え、この中、入ってないよな⁉」

アエラさんから齎《もたら》された衝撃《しょうげき》情報に、トーヤが慌てて壺を覗き込むが、キノコは既に分解され、跡形《あとかた》もない。これでは何を入れたかなど判断は付かないだろう。

しかも他種族は食べられるのだから、【鑑定】の結果がどこまで信用できるか……。

「あっ、心配しなくても、たぶんこの辺りには生えてませんよ？」

「そうなの？　はぁ……よかった……」

アエラさんが慌てて言葉を付け足し、トーヤが深く息をついて椅子《いす》に腰《こし》を落とす。

そんなトーヤを見てナツキが苦笑、もう一度ソースを舐めて頷く。

「やはり、入れたキノコは一度確認した方が良さそうですね。これもソースとは言えませんが、旨味成分があると塩分を控《ひか》えても美味しくなるので、調味料として確保しておきたいです」

旨味――所謂《いわゆる》『味の◯』的な？　グルタミン酸か、イノシン酸か、グアニル酸かは知らないが、そんな旨味成分が大量に溶け込んだ汁。料理ができる人なら、使い道は多そうである。

「今回の『ソースを作る』という趣旨《しゅし》とは違うけど、一応は成功なのかな？」

「それを言いだしたら、大半は『ソース』とは言い難かっただろ？」

「うん、大半は『調味料』だね。ソースも調味料の一種ではあるけれど」

極論、俺のイメージするソースに近いのは、ユキとナツキが作った物だけである。

――もしかしてそれを印象づけるため、『ソース』と強調したのか？

実はユキ、なかなかの策士？　勝ちに来てる？

「それじゃ、評価にいってみようか。といっても、ソース一種類ずつだと面倒だから、誰が一番使えるソースを作ったか、ズバッと指さして。はい、どうぞ！」

凄く雑だが確かに早く、一発で決まった。

ナツキが五票に、ユキが一票……そして何故か、俺に一票。

「わ、私はユキさんのソースが口に合いました」

やや保守的なのか、元々のインスピール・ソースに近いユキを選んだのがルーチェさん。

「単体で食べるとハルカさんのソースが美味しいですが、料理の幅が広がるのはナツキさんの物でしょうね。他のソースも色々使えそうですが、一番使い道が多そうなのを選びました」

料理人としての視点で選んだのがアエラさん。納得の評価である。

「……くっ、さすがにナツキには勝てなかったか」

小さく呟いているのはユキ。やっぱり狙《ねら》っていたらしい。

そして、唯一《ゆいいつ》俺に入れたのは――。

「私は――」

「はい！　遠慮と同情のナツキ票は無効！　ナツキが一番、あたしが二番！　終～了～！」

何か言いかけたナツキの言葉を遮《さえぎ》り、ユキが手をパンと打つ。

だがそれも仕方ないだろう。自分を選べないナツキが、一番良いところのなかった俺に同情してくれただけなのは、おそらく間違いないので。

「優勝者のナツキには、あたしたちの誰かに対する命令権が与《あた》えられます！　一回だけね」

「そんな、えっと……ありがとうございます。機会があれば、使わせてもらいますね」

俺の方を見るナツキに首を振ると、ナツキは少し困ったように、でも嬉しそうに微笑んだ。

命令権は気になるが、ナツキなら心配はないだろう。

ユキは冗談で無茶を言いそうだし、トーヤであれば『女性陣《じょせいじん》には使いにくい』と俺が対象となる危険性も高く、ハルカは付き合いが長いだけに、ギリギリを攻《せ》めてきそうだから。

「それじゃ続いて、コスパランキング～」

テンション低めにそんな声を上げたのはハルカ。

「えぇっ⁉　そんなランキング、予定には――」

さらりと始まった評価にユキが目を剥くが、ハルカはそれを無視して続ける。

「当然トーヤがトップ。ナツキが次で、私とナオが同じぐらい。ぶっちぎりに悪いのがユキ。別に罰《ばつ》ゲームはないけど、一応ね。ユキ、ちょっと使いすぎ」

金を使っていないトーヤがトップなのは当然として、麦と豆、塩だけのナツキも安い。

ハルカは片方が芋だけなので安いかと思いきや、俺と同じぐらいだったようだ。

香草類が案外高かったのか、それとも俺の使った食材が安かったのか。

そしてユキはといえば、金貨二枚ギリギリまで使い込んだらしい。

しかも、掛かったコストの大半が美味しくなかった三番の方なのだから、目も当てられない。

「ただし、トーヤは自分が働いているから、労働単価を計算するとユキ以下ね。それはキノコを市場で買ったとしても同じ。実際に作るとなれば、一番お金が掛かるソースよね」

「あぁ、そうなるのか。原価ゼロでも手に入れる方法が……」

その基準なら、オーク肉だってタダである。

「お店では無理ですね。その点でもナツキさんのソースが一番……作り方、教えてくれますか？」

「ええ、もちろんです。今日も美味しい料理を教えてもらいましたから」

「……なるほど、確かに価値がある交流なのね」

早速情報交換《こうかん》をするアエラさんとナツキ、そしてそれを見て納得したように呟くルーチェさん。

彼女ぐらいしっかりした人がいるのなら、アエラさんのお店はきっと安泰《あんたい》だろう。

更にアエラさんは、俺たちにも――あまり美味しくなかったソースも含めて作り方を聞き、満足そうな表情で立ち上がった。

「とても良い経験ができました！　それじゃ口直しに、美味しいスープを出しますね！」

口直しって言っちゃったよ。

いや、確かにトーヤのソースは、口直しが必要なソースであったが。

「バインド・バイパーの骨スープです。味付けは塩だけ、あっさり風味で軽く青菜のみじん切りを入れています。素の美味しさを楽しんでください」

アエラさんが台所から運んできたのは、白く濁《にご》ったスープ。

その上に散らされた緑の野菜がアクセントとなっているが、具材はそれだけ。

凄くシンプルな物だったが、味の濃い物が続いていたのでちょうど良い。

「それじゃ、早速……美味い」

漏れ出た言葉もシンプル。優しい味ながらも旨味と深みがあり、臭みなどはまったくない。

鼻に抜ける僅かな香草の香りと、薄めの塩味。

味に複雑さなどはなく、特徴もないといえばないのだが、それでいてクセになるような……。

「これは想像以上です」

「本当に、バインド・バイパーの骨だけ？」

「他は香り付け程度の香草と塩ですね。青菜は後から散らしただけですから」

「確かにこれは、バインド・バイパーを狩る価値があるな」

「そうでしょう？　まぁ、骨を取っちゃうと、冒険者ギルドによっては買い取り価格が少し下がっちゃうんですけどね。……上乗せがなくなると言うべきなのかな？」

先ほどアエラさんが言っていた通り、この骨スープを提供するのは高級店ぐらい。

販売《はんばい》先があれば高く買ってくれるそうだが、田舎町ではそんな高級店はそうそうないわけで。

売却するギルドの所在地によって、値段に結構な差が出るらしい。

「たぶん、ここのギルドもそうだと思いますから、骨はウチに持ち込んで頂ければ、相応《そうおう》の額で買い取りますし、お望みならスープでお支払いすることもできますけど……いかがですか？」

そんなアエラさんの提案に、俺たちは顔を見合わせた。

ともすると俺でも作れそうなほど簡単なレシピだが、得てしてこういう物ほど、ちょっとしたことが大きく味に関《かか》わったりするのだ。真似をしてもきっと同じ味は出せないのだろう。

「魅力《みりょく》的な提案ね。前向きに検討させてもらうわ」

「はい、よろしくお願いします。えっと、それでこの後は？　何か予定とか……」

どこか遠慮がちに、俺たちを窺うアエラさん。

その何か言いたげな表情を見て、ナツキが『解っています』とばかりに頷く。

「特にありません。アエラさんもお暇《ひま》でしたら、一緒に料理でもしませんか？　新しい調味料の可能性を見つけるお手伝いをして頂ければ、私たちも助かりますし」

「はい、是非！　実は使ってみたかったんです！」

やはり期待していたのだろう。アエラさんは嬉しそうに、全身を使って頷く。

今回作ったソースのレシピは既に伝えてあるので、その気になれば同じ物を作れるだろうが、それには時間もかかるし、コストも掛かる。

普段はお店の営業で忙しいアエラさんからすれば、今ここでナツキたちと色々と試作できれば、それを元に使い勝手の良いソースだけ作れば良く、俺たちからしてもアエラさんの知識は有益。

拒否する理由は何もなく、四人は揃って台所へ向かう。

「料理を作るのは好きなんですけど、私はあまり多く食べる方じゃないですし、ルーチェもあんまり食べてくれないから、大変なんですよ。かといって、作った料理を捨てたくはないですし」

「そうなんですか？　ルーチェさん」

「正直、太らないようにするのが大変です……」

尋ねてみれば、苦笑と共に返ってきたのはそんな答え。

日々の食べ物に事欠く人も多い中、贅沢といえば贅沢だが、本人からすれば切実だろう。

「なら、今日は遠慮なく作ってくれて良いわよ。私たちにはマジックバッグがあるから、全部保存できるし、材料費も全部こちらで持つわ」

「良いんですか⁉　ありがとうございます！　それじゃ、一緒に料理を楽しみましょう！」

とても良い笑みで顔を輝かせたアエラさんは、本当に遠慮なく料理に明け暮れた。

日がとっぷり落ちるまで、本当に丸一日。

その間、俺とトーヤ、そしてルーチェさんは材料の購入に何度か走ることになり、アエラさんに刺激を受けたハルカたちも、楽しそうに料理の腕を振るいまくった。

その結果、量産されたのはバリエーション豊かな料理の数々。

元の世界の和洋中、そしてこちらの世界の料理知識まで合わさっているのだから、中には奇抜《きばつ》な物も含まれていたのだが、そのいずれもが標準以上の味に纏まっているのは、さすがはプロの料理人と【調理】スキル持ちと言うべきか。

そして、それらの料理はすべて俺たちのマジックバッグへと収納され、我が家の食卓《しょくたく》や野営の食事を、長きに亘《わた》って彩《いろど》ることになるのだった。

第三話　バカンスを楽しもう？

さて、インスピール・ソースの品評会は、好評のうちに幕を閉じたのであるが、それが開催《かいさい》されるまでの間、俺《おれ》たちがただのんびり過ごしていたかというと、決してそんなことはない。

いや、基本的にはゆっくり過ごしていたのだが、属性鋼作りにもちゃんと取り組んでいた。

参加者はトーヤを除く俺たち全員と、アドバイザーとしてリーヴァ。

とはいえ、ハルカたちも既《すで》にエディスから技術を伝授されているわけで。日々暇《ひま》を持て余しているリーヴァが、属性鋼の素材を届けるついでに遊びに来ていたというのが真相に近いだろう。

俺も魔法《まほう》要員として参加していたが、半分ぐらいは雑談に費やしていたしなぁ……。

そして一人ハブられたトーヤはというと、体力作りを兼《か》ねて、庭の手入れに精を出していた。

夏が近付くこの時季、庭からちょっと目を離《はな》せば草茫々《ぼうぼう》。

自宅に加えて、エディスから貰《もら》った家もあるのだから、手を入れる場所には事欠かない。

そんな庭の手入れを、鍬《くわ》を握《にぎ》って頑張《がんば》るトーヤ。

俺もちょこちょこと魔法を使って手伝っていたが、やはり獣人であるトーヤの体力は素晴《すば》らしく、完成した属性鋼が必要量に達《たっ》した頃《ころ》、庭にも使い道のない畑が完成していたのだった。

「こりゃまた、随分《ずいぶん》と大量に持ってきたな？　どんだけ働かせるつもりだよ」

俺たちが持ち込《こ》んだ属性鋼を見て、ガンツさんは呆《あき》れたように言葉を漏《も》らした。

だが、実はツンデレであるガンツさんの言うこと。

ハルカは気にした様子もなく頷《うなず》く。

「若干《じゃっかん》、余裕《よゆう》を見て作りましたからね。足りなくて、必要な物が作れないのでは本末転倒《ほんまつてんとう》ですし」

「それにしたってなぁ。属性鋼は普通《ふつう》の鉄よりずっと扱《あつか》いが難しいんだぜ？　……まぁ、金を払《はら》うなら、やるけどな？　シビルの機嫌《きげん》が良いのも、お前らのおかげだからな」

「では、今日も奥《おく》さんはニコニコですね。まずは鎖帷子《くさりかたびら》を光の属性鋼で」

「『まず』でそれかよ！　鎖帷子を作る面倒臭《めんどうくさ》さ、知ってるよな？　それに鎖帷子には弱点もあるし、腕《うで》や脚《あし》は無防備だ。俺としては、板金鎧《プレートメイル》を薦《すす》めるがな」

斬《き》られることにはかなり強い鎖帷子だが、棍棒《こんぼう》などによる打撃《だげき》や、鎖《くさり》の間を通るような細い武器での攻撃《こうげき》にはあまり効果を発揮しない。前者に関しては鎧下のクッションで多少は軽減できるのだが、それも所詮《しょせん》は布なので、後者の突《つ》き刺《さ》しにはほとんど効果がないのだ。

更《さら》に今使用している鎖帷子はベストタイプで、後ろはお尻《しり》のあたり、前側は股間《こかん》のあたりまでしかカバーしておらず、ガンツさんが指摘《してき》した通り、腕や脚は保護されていない。

「動きやすいので、鎖帷子は便利なんですが……何か良い方法はありませんか？」

「そうだなぁ、俺が苦労するからあんまり提案はしたくねぇが、金を惜《お》しまねぇのなら、鎖帷子を長袖《ながそで》、長ズボンにするのが簡単だな。当然重くはなるが、板金鎧《プレートメイル》よりはマシだろ。鎧下の素材も変《へん》更《こう》すれば、多少は衝撃《しょうげき》にも強くなるし、金を掛《か》ければ防御力《ぼうぎょりょく》も上がる」

重さか。気にはなるが、【筋力増強】も覚えた今であれば、その程度の重量も問題ないか？

あと、今使っている鎧下は、ガンツさんが最初に付けてくれた綿と麻《あさ》を使用したごく普通の物で、何ら特別な素材は使っていない。確かに改善の余地は大きいだろう。

「これは、自分たちで作った方が良いか。ハルカ、何か良い素材とかあるか？　錬金術《れんきんじゅつ》とかで」

「……検討してみるわ」

鎧下は【裁縫《さいほう》】の領分。素材も錬金術なら良い物が作れるかもしれないと話を向ければ、ハルカは難しい表情で眉根《まゆね》を寄せつつも、頷いた。

「それじゃ、ガンツさん。鎖帷子は長袖、長ズボンで作ってください。全員分を」

「全員分⁉　ベストタイプに比べて、四、五倍は手間がかかるんだぞ？　それを全員分？」

鎖帷子の作製工程は、細い鎖をひたすら編んでいく作業。

それが硬《かた》くて加工に手間がかかる金属なら、更に大変なことは理解しているのだが……。

「ガンツさんの丁寧《ていねい》な仕事にはいつも助けられています。誰《だれ》も欠けることなく、冒険者《ぼうけんしゃ》を続けられているのは、ガンツさんのおかげですね。ありがとうございます」

「……ちっ。まぁ、良い。トミーに手伝わせりゃ、何とかなんだろ」

一瞬《いっしゅん》沈黙《ちんもく》したガンツさんは、ちょっと緩《ゆる》んだ表情を誤魔化《ごまか》すように舌打ち、顎《あご》で背後を示した。

「奥にシビルがいる。そう変わっているようには見えねぇが、一応、ハルカたちは測ってもらってこい。鎖帷子は調整が面倒だからな。トーヤとナオはこっちだ」

「解りました」

そう言って店の奥へと入っていくハルカたちを見送り、俺たちも測定してもらったのだが――。

「お前らの年齢《ねんれい》なら、多少は変化してもおかしくねぇんだが……成長してねぇな」

ガンツさんの言葉通り、俺はほぼ変化なし。トーヤの方は胸囲や腕や脚など、多少太くなっていたが、鎖帷子の大きさに反映させるほどではなかった。

「結構鍛《きた》えてきたつもりなんだけどなぁ……」

「別に構わねぇだろ。特にエルフは、筋肉が付きづらいって聞くしな」

「なら、オレはもっと付いても良くねぇ？　獣人だし」

「判りやすく筋肉が太くなるヤツもいるが、それは個人差だろ。冒険者は筋肉を見せることが目的じゃねぇ。成果を出せるヤツが勝ち組だ。その点、お前らは確実に勝ってる。それにな？」

ガンツさんが手招き。俺とトーヤが顔を近付けると、声を潜《ひそ》めて続ける。

「あまりムキムキだと、女にモテねぇぞ？　マッチョが好きって女もいるが、お前らぐらいの方が間口が広い。粗暴《そぼう》な冒険者もいるから、たぶんその影響《えいきょう》だろうな」

「「なるほど……」」

納得《なっとく》の理由に、俺とトーヤが深く頷いていると、店の奥から、何やら『ぐぬぬ』と悔《くや》しそうなユキを先頭に、苦笑《くしょう》を浮《う》かべたハルカとナツキが戻《もど》ってきた。

俺は慌《あわ》ててガンツさんから距離《きょり》を取り、不満そうなユキに声を掛けた。

「どうしたんだ？」

「……前回測ったときから、まったく背が伸《の》びてなかった」

「それは……もう成長期じゃないだろ？」

元の世界にいた頃からユキはこの身長。俺の覚えている限り、ここ数年は目に見えるほどの変化はない。『今更《いまさら》？』と問い返せば、ナツキも同意するように頷く。

「そうですよ。元々成長は止まっていたじゃないですか」

「それでも希望を持ってたの！　元の身体《からだ》とは違《ちが》うからって。もう数センチ欲《ほ》しい！」

確かにそれなら、可能性がないとは言えない――いや、現実としては、なかったのか。

俺やトーヤも変化に乏《とぼ》しいし、神様から与《あた》えられたのは成長済みの身体なのかもしれない。

「あら、ユキ。その数センチは、もしかして私の身長を抜《ぬ》きたいと、そういうこと？」

「……ハルカだって、成長したくない？　随分減ったよね？」

問いには答えず、ハルカの胸元《むなもと》に視線を向けるユキ。

そんなユキの言葉をハルカは軽く笑い、俺にちらりと視線を向けた。

「あまり気にしてないわ。こんな状況《じようきよう》だと、むしろこっちの方が都合が良いし、別に困らないから。それに、胸の大きさで評価を変えるような人には興味ないし？」

「そうだな。ハルカたちの魅力《みりよく》は、そんな所にはないな」

迷ったらダメな場面だろうと、さらりと答えておくと、何故《なぜ》かユキがパタパタと手を振《ふ》った。

「えぇ～？　『ユキは背が低くてもプロポーションが良くて、魅力的で可愛《かわい》い。抱《だ》きしめたいぐらいだ』なんて、ナオ、ちょっと褒《ほ》めすぎだよ～」

「そんなことは言っていない。フェイクを流すな。――可愛いことを否定するつもりもないが」

「えっ……？」

ヘラヘラ笑っていたユキが言葉に詰《つ》まって頬《ほほ》を染め、ハルカとナツキの視線が鋭《するど》くなった。

「……ナツキ、耳の病気は『治療《トリートメント》』で治るのかしら？」

「必要なのは、『狂気治癒《キュア・インサニティ》』かもしれませんよ？　ですが、あの魔法はレベル9。今の私たちでは手に負えません。そうなると、どこかに入院してもらうしか……」

「冗談《じょうだん》！　冗談だから！　二人とも、そんな怖《こわ》い目をしないで⁉」

そう言いながら俺の後ろに隠《かく》れたユキは、苦笑しているトーヤを指さした。

「そ、それより、他の物も注文しないと！　ね？　トーヤの防具とか！」

そんなユキの様子にハルカたちは溜飲《りゅういん》を下げたのか、軽く肩《かた》をすくめてガンツさんに向き直る。

「……ま、そうね。ガンツさん、トーヤの他の防具も一通り、属性鋼で更新《こうしん》して欲しいんだけど」

具体的には盾《たて》や胸当て、籠手《こて》や部分鎧など。大半はナツキたちと合流する前に買ったもので、その時は頑張ってお金を出したのだが、今となっては決して高品質な物とは言えない。

「そりゃ良い。明らかに安もんだったからなぁ。本当ならお前らも、もうちょっと防具を身に着けても良いと思うぞ？　作らねぇのか？」

「私たちは革製が良いので、今回は。良い革が手に入れば、またお願いします」

「そうか。まぁ、属性鋼の鎖帷子なら、この辺の魔物《まもの》で怪我《けが》をすることもねぇか。それじゃ――」

「それから、全員分の武器も。まずはトーヤの――」

話を切り上げようとしたガンツさんとハルカの言葉がぶつかり、ガンツさんが慌てて手を振る。

「待て待て！　どんだけ作るつもりだよ！　金は大丈夫《だいじょうぶ》なのか？」

「ガンツさん、安心して良いぜ？　今のオレたちは、ちょい金持ちだからな！　昔とは違うぜ？」

自慢《じまん》気に胸を張るトーヤを見て、ガンツさんは一瞬だけ眉《まゆ》をひそめたが、すぐにどこか納得したような表情で、「ふんっ」と鼻で笑った。

「……最近、銘木《めいぼく》が流れたって聞いたが、やっぱお前らかよ。なら、遠慮《えんりょ》なく請求《せいきゅう》できるな？」

「多少は遠慮して欲しいけど、品質相応なら、きちんと払うぜ？」

「いいや、遠慮はしねぇ。だが、ぼったくりもしねぇよ。過剰《かじょう》品質で提供してやる」

ガンツさんはニヤリと笑い、裏の工房《こうぼう》に向かって「トミー、ちょっと来い！」と声を掛ける。

すると、すぐに「はーい」と返事が聞こえ、トミーが顔を出した。

「あれ、トーヤ君、それにハルカさんたちも……ご注文ですか？」

俺たちとガンツさんの間で視線を行き来させたトミーに、ガンツさんは軽く顎をしゃくった。

「トミー、コイツらの武器はお前に任せる。好きなようにやってみろ」

「え、良いんですか？　ユキさんたちの小太刀《こだち》はともかく、トーヤ君の剣《けん》とかは……」

「構わねぇ。もちろん必要なら俺も手伝うし、半端《はんぱ》なもんを作ったら、俺がきっちり叩《たた》き折ってやるから安心しろ。ナオたちもそれで良いか？」

ガンツさんの確認《かくにん》に俺たちは頷く。

トミーの腕は小太刀などの作製で確認済みだし、更に【鍛冶《かじ》の才能】まで持っている。

それに加えてガンツさんの監修《かんしゅう》まであるのなら、そのできあがりに何ら不安はなく。

俺たちは各自好き勝手に希望を伝えて、武器の注文を終えたのだった。

◇　◇　◇

その日俺たちは、いつもより訓練時間を延長して汗《あせ》を流していた。

家具の注文、ソース作り、武器と防具の注文など、なんだかんだで結構な期間、実戦から離れていた。そのことで少し鈍《なま》った身体と感覚を取り戻すため、多少の怪我を厭《いと》わない実戦形式。

この訓練、一番被害《ひがい》が大きいのは俺なので、あまり嬉《うれ》しくはないのだが、命には代えられない。

「そこだっ！」

「おっと！　さすがに剣じゃ、負けられねぇ、ぜっ！　と」

俺が突き出した小太刀をトーヤが剣で弾《はじ》き、切り返す。それを一歩引いて避《よ》け、足下《あしもと》を狙《ねら》うが、片手剣と小太刀。リーチを比べれば後者が不利なわけで。

「ぐほっ――！」

胸を強《したた》かに殴《なぐ》られた俺は、数メートルほど吹《ふ》っ飛んで地面に転がった。

「あっ、と、すまねぇ」

「――っ、うくっ、い、いや、大丈夫だ。俺が突っ込んだようなもんだし」

慌てて駆《か》け寄ってきたハルカに治療してもらいつつ、俺は首を振る。

トーヤは直前で止めようとしたのだが、俺の方が止まれず、当たりにいったような形。

もしトーヤが本気で振り抜いていたなら、のたうち回って血を吐《は》いているところである。

「ナオ～、トーヤとやるときは、さすがに槍《やり》を使った方が良いんじゃないかな？　レベル4とレベル1、無理があると思うよ？」

トーヤの【剣術《けんじゅつ》】と俺の【槍術《そうじゅつ》】は共にレベル4で、剣と槍の【才能】を持っているのも同じ。本気で戦えば概《おおむ》ね拮抗《きっこう》するか、長物という利点から若干俺が有利なのだが、俺の【短刀術】の方は未《いま》だレベル1。大人と子供みたいなものである。

「もちろん勝てるとは思ってないが、高レベルと戦えば、レベルアップも早いかと思ってな」

毎朝のランニングの時に神殿《しんでん》に寄って、寄付と経験値を確認するのが俺の日課。

聞けるのは総合的な経験値だけなのだが、強い魔物を斃《たお》したり、激しい訓練をしたりすれば増加量が多いのは判っている。それは当たり前といえば当たり前なのだが、であるならば、スキルのレベルだってそれに準じると仮定しても、決して不合理ではないだろう。

「強い人と戦えば、より強くなれるのは当然だとは思いますが……怪我が心配です」

「そこは、ナツキやハルカがいるから？　いなかったら、さすがに無理はしない」

俺たちが短期間でそれなりの冒険者になれているのは、確実に二人のおかげ。

怪我を気にせずに訓練ができるというのは、非常に大きなアドバンテージなのだ。

「それにしても、少し休んだ方が良いわ。ナオ、凄《すご》い汗よ？」

「そうだな、休憩《きゅうけい》にするか」

早朝はまだ良いのだが、日が昇《のぼ》ってしまうと遮《さえぎ》る物のないウチの庭は、かなり暑くなる。

だらだらと流れ落ちる汗を、ハルカが渡《わた》してくれたタオルで拭《ぬぐ》う。

魔法で冷やしてくれたのか、冷たいタオルが気持ちいい。

「そろそろ仕事を再開しないといけないが……本格的に暑くなるなぁ」

見上げた空は、抜けるような青。見るだけなら気持ちの良い空だが、この日差しの下で鎧下と鎖帷子を着込んで戦うと考えると、げんなりする。

「森の奥なら、多少はマシだろ？　あの辺はほとんど日が入らねぇし」

「多少はね。でも正直に言えば、避暑《ひしょ》にでも行きたいところよね」

「つまりはバカンスか。フランス人とかって、一ヶ月ぐらい休むんだよな？」

日本人からすれば、一ヶ月も休めるのは学生の特権だが、大人になってもそれを行使できるとか、羨《うらや》ましい限りである。俺たち、強制的にモラトリアム期間が終了《しゅうりょう》したからなぁ。

「バカンスかぁ……、いいね！　高原の別荘《べっそう》、もしくは海で海水浴とか？」

「ユキ、それって、この世界基準だと、とんでもない贅沢《ぜいたく》だぞ？」

普通の人では町を離れて旅をすること自体が命懸《いのちが》けなのに加え、この町から海に辿《たど》り着くまでには国境という関門がいくつか待ち受けている。

高原——というか、山地であれば近くにあるが、あの辺りはかなり危険らしいので、とてものんびり避暑とはいかないし、仮に別荘を建てても魔物によってすぐに壊《こわ》されてしまうことだろう。

「でも、別荘はともかく、休むのはありかもね。折角《せっかく》の異世界、仕事ばかりじゃ楽しくないわ」

「けどオレたち、結構優雅《ゆうが》——までは言わねぇけど、ホワイトに働いてるよな？」

「ブラックとは言わないが……ホワイト？」

「そう、かなぁ？　確かに、ちゃんと休日は作ってるけど……」

トーヤの言葉に少々釈然《しゃくぜん》としないものを感じ、俺たちは首を捻《ひね》った。

「えー？　朝は早くない、日が落ちる前に帰宅できる。面倒な上司もいないし、週一で休んで、臨時でも休める。暑くなったら仕事を休んでバカンス。ホワイトっぽくない？」

「それだけ聞くとな。だが、訓練を仕事に含《ふく》めるかで印象は変わらないか？」

仕事の開始時間は遅《おそ》めでも、朝食前の訓練はほぼ毎日だし、帰宅後の訓練も同様。

自分の命を守るためにやっていることだが、それも仕事と考えるなら、労働時間はかなり長い。

「けどさ、あのまま大人になって就職しても、バカンスとか無理だっただろ？」

「そのバカンスのための旅行が、命懸けの世界だけどな」

「ついでに言えば、毎日命の危険がある仕事とか、かなりブラックよね？」

「しかも労災も保険もないですから」

「有給、育休もないわけだしねぇ」

列挙すると、一気にブラック臭《しゅう》のする仕事になった。

自主訓練を自主活動と言い換《か》えれば、更にブラックに近づくな。

「いや、悪いところを挙げればそうなるけどよぉ、ネガティブなことを言っても仕方ないだろ？」

「……まぁ、そうだな。トーヤが珍《めずら》しく良いことを言った」

「珍しくって、酷《ひど》いな⁉」

トーヤの抗議《こうぎ》はさらりと流し、揃《そろ》って頷く俺たち。

「まぁ、考え方次第ではあるわよね。労災や有給休暇《きゅうか》だって、結局は自分が稼《かせ》いだ一部を預けて、そのときに受け取っているだけとも言えるわけだし。自分たち次第《しだい》？」

「うん、ちゃんと貯蓄《ちょちく》できれば問題ないよね。この仕事、精神的ストレスもないし」

「ついでに言えば、健康的でもありますよね。スポーツジムも不要です」

「……うーむ、纏《まと》めると、今の仕事が苦にならないのなら、ホワイトっぽいってところか？」

実際、命の危険とか、将来への不安とかを措《お》けば、それなりに楽しい毎日。

あえて不満を挙げるなら、娯楽《ごらく》の少なさと、日本で読んでいた本の続きが読めないことだが、そこはもう言っても仕方のないところだろう。

「ま、それはそれとして、長期休暇は検討してみても良いかもな。仕事に影響がない範囲《はんい》で」


――などと話したその翌日。

「ユキさん、折衷案《せっちゅうあん》を用意しました！　ステキバカンスです！」

夕食の席で、ユキが『どんっ！』とぶち上げた。

「昨日の今日で？　ユキのアイデア……。不安だけど聞きましょう？」

「酷い……でも、聞いたら賛同せざるを得ないもんね！　絶対だもんね！」

「御託《ごたく》は良いから、中身」

むふーっ、と鼻息も荒《あら》いユキだが、ハルカにぴしりと言われて椅子《いす》に座り直した。

「はい。ほら、やっぱり最近暑いでしょ？　ここは一つ、泳ぎに行こうよ！」

「泳ぐって……海に行くのは難しいって話になったじゃない」

「ナオくんの『仕事に影響がない範囲』というのにも……折衷案はどこへ？」

ややも呆れ気味のハルカとナツキの言葉に、ユキは「うん」と頷く。

「あたしも海が無理なことは理解してるよ？　もっと身近な所。比較的《ひかくてき》安全で、水が綺麗《きれい》で、泳げて、且《か》つ何か稼げるような場所！　――を教えてと、リーヴァにお願いしてみました！」

そんな都合の良い場所が？　と思ったら、完全に人任せだった。

ユキに無茶な条件を出され、頭を悩《なや》ますリーヴァの姿が幻視《げんし》され、俺は目頭《めがしら》を押《お》さえる。

「……リーヴァ、可哀想《かわいそう》に。ユキに無茶を言われて」

「むむっ、無茶かもしれないけど、無理は言ってないよ？　友達だからね。それにリーヴァはちゃんと教えてくれたよ？」

「……本当ですか？　そんな場所がラファンの近くに？」

「うん。といっても、安全なのはあたしたちならってことだけど」

そこは以前、枯茸薬《こじようやく》の原料を採りに行った湿地帯《しっちたい》を抜けて、更に進んだ先。

森の中に綺麗な水が湧《わ》き出す泉が存在し、この時季にはオッブニアの実という、錬金術に使う素材が採れるらしい。それ自体はそこまで高価な物ではないが、採取できる時季が限られる素材であり、遊びの余禄《よろく》としては十分な価値があるようだ。

当然、あの辺りの森だと、たまには魔物にも遭遇《そうぐう》するので、真夏でも泳ぎに来るような人はほぼ存在せず、芋《いも》洗い状態で泳ぐスペースもない、なんて心配は不要らしい。

「えっと……それは私たちでも厳しくないですか？　軽い水遊びぐらいならともかく、泳ぐとなると水着ですよね？　その状態で戦うのは……」

「普通ならそうかも。でも、あたしたちには【索敵《さくてき》】があるし、魔法だってある。今後の訓練にもなるんじゃないかな？　ナオだって、あたしたちの水着姿、見たいよね？」

「……ノーコメント。だが、訓練は良いと思う。常に万全《ばんぜん》で挑《いど》めるとは限らないしな」

どう答えてもマズい問いには、答えないのが正解である——と思ったのだが。

「答えているに等しいわよ？　けど、あの辺りの魔物なら、【索敵】を怠《おこた》らなければ危険はないかしら？　少し気になるのはスラッシュ・オウルだけど……ナオ、頑張ってくれるのよね？」

「任せろ。近付く前に落としてやるさ」

「であれば、私も反対はしません。涼《すず》みたいのは一緒《いっしょ》ですから」

「オレも良いと思うぜ？　けど、折角遊びに行くなら、他にも誘《さそ》おうぜ！」

「トーヤ、遊びに行くわけじゃ——いや、半分程度は遊びなのか？」

「良いんじゃないかな？　リーヴァとか、誘っちゃおうよ！」

普通なら反対するところだが、今回はバカンスを兼ねた素材採取。そこまで危険性もなさそうとなれば、あえて反対する理由もなく、俺たちは知り合いに声を掛けて回った。

一人目は当然、良い場所を教えてくれたリーヴァ。

お店を訪ねて提案すれば、『私もオッブニアの実が欲しかったので、お付き合いします。……お店も暇ですから』と哀愁《あいしゅう》を漂《ただよ》わせながら、参加表明してくれた。

実際、リーヴァの店でしばらく話していても、客が一人も来ないのだからコメントに困る。

二人目、三人目はアエラさんとルーチェさん。

こちらのお店は忙《いそが》しいので、ちょっと難しいかと思ったのだが、『定休日に合わせてくれるなら、喜んで』、『少し不安ですけど、アエラが行くのなら』と二人も快諾《かいだく》。

もちろん、定休日に合わせることを約束して、参加と相成った。

四人目は、俺たちの唯一《ゆいいつ》の男友達であるトミー。

俺とトーヤを除けば綺麗どころばかり、喜んで参加すると思ったのだが、彼《かれ》は悩みながらも辞退した。曰《いわ》く『注文を受けた武器もまだ完成していませんし、この身体では泳げそうもありません。それで参加するのって、女の子の水着を見に行っているようにしか見えませんよね？』と。

言われてみればその通り。しかも、あまり親しくない女性が三人もいるとなれば……。これは配《はい》慮《りょ》が足りなかったと謝罪し、今度、男たちだけで釣《つ》りにでも行こうと約束したのだった。

そして最後にもう一人、付き合いの深さで言えば一番のディオラさん。

自由人の俺たち、そして自営業のリーヴァたちとは違って勤め人。ハルカたちは『誘っても無理じゃない？』と言ったが、誘わないのも薄情《はくじょう》かと思い、声を掛けてみたのだが、『ナオさん、優《やさ》しさは時に人を傷付けるんですよ？　私にハルカさんたちの隣《となり》で肌《はだ》を曝《さら》せと？』。

——エディス以上の恐怖《きょうふ》体験であった。

そんなことをしつつも、改めてあの辺りの情報を集めたり、自分たちで水着を作ったり、現地で食べる物を調達したりして準備を整え、迎《むか》えた当日。

久し振《ぶ》りに訪《おとず》れた南の森だったが、レベルアップした俺たちと、元冒険者であるアエラさんがいればどうということもなく、なんのドラマもないまま目的地へと辿り着いたのだった。

◇　◇　◇

そこはリーヴァが薦めるだけあって、とても美しい場所だった。

目の前に広がるのは綺麗な水を湛《たた》えた大きな泉。

その澄《す》んだ水を透《とお》して見える水底には、敷《し》き詰めたように白く綺麗な砂。

周囲に生えている木々は疎《まば》らで、ふんだんに差し込む日の光が辺りを明るく照らしている。

そんな泉のほとりに俺とトーヤは二人、手早く水着に着替《きが》えて仁王立ちしていた。

「ナオ、どんな水着だと思う？」

「さぁなぁ。見せてもらってないし……。けど、俺たちの水着を見るに、生地《きじ》は良いよな？」

ハルカから渡されて何も考えずに着替えた水着だったが、その生地はまるで元の世界で使っていた水着のように伸縮性《しんしゅくせい》のある物。形状は短パンであったが、機能性は決して悪くないだろう。

そして、それとセットで渡されたのが薄手《うすで》のパーカー。

それを着た俺たちの姿は一見すると元の世界と遜色《そんしょく》ないが、ここは異世界である。

「これなら多少は期待できるかもな。オレ、海女さんみたいな格好《かっこう》すら覚悟《かくご》してたんだが」

「いや、さすがにあれは……ないだろ？」

仕事として潜《もぐ》るのならあり得るかもしれないが、今回は半分レジャーで、俺たちの目もある。

気の置けない仲ではあるが、身形を気にしてくれる関係ではあると思いたい。

ちらりと背後を窺《うかが》えば、何時《いつ》ぞや購入《こうにゅう》したものの、あまり活躍《かつやく》することもなかった幕布を使って簡易的な更衣室《こういしつ》が作られ、その向こうで女性陣《じょせいじん》がわきゃわきゃ言っているのが聞こえてくる。

ハルカたちの水着が目的ではないが、俺も男の子。

少々やきもきしながら待つこと暫《しば》し、最初に出てきたのはアエラさんだった。

少し恥《は》ずかしそうに胸元に片手を当て、俺を上目遣《うわめづか》いで見る。

「ナオさん、どうですか？」

「お、おぅ……似合ってる、ぞ？」

はっきりしない？　だが仕方ない。

アエラさんの水着は、あえて言うならスクール水着。ある意味でそれは、彼女《かのじょ》の控《ひか》えめな体形にとてもよく似合っていたが、素直《すなお》に褒めて良いのかは迷わざるを得ない。

続いて出てきたハルカたちが着ているのも、アエラさんとお揃いのワンピースの水着と白いパーカー。水着が紺色《こんいろ》に統一されているのは、あえてなのか、それとも作成の手間からか。

ハルカたちは……まぁ、ある程度見慣れているので、騒《さわ》ぐことはないが、普通に可愛い。

逆にルーチェさんと、そして予想外なことにリーヴァは、やや犯罪的。

――どう犯罪的なのかは、言えないが。

「おや～？　ナオ、トーヤ、褒め言葉がないですよ～？」

そんな俺の心情を知ってか知らずか、ユキがニマニマと悪戯《いたずら》っぽく笑う。

確かにユキを含め、十分褒めるに値するが……とか思っていると、トーヤもニヤリと笑った。

「ユキ、名札を忘れているぞ？　五年生か？　六年生か？」

「あたしの体形は小学生レベルと⁉　――いや、実は付けようとはしたんだけど、ハルカが」

「あら？　ユキが付けるのは止めてないわよ？」

「うっ、さすがに一人では……」

ハルカから梯子《はしご》を外され、ユキが言葉に詰まり、わざとらしく目元を抑《おさ》える。

「ナオ、笑いのために、羞恥心《しゅうちしん》を捨てられなかったあたしを許して！」

「いや、別に期待はしてないんだが……。しかも笑えるか？」

「似合いすぎだよな！　ははは、しかも紺色に揃えてるから――」

「え、トーヤは白が良かった？　まっ、マニアック！」

「違うわ！　もっとカラバリがあっても良いだろ！」

「残念だけど、透《す》けにくくて低コストで染められる色なんて、そうはないの。地味かしら？」

「いや、全員可愛いと思うぞ？」

似合っているという言葉は避け、率直な言葉を口にしただけだが、ハルカたちは満更《まんざら》でもなさそうな表情。リーヴァだけは頬を染め、自分の身体を抱きしめるようにして胸元を隠した。

「うぅ、ちょっと恥ずかしいです……」

──が、むしろ逆効果。止《や》めてくれ、反応しそうだから。

「給仕《きゅうじ》の仕事で人に見られるのは慣れてますけど……私もちょっと恥ずかしいですね」

そう言いながらも、リーヴァと比べてルーチェさんは堂々としている。

背の高さはナツキと同じぐらいで、胸の豊かさはリーヴァ以上。最もプロポーションが良いのだが、それぐらい普通にしてくれた方が、目のやり場に困らずに済むのでありがたい。

「形の方で差を出そうかと思ったんですが、戦う可能性を考えると……」

「ビキニは無理だしねぇ。タンキニも考えたけど、安全性優先？　この生地、これでもちょっとした革の服程度の防御力があるから。リーヴァにも協力してもらって、錬金術で作ったんだ！」

ユキが自慢気に胸を張れば、トーヤは自分の水着を引っ張りながら、感心したように頷く。

「ほー、そりゃ凄い。確かにワンピースなら、柔《やわ》らかい腹もカバーできるな」

「そう、二重の意味でね！　って、誰のお腹が弛《たる》んでるって⁉」

「言ってねぇ！　言ってねぇが、気になるなら鍛えろ！　鍛えてシックスパックを手に入れろ！」

ふんっ、とお腹に力を入れ、腹筋を動かすトーヤを見て、ユキが一歩離れる。

「うわー、さすがにない。それはないよ、トーヤ……」

「女の子にそれを勧《すす》めるのは……ちょっと、引かれますよね」

遠慮のないユキたちは直接口に出しているが、アエラさんとルーチェさん、そしてリーヴァの視線から感じられる感情もほぼ同じ。

なるほど、マッチョは確かに不評なようだ。

ガンツさんは良いことを教えてくれた。

「ナオはあそこまで……あら？　思った以上に引き締《し》まってて、硬いわね？」

「この生活で弛む余裕があるのか？　——というか、無遠慮に撫《な》でるな。こっちも触《さわ》るぞ？」

「あら？　触れるのかしら？　良いわよ？」

俺の腹を触るハルカに抗議すれば、余裕ありげに微笑《ほほえ》みながら、そんな反撃《はんげき》を受けた。

魅力的な提案ではあるが、これで触るのは……ダメだよなぁ。

さり気なく注視しているナツキたちの目を感じ、俺は話を戻す。

「……それで言うなら、俺とトーヤの腹は無防備なんだが」

「そこはパーカーでカバーしてね。——あたしはどこかの大泥棒《おおどろぼう》が着ていそうな、ストライプ柄《がら》の男性用ワンピースタイプも提案したんだけど、反対が多くて」

「ワンピースタイプ……柄はともかく、普通にそれで良かったんじゃないか？」

所謂《いわゆる》、本格的な競泳用水着だよな？　ユキたちと同じ型のワンピースなら断固拒否《きょひ》だが。

「オレも、赤と白のストライプなんかはお断りだが、紺《こん》一色なら……誰が反対したんだ？」

「まぁ、別に良いじゃない。どうせ近付かれる前に斃すんだから。防御力なんて、飾《かざ》りでしょ？」

「私たちはナオくんを信頼《しんらい》していますから」

俺の両腕《りょううで》に軽く触《ふ》れ、微笑むハルカとナツキ。俺としても、頼《たよ》られれば頑張るしかないわけで。

「……今のところ、近くに敵はいないぞ。掃討《そうとう》作業は必要なさそうだな」

道中では何度か戦闘《せんとう》になったが、この辺りには思ったよりも魔物がいない。

多少は【索敵】に引っ掛かっているが、ゲーム的に言うならノンアクティブ。遠くからわざわざ近付いてきて襲《おそ》ってくるほどの積極性がないのは、俺たちがそれなりに強くなった結果か。

仮に斃したところで大して稼げもしないので、こちらとしてはありがたい。

「ま、戦う必要がないのは楽で良いよな。それじゃ、まずは遊ぶか！」

言うなりパーカーを脱《ぬ》ぎ捨て、泉に向かって走るトーヤ。

「一番乗りだ～、とうっ。――っ。ひぃ――、冷てぇ～～～！」

ばしゃーんと泉に飛び込みつつ、なんだか楽しそうな悲鳴を上げる。

とてもバカっぽいが、ここは続くべきだろう。

俺も助走を付けてジャンプ、空中で前転二回、身体を伸ばしてぐるりと捻って着水。

僅《わず》かな水しぶきと共に水中に潜った後、浮かび上がってトーヤにドヤ顔を披露《ひろう》してやる。

「お、なにそれ！　すげぇ！　オレもやる‼」

目を輝《かがや》かせたトーヤが水から上がると、泉から少し距離を取って走り出した。

明らかに【筋力増強】とか【韋駄天《いだてん》】とか使っていそうな身体能力を見せつけ、俺以上の高さまでジャンプ、ギュルギュルギュル～と回転しながら、そのまま水面に突っ込んだ。

盛大《せいだい》に上がる水しぶきと、それをもろに被る俺。

そして、嬉しそうな笑顔《えがお》で浮かび上がってきたトーヤ。

「ぷはぁー！　どうだった？」

「……芸術点と技術点は低いが、ダイナミックさは評価してやろう」

周りに気を付けろと言いたいところだが、まぁ、遊びに来てそれも無粋《ぶすい》だろう。

「二人とも～！　遊ぶのは良いけど、事故には気を付けてね？」

教本通りに手足から水に浸《つ》けているハルカたちに注意され、俺たちは手を振り返す。

「おー、気を付ける！　けど、案外深いよな、この泉」

岸辺近くは膝《ひざ》ほどの浅さだが、少し岸から離れただけで水深はすぐに俺の身長を超《こ》え、奥に行くに連れて更に深く、水底が確認できなくなっていく。

水の透明度《とうめいど》が非常に高いにも拘《かか》わらずそうなのだから、その深さはかなりのものだろう。

「だよな。しかも、下が砂地だから、飛び込んで頭をぶつけても安心」

「いや、ぶつけるなよ⁉　ハルカに心配された通り、事故ってるじゃないか」

「大丈夫だ、問題ない。――が、今度は普通に泳ぐか」

あまり大丈夫じゃなさそうなことを言いながら、すいすい～と泳いでいくトーヤ。

お尻の尻尾《しっぽ》が左右に揺《ゆ》れているのだが、あれは推進力を生み出していたりするのだろうか？

「……ま、いいか。俺も泳ごう」

水泳は苦手じゃないが、今日の目的はバカンス。

軽く流すように泳ぎ、少し疲《つか》れたところで、ぷかりと背中で浮かんで空を見上げる。

日差しは強いが、泉の水が少し冷たいのでちょうど良い。なんだか、のんびり……。

「……ん？」

パシャパシャと近付く水音に、背後を振り返れば、そこには顔を伏《ふ》せたまま、こちらに向かって泳いでくるアエラさんの姿が。

このままではぶつかると、足を動かして少し移動すれば、アエラさんは俺の脇《わき》を無事通過。

が、彼女はすぐにくるりとUターン。再びこちらへ。

再度避けた俺の前を横切り——何故かまたまたUターン。三度《みたび》こちらへ。

今度はその頭を片手で受け止めると、アエラさんは止まって顔を上げた。

「あれ？　ぶつかっちゃいましたね？」

「……わざとだよな？　気付いていたよな？」

「えへへ……私、あんまりナオさんと関《かか》わる機会がないから」

うん、可愛い。年上とは思えないほど。

「……いや、遊びに来ているわけだし、別に良いんだが。——うごっ！」

突然《とつぜん》背後から、ズバババッと激しい水音が聞こえたかと思うと、俺の脇腹《わきばら》に頭が突き刺さった。

「あ、ごめーん！　ぶつかっちゃったぁ！」

嘘《うそ》くさい台詞をほざく、その頭の持ち主はハルカ。

止まってなお、抉《えぐ》り込むように頭を押し付けてくる。

「お前は絶対わざとだ！　というか、魔法を使ってたよな⁉　ジェット推進か⁉　器用だな！」

「知らないわね。見間違《みまちが》えじゃない？」

「なんて雑な言い訳⁉　魔力《まりょく》の動きを感じ取るぐらい——ぐはっ！」

「あっ、ごめーん。操縦、ミスっちゃった♪」

「ユキ、お前もか！　えーい、こんな所にいられるか！」

水魔法を使えるのは、二人だけじゃない。

俺も『水噴射《ウオーター・ジェット》』での移動を試みる——が、これ、想像以上に難しいな⁉

——すまんユキ。侮《あなど》っていた。本当にミスだったんだな。

などと思いつつ、俺は蛇行《だこう》しながら流される。そんな俺の正面に現れたのは——。

「——っ！　リーヴァ、避けてくれ！」

「えっ？　えっ⁉」

慌てて警告するが、リーヴァは冒険者ではなく一般人《いっぱんじん》。

咄嗟《とっさ》に反応はできず、わたわた、ぱしゃぱしゃと移動しようとするが、その動きは遅い。

ぶつかるっ——と思った次の瞬間《しゅんかん》、横から伸びてきた手が俺の身体を掴《つか》み、抱き寄せるようにして止めてくれた。助かった、と顔を上げると——。

「ナオくん？　注意しないとダメですよ？」

助かってなかった。どこか迫力《はくりょく》のあるナツキの笑《え》みに、俺はコクコクと頷く。

「あ、あぁ、ありがとう。リーヴァもすまん」

「大丈夫ですよ。驚《おどろ》きましたが、当たってませんから」

「——くっ、ナツキに良いところを持っていかれたわ！」

「ハルカの衝突《しょうとつ》が甘《あま》かったんだよ、きっと！　あのまま沈《しず》めていれば——」

「何がだ⁉　えーい、こんな所にもいられるか！」

物騒《ぶっそう》なことを言っている人たちから離れ、今度は普通に泳いで移動。

俺は水から上がるとパーカーを羽織り、少し冷えた身体を温めるため、焚《た》き火の準備。

マジックバッグにストックしてある薪《まき》を、泉から離れた場所に積み上げて火を付ける。

「こういうとき、『着火《イグナイト》』は便利だな。着火剤《ざい》いらず」

一応、燃えやすい小枝や枯《か》れ葉の準備もあるのだが、『着火《イグナイト》』の魔力を節約しないといけない場面なんてそうそうないし、太い薪もすぐ燃やせるこの魔法の利便性には代えがたい。

「ナオさん、お昼の準備ですか？」

俺が燃え始めた薪に手を翳《かざ》して身体を温めていると、ルーチェさんがそう言って近付いてきた。

赤みがかった長い髪《かみ》を軽く拭《ふ》きながら、パーカーを着る姿がちょっと大人っぽい。

「そういうわけじゃないですが……ついでにやってしまいましょうか」

「では、お手伝いしますね」

何をしましょうかと、こちらを窺うルーチェさんに俺は首を振る。

「そんなに手間じゃないですから、ルーチェさんは泳いでいても良いですよ？」

今日のメインは焼き肉。今回はタマネギなどの野菜もちゃんと準備してあるし、先日のソースを元に、ハルカたちが完成させた焼き肉のタレもある。後は各自好きに焼いて食べるだけ。

俺は土魔法でちゃちゃっとブロックを作り、焚き火の周りを囲むように配置していく。

「……本当に手間じゃない感じですね。魔法って便利です。でも、悲しいことに、私はナオさんたちみたいに若くないですから、休憩も必要なんですよ。——アエラは例外だけど」

「そんな、ルーチェさんも十分若いじゃないですか。そんなに変わりませんよね？」

「ふふふっ、ナオさんはお上手ですね。私、もう二三ですよ？」

「誤差みたいなものですよ。それにリーヴァだって、同じぐらいのはずですし」

何気なく口にした言葉を聞き、ルーチェさんの雰囲気《ふんいき》が少し変わる。

「……え？　本当に？　あれで二〇を越《こ》えている……？」

「え、えぇ、確か、二二って聞いたような？」

賢明《けんめい》な俺は、隣で「一歳差《さい》……？　一歳差⁉」と呟《つぶや》き始めたルーチェさんには目を向けず、積み上げたブロックに網《あみ》を設置、簡単なテーブルも出してその上に食材を並べていく。

肉と野菜……折角だし、シーフードも出しておくか。

正確には、リバーフード？　だが、そんな言葉は聞いたことないなぁ、とか思いつつ、バレイ・クラブや甲殻《こうかく》エビ、山女《やまめ》なんかを出していると、アエラさんがやってきた。

「ナオさーん、私もお手伝い……わわっ！　バレイ・クラブや甲殻エビ、山女まで。これ、仕入れたらすっごく高いですよ？　こんな高級食材、出しても良いんですか？」

「折角遊びに来たんだ、構わないだろ。ただし、俺に調理はできない。後は頼《たの》んだ」

「はい！　任せてください！　ルーチェも――って、何ブツブツ言っているんですか？」

アエラさんが不思議そうに、隣で遠い目をしているルーチェさんに声を掛ければ、彼女はぐるんっと首を回し、アエラさんにずいっと迫《せま》った。

「アエラ……ねぇ、知ってた？　リーヴァさんって、私とほぼ同い年なんだって」

「へー、そうなんですか。それが？　ってか、顔が近いです」

「くっ、これだからエルフは！　その年であそこまでぷるぷるの肌って、おかしくない？　おかしいよね？　絶対おかしい。きっと、何か秘密があるはず！」

アエラさんに顔を押し返されつつも、何やら黒いものが漏れているルーチェさん。

そんな彼女の様子にアエラさんが呆れたようにため息をつくが、ちょうどそこに話題のリーヴァが、蜘蛛《くも》に捕食《ほしょく》される蝶《ちょう》の如《ごと》く、ふらふらと寄ってきた。

「こ、高級食材ですか……？　わぁ……食べたことのないものが、たくさんありますぅ」

日々金欠気味のリーヴァ。美味《おい》しそうな物を前にして、嬉しそうに目を輝かせる。

だが、そのせいで周囲への警戒《けいかい》が疎《おろそ》かになり、迫る危険に気付かない。

「——ねえ、リーヴァさん？」

そっと忍《しの》び寄ったルーチェさんが肩にポンと手を置けば、いつも垂れ気味のリーヴァの兎耳《うさみみ》がピーンと伸び、その身体がビクーンと震《ふる》えた。

「ひゃい！　え？　ええ？　な、何ですか、ルーチェさん。私、何かしちゃいましたか？」

「この肌の秘密、私にも教えてくれませんか？」

リーヴァのほっぺたを高速でぷにぷにしながら、ルーチェさんが尋《たず》ねる。

その言葉に潜むナニカに、リーヴァはぷるぷるしつつ、慌てて答えた。

「ひ、秘密ですか？　そ、そんな、別に大したことは……あえて言うなら、錬金術で作ったスキンケア・クリームを塗《ぬ》ったり、お腹の調子を整えるお薬を飲んだりしているぐらいですよ？」

「大したことしてる⁉　そ、そのクリームって、お店で売ってるの？」

「はい。でも売れなくて……。古くなる前に自分で消費してる状態なんですよね」

「くっ、なんてこと！　そんな素敵《すてき》なお店がこの町にあったなんて⁉　それは——」

「こらこら、ルーチェ。少し落ち着きなさい。肌の調子なんて、バランスの良い食事、適度な運動、十分な睡眠《すいみん》を心掛ければ自然と整うものよ？」

どんどん目力が強くなるルーチェさんを、アエラさんがやや強引《ごういん》にリーヴァから引き離した。

「アエラには言われたくない！　アエラの料理、美味しいんだけど、美容の大敵だからね⁉」

「そうかなぁ？　私はあまり気にならないけど」

「くぅぅっ、同じように大量の試作料理を食べているのに、この差は！」

アエラさんを見て歯噛《はが》みするルーチェさんに、リーヴァが遠慮がちに声を掛けた。

「あの、アエラさんって冒険者だったんですよね？　たぶん、それが原因では？　冒険者って、いろんな意味で強いですから」

「……その事実からは目を背《そむ》けていたかった！　今更冒険者にはなれないもの‼」

頭を抱《かか》えるルーチェさんの肩に、アエラさんが優しげな笑みでポンと手を置く。

「ルーチェ……美容のためなら死んでも良い、って人もいるみたいだよ？」

「それ、無意味！　私は死にたくない！　なので、安全に改善できるお薬を、是非《ぜひ》！」

「そこまで劇的ではありませんが、お店に来て頂ければ、いくつかは——」

などと、ルーチェさんが綺麗になるための努力をしていると、そんな声が聞こえたのか、それとも単にお腹が減ったのか、他の四人も泉から上がってきて、不思議そうにルーチェさんを見た。

「アエラさん、ルーチェさんはどうしたの？」

「気にしないでください。それより、お昼にしませんか？　ナオさんが色々出してくれましたし」

恥ずかしそうに言うアエラさんと、ただならぬ熱意でリーヴァと話しているルーチェさんを見比べ、ハルカたちも関わらないことに決めたらしい。アエラさんに手を貸して調理を始める。

といっても、今日は焼き肉。大半はただ焼くだけで、魚や蟹《かに》も軽く下拵《したごしら》えをして網に載《の》せれば準備は完了《かんりょう》。程なく良い匂《にお》いが辺りに漂い始めた。

そうなると、リーヴァの注意もこちらに向くわけで。受け答えが上の空になったのを見て、ルーチェさんも諦《あきら》めたようにリーヴァを解放、二人してこちらへやってきた。

「凄く豪華《ごうか》ですね……。これ、私も食べて良いんですか？」

「リーヴァだけお預けなんてことしないよ～。食べて、食べて！　オーク以外にも色々あるから」

「今回はいつもと違う味付けですから、感想を聞かせてください」

「はい！　頂きます！」

「ナオたちも自由に食べて。でも生焼けには注意してね。お腹を壊したくないなら」

笑顔で手を伸ばすリーヴァを横目に、俺も網の上を物色する。

蟹や海老も美味しいが、今日のところはまず肉。それもタレだろう。ハルカたちが試行錯誤《さくご》して作った焼き肉のタレはどんなものかと、スタンダードなオークのバラ肉に箸《はし》をつける。

「……おぉ、美味《うま》い。正にタレ。以前のインスピール・ソースとは違う」

「努力の成果だからね。部位によって味が違うから、色々食べてみてね」

「ニンニクとか、ネギとか、匂いの強い野菜もたくさん使ってるから、女の子としてはちょーっと気になるところだけど、みんなで食べたら一緒だよね！」

「いやいや、このガツンとくるのが良いんだろ？　後のことなんか忘れろ！」

そう言いながらトーヤが食べているのは、タンの薄切《うすぎ》りに刻みニンニクを載せ、塩をしたもの。その匂いはなかなかに強烈《きょうれつ》だが、ハルカたちが気にしないなら遠慮する必要もない。俺もタンやロース、スペアリブ、それにバインド・バイパーの肉、魚など、気分次第で色々摘《つ》まむ。

アエラさんやルーチェさんも、特に遠慮する様子もなく美味しそうに食べているが、中でもリーヴァは、相変わらず節約生活を送っているようで――。

「美味しいですぅ……久しぶりに、こんな美味しい物を食べました……」

悲しいことを呟きながら、まるで食い溜《だ》めするかのようにフォークを躍《おど》らせている。

そんなリーヴァを見て、アエラさんが不思議そうに尋ねた。

「リーヴァさんは料理をされないんですか？」

「う、料理をしないというか……恥ずかしながら、あまり余裕が……お客さん、少なくて」

「えっ？　そうなんですか？　腕の良い錬金術師と聞きましたけど……」

「腕は悪くないつもりなんですけど、あんまり錬金術師の需要《じゅよう》がないみたいで……」

そうだろうか？　俺からすると売り方次第でそれなりに稼げると思うのだが。

そう思ったのは俺だけではなかったようで、ユキやハルカも少し呆れたようにリーヴァを見た。

「リーヴァのお店は、雰囲気がねぇ。普通の人は入りにくいよ？」

「で、でも、錬金術のお店だから……」

「ターゲットが狭《せま》いのよ。特殊《とくしゅ》な趣味《しゅみ》の人や冒険者だけを相手にしていてもね。錬金術には便利な物やお薬があるんだから、一般人相手に広く浅くの方が良いんじゃない？」

その言葉に深く頷いたのは、先ほどまでリーヴァと熱心に話していたルーチェさんだった。

「そうですよ、リーヴァさん！　さっきお聞きしたお薬だけでも、十分に需要があります。むしろ、売れないのがおかしいです！　私でも手の出るお値段。なんでお客さんがいないんですか？」

「リーヴァの店は外観がなぁ。あのお店に一見《いちげん》の若い女性、それも一般人が足を踏《ふ》み入れるのは無理だろ？　冒険者ですら敬遠するぜ？　たぶん」

トーヤの言葉に、俺やハルカたちも揃って頷く。

俺たちがリーヴァと知り合った切っ掛けも、ディオラさんの紹介《しょうかい》で一緒に仕事をしたから。それがなければ、仮にあのお店の前を通ったとしても、中に入ることはなかっただろう。

「むむ、それは勿体《もったい》ないですね。以前の町ならいくらでも口コミを広められるんですが、この町にはまだ知り合いが少ないですから……リーヴァさんの知り合いとかは？」

「……すみません。私、すっごく人見知りで……面と向かって話すのも苦手なんです」

「え、そうなんですか？　私とは普通に話してますよね？」

「それはその、ハルカさんたちが紹介してくれましたし……ルーチェさんはその……」

リーヴァは言葉を濁《にご》して俯《うつむ》いてしまうが、ルーチェさんは気にした様子もなく微笑む。

「押しの強さが私の持ち味ですから！　協力できることがあったら言ってくださいね？」

「少し強すぎる気もしますけど、仲良くなるのは得意なんですよね、ルーチェは」

「必要ならあたしたちもね。リーヴァこだわりのお店に、あんまり口を出すのもどうかと思ってたけど、できることは手伝うよ？　お客さんを紹介できるほどの人脈はないけどね」

「店番が苦手なら、人を雇《やと》うって方法もあるものね」

ルーチェさん、そしてハルカたちの言葉を受け、リーヴァは顔を上げて嬉しそうに微笑む。

「……ありがとうございます、皆《みな》さん。少し考えてみます」

「そうだな。せめて食い溜めをしなくて良いぐらいには、稼げた方が良いだろうしな」

「うぅっ、ナオさん、それは気付いていても言わないでくださいよ～」

俺の少し混ぜっ返すような言葉に、笑顔だったリーヴァは途端《とたん》に情けない顔になって耳をへにょんと垂らし、それを見たハルカたちの間に笑いが広がる。

「ふふっ、気にしないで好きなだけ食べて良いんですよ？　でも、この後はお仕事ですから、きちんと動けるぐらいにしておいた方が良いとは思いますけど」

「ナツキさんまで～。あの時は本当に久しぶりのお肉だったから……今回は大丈夫です！」

力強く両手の拳《こぶし》を握るリーヴァだが、枯茸薬の時の実績があるだけに、やや不安ではある。

——まぁ、いざとなれば、リーヴァには休んでいてもらえば良いか。

「そういえば詳《くわ》しくは聞いてなかったんですけど、今日は何を採りに来たんですか？」

「オッブニアの実です。アエラさんはご存じですか？」

リーヴァに訊《き》き返され、アエラさんは少し考えてから首を振った。

「オッブニアは知ってますが、実の方は……。冒険者時代も依頼《いらい》を請《う》けた記憶《きおく》はないですね」

「時季も限られますし、あまり高くない錬金術の素材ですからね。オッブニアの実は泉の底に沈んでいます。大きさはこれぐらいで紫《むらさき》色《いろ》の実です。見つけにくいと思うので、頑張ってください」

リーヴァが指で作った丸はピンポン球ぐらいだろうか。子供の頃、プールに沈んだ小さな球を集める遊びをやった思い出があるが、泉の水深はそれ以上。確かに少し難しそうである。

「ちなみにこれって、何に使うんだ？」

何気ないトーヤの問いだったが、リーヴァは俯いて、少し恥ずかしそうに口を開いた。

「お腹を整えるお薬です。え、えっと、べ、便通が良くなって、お肌の調子も……」

それを聞き、俄然《がぜん》、身を乗り出したのはルーチェさんだった。

「それは頑張って見つけないといけないです！　リーヴァさん、私が見つけたら、お薬をちょっとお安く作ってくれたりしますか？」

「は、はい、原料分ぐらいは、はい。安くでき、ます」

タジタジのリーヴァ。さすが、気迫《きはく》が違う。やはり女性は気になるものなのか。

「……なぁ、ディオラさんにも持っていった方が良いと思うか？」

「止めておきなさい。更なる恐怖を味わうことになるわよ？」

「完成したら、私たちがただのお土産《みやげ》として持ってきますから、ナオくんは気にしない方が……」

――あれ以上の恐怖か。それは避けたい。

やや呆れ気味のハルカたちに俺はコクリと頷き、ディオラさんには何も言わないと誓《ちか》った。


昼食後の食休みは、やや長めに取った。

その甲斐《かい》もあって、普通に動けるようになったリーヴァと共に、俺たちは泉へと入る。

底に沈んでいるらしいので、ゆっくり泳ぎながら探すのだが……ぼやけてよく見えないな。

水面の上から見ても判らないが、顔を水につけても同じ。

これは、ちょっと厳しいか？　水中眼鏡か箱眼鏡でも用意しておくべきだったかもしれない。

水底付近まで潜れば見えるかもしれないが、この広さを探し回ることを考えると……。

果たしてどれほど見つかるのか、という俺の懸念《けねん》は、残念なことに的中した。

八人で一時間あまり。それだけ探して見つかったのは僅かに五個。いくら半分遊びとはいえ、さすがに成果がなさすぎると、俺たちは一度集まって額を付き合わせていた。

「これ、木から直接もいだらダメなのか？　ナオたちなら木登りは得意だろ？」

そう言ったトーヤが上を見上げてオッブニアの生っている木を探すが、リーヴァは首を振る。

「オッブニアは水中花なんです。しかも、この泉に生えているわけではないんですよね」

詳しく訊いてみれば、オッブニアはなかなかに不思議な植物だった。

普通の植物は完熟してから実が落ちるが、水中で実るオッブニアは半熟ぐらいの段階で株から離れ、川や水脈に乗って流れ出す。その間に段々と熟し、流れ着いた場所で完熟して根付く。

育成場所を見つけても採取はできず、面倒なことに実が流れ着く先も様々。

この泉のように多くの実が流れ着く場所を見つけるのは、結構難しいらしい。

「――と、そのはずなのですが、少なすぎますね。水脈の流れが変わったのでしょうか？」

「もしくは、誰か先に採りに来た人がいたか、よね。その可能性は？」

「低いと思います。ラファンの錬金術師はたぶん私だけですし。冒険者が採取して、ケルグに持ち込んだ可能性もゼロではないですが……時間がかかる割に、あまり儲《もう》かりませんからね」

普通の冒険者があえて狙うほど割の良いものでもない。

オッブニアの実はそんな素材らしい。

「そうなると……何が原因かな？　ここの泉の場合、水脈――つまり、地下水に乗って流れてきてるんだよね？　どこかで詰まったとか？」

「水脈ねぇ……。そういや、向こうにでかい穴があったな。あそこから流れてきてるのか？」

「あれか。嫌《いや》な予感がしたから近付かなかったんだが……調べてみるか？」

俺たちが拠点《きよてん》としている岸は泉の西側。そこから北東方向に進むにつれて泉は深くなり、中心付近まで進んだあたりで、水底まで光が届かなくなる。

だがトーヤが指さしたのはその更に先、向こう岸に近い場所だった。

「一応、『水中呼吸《ブレス・ウォーター》』は使えるけど……行ってみる？」

そんなハルカの提案に『わ、私はさすがに……』とすぐに辞退したのはルーチェさん。冒険者ではないことを考えれば、それは必然。そして彼女の護衛として、アエラさんが名乗り出る。

俺たちのパーティーは当然一緒に行動するとして――。

「リーヴァはどうする？　無理をする必要はないが」

「えっと…………い、行きます。ハルカさんたちが一緒なら、大丈夫、ですよね？」

かなり悩んだ後、リーヴァは意を決したように頷き、だが不安そうに俺たちの顔を見回した。

「たぶん？　でも、窒息《ちっそく》しないことは、保証するわ」

「あたしたちも水中戦の経験はないし……いや、戦闘があるとは決まってないんだけどね？」

なんとも曖昧《あいまい》なハルカとユキの言葉。リーヴァの不安が更に色濃《いろこ》くなる。

「二人とも脅《おど》しすぎ。心配しなくても、戦闘になるようならその前に逃《に》がしてやるから」

「お願いします……私、戦いでは全然役に立たないので」

俺の【索敵】があれば、そのぐらいは容易《たやす》い。ぺこりと頭を下げるリーヴァの背中をポンと叩き、俺たちは一応の用心と、パーカーを着たまま武器を手にして泉に入る。

「それじゃ、いくわよ。『水中呼吸《ブレス・ウオーター》』」

ハルカが全員に魔法をかけ、俺は初めて経験する魔法に不安と期待を抱きながら水に潜る。

——おぉ、確かに息ができる。あと、視界がクリア！

魔法の補助効果なのか、水中眼鏡を使っているときのようにはっきりと見える。

こんなことなら、さっさと使ってもらえば——そういえば、五個のオッブニアの実、見つけたのはハルカとユキ、ナツキだったよな？

なんだか世界の真実に気付いてしまった気がするが、それは棚上《たなあ》げにして、すいすい泳いでいくと次第に水深が増し、泉の底まで太陽の光が届かなくなる。

ナツキの方へ顔を向ければ、彼女は小さく頷き『光《ライト》』を唱えて周囲を明るく照らす。

さすがは魔法、水中でも何の問題もないらしい。

そこから更に泳いでいけば、見えてきたのは泉の底に空いた大きな穴。直径は二メートルほどだろうか。冷たい水でも流れ出ているのか、近付くに連れて周囲の水温が下がり始めた。

身体を冷やしすぎると動きは鈍るし、場合によっては命に関わる。

このままではあまり良くないと、俺は試《ため》しに最近覚えた『防冷《レジスト・コールド》』を使ってみる。

その効果は期待通り。明らかに水の冷たさが緩和《かんわ》された。

早速《さっそく》他のメンバーにもかけて穴の中へと向かえば、さながらそこは海底洞窟《どうくつ》のよう。

穴も次第に大きくなり、広いところでは一〇メートルを越えるまでになった。

おかげで動きやすくはなったが、探す場所は逆に増えたわけで。

仕方ないので『光《ライト》』の数を増やし、手分けして探索《たんさく》を始めて数分ほどだろうか。

リーヴァがわたわたと手足を動かして俺たちの注意を引き、一点を指さした。

そちらに目を向ければ、岩の間に誰かが集めたかのように存在するオッブニアの実。

だが、そこにあったのはそれだけではなかった。オッブニアの実とほぼ同じ大きさの赤い球体がいくつも存在し、それらに交じってオッブニアの実があるという状態。

それに加えて俺の【索敵】にも反応があり、これは迂闊《うかつ》に手を出せないと、ハルカたちに視線を向ければ、彼女たちもそれは感じていたのか、小さく頷きを返してくる。

――が、しかし。ただ一人、嬉しそうにそちらへ泳いでいくリーヴァの姿が俺の視界に。

泳ぎは得意でないのか、ひょこひょこと不器用に揺れる兎の尻尾が可愛い——じゃなくて！

俺は慌てて壁面《へきめん》を蹴《け》ると、思い切り水を掻《か》いてリーヴァへと突っ込み、その身体に手を回した。

その瞬間、腕に何か柔らかい物が触れ、リーヴァの身体が硬直《こうちょく》するが、それどころではない。

『水噴射《ウオーター・ジエット》』で即座《そくざ》に加速。こんな所でユキのお遊びが役に立つとは、とか思いつつ、目を回しているリーヴァを無視して一気に水面を目指せば、当然のようにハルカたちも付いてきて——。

「——ぷはぁ！」

息苦しかったわけではないのだが、なんとなく大きく息を吸い込んでいると、ユキ、ハルカ、ナツキ、そして少し遅《おく》れてトーヤの順で水面に頭が現れた。

「ふう……。ナオ、やっぱり敵？」

「あぁ。すぐ脇にあった横穴、あそこに何かいたな」

ハルカの問いに俺が答えると、リーヴァが驚いたように目を瞬《しばた》かせた。

「……え？　敵がいたんですか？　皆さん気付いていたんですか？」

「そりゃね。これでも冒険者だもん。——というか、ナオ、そろそろリーヴァを離したら？」

「おっと、すまん。忘れてた」

ジト目のユキに指摘されて俺が手を離すと、リーヴァは少し恥ずかしそうにすすすっと離れた。

「だが、リーヴァ。あの状況で不用意に近付くのはどうかと思うぞ？」

「うぅ、すみません……。見つけられたのが嬉しくて……」

「気持ちは解《わか》るが……だが、水中は思った以上に敵の反応が判りにくいな。感知範囲が狭い」

「ナオでもか。オレも鼻と耳があんまり利かねぇから、気を付けねぇと」

水中故の動きにくさに加え、普段《ふだん》使っているスキルも同じように使えるとは限らない。

息ができるからと甘く見ず、きちんと検証と訓練を重ねていかないとダメだな、これは。

「それで、どんな敵か確認できた人はいる？」

「すみません。私が判ったのは、人よりも大きな影《かげ》だったことぐらいです」

「あ、オレは一応確認してきたぞ？　幸い、【鑑定《かんてい》】もできたからな。〝皇帝鮭《エンペラー・サーモン》〟だった。魔物じゃなくて、魚だな。けど、長さは二メートルを超えてた気がする」

「鮭かよ⁉　しかも、滅茶苦茶《めちゃくちゃ》デカいな！」

トーヤが【鑑定】できたのだから、これまで読んだ本に載っているのだろうが……『獣・魔物解体読本』か？　獣と言いつつ、魚類もカバーしてるとか、地味に有能だな！

「少し遅いと思ったら、トーヤ、そんなことしてたんだ？」

「ま、オレが一番距離があったからな。見てからでも逃げられると思ったんだよ。ちなみに一緒にあった赤い球は、皇帝鮭《エンペラー・サーモン》の卵だった。イクラだな」

「それは塩漬《しおづ》けに加工した物のことだから。でも、あれは美味しそうじゃないわよね」

「食感が重要な物ですからね。あの大きさだと……」

「親の方に期待かな？　サーモンのお刺身《さしみ》――は食中《しょくあた》りがちょっと怖いから、塩漬けにしてスモークサーモンとか？　パンに挟《はさ》んでも美味しいよね」

「ほほう、スモークサーモン。俄然やる気が出てきたな！　オレ、あの薄《うす》っぺらいスモークサーモンを一度、腹一杯《はらいっぱい》食べてみたかったんだ！」

「理解できなくもない。だが、明らかに塩分過多だ」

「あぁ、皆さん、既に斃すつもりなんですね……さすがは冒険者です」

斃した後、どうやって食べるかを相談し始めた俺たちに、リーヴァはどこか呆れつつも、納得したように頷き、ついでに良い情報も提供してくれる。

「皇帝鮭《エンペラー・サーモン》の卵からは、栄養剤《えいようざい》が作れますよ。美肌《びはだ》、目の健康、ダイエット、筋肉を付けるなど、いろんな効果がある素敵なお薬です。劇的効果、ではないですけど」

「劇的だったら、確実にヤバい薬だよ！　ちょっとよく効く、サプリみたいな物なのかな？」

「集める価値はありそうですね。しかし、なんでオッブニアの実があんな所に……？」

「もしかして、自分の卵と誤認して集めたのか？　あの辺、暗かったしなぁ」

「確かに『光《ライト》』がなければ色なんて見えないだろうが、鮭にそんな性質があるか？　……いや、あんなところにいる時点で、普通の鮭と比較《ひかく》しても無意味か」

「単に水の流れで同じ場所に集まっただけかもしれないけどね。形が似てるから」

なるほど。あの辺りで水が淀《よど》んでいる可能性か。そちらの方がありそうな気もする。

「取りあえず斃してみるか。危ないから、リーヴァはアエラさんたちの所に戻っていてくれ」

「わ、解りました。気を付けてください！」

コクリと頷き、ぱしゃぱしゃと離れていくリーヴァを見送って、俺たちは改めて鮭対策を練る。

「大きさは最低でもトーヤ以上か？　巨大鮪《きょだいまぐろ》ぐらいのイメージだとすると……力は強そうだな」

「攻撃は噛《か》みつき？　魔物じゃないと考えれば、そこまで怖くないかも？」

「鮭に噛む力が強いイメージはないですね。同じに考えて良いかは判りませんけど」

鯱《しゃち》なんかは海亀《うみがめ》の甲羅《こうら》すら噛み砕《くだ》くらしいが、鮭の餌《えさ》はおそらくは小魚。噛み付かれてもそこまで酷いことにはなりそうにないが、ここが異世界であることは考慮《こうりょ》すべきだろう。

「しっかし、水辺、水着の女の子とくれば、烏賊《いか》とか蛸《たこ》とか、触手《しょくしゅ》系が定番なんだがなぁ」

――それは俺も少し思った。

だが、それを素直に口にしたアホに、女性陣から冷たい目が向けられる。

「何の定番よ、何の。トーヤと巨大魚の格闘《かくとう》も、新たな層が獲得《かくとく》できるかもしれないわよ？　そんな番組もあったし……やってみる？　全員で見守っててあげるわよ？」

「その格闘は一本釣《いっぽんづ》りじゃね!?　直接的な魚との格闘はマニアックすぎんだろ！」

「新ジャンルですね。動画をアップすれば、きっと再生数が稼げますよ？」

「マジで稼げそうだけど、アップする場所がねぇ！」

アップする場所があれば、やっていたのかと。

「まぁ、冗談はともかくだ。ネックは、大半の魔法が使えそうにないところか？」

「だよねー。『光《ライト》』が使えるわけだし、『火　矢《ファイア・アロー》』も大丈夫かな、とは思うけど、焼いちゃったらスモークサーモンのレア感がね。『石　弾《ストーン・ミサイル》』なら、美味く気絶させられるかな？」

ユキの『使えない』は、俺の『使えない』とは違ったらしい。

しかもなんか、『うまく』の意味合いが違ったような……？

「──うん、やっぱり、トーヤに活《い》け締めしてもらうのが一番かも？」

「食うためかよ！　いや、オレもスモークサーモンには期待しているけどよ……普通に考えて、氷締《じ》めの方が現実的だろ？　生物を直接冷やすのは難しくても、周囲の水は冷やせるだろ？」

冷却《れいきやく》系の魔法としては、火魔法の『冷却《コールド》』と水魔法の『冷凍《フリージング》』が存在する。

基本的には似たような魔法なのだが、冷却効率でいえば水魔法に軍配が上がる。

だがここで重要なのは、俺とハルカ、二人が使えるというところ。

「所詮は魚類。二人が協力すれば、動けなくなるまで冷やすぐらいはできるんじゃね？」

「……なるほど。トーヤ、意外と賢《かしこ》いな？」

「ありがとう。だが、『意外』は余計だ」

これが魔物とかであれば、また話は別だったのだろう。

だが相手は巨大なだけの魚。ハルカとしっかり打ち合わせをして、じんわりと周囲の水を冷やしていった結果──俺たちの食生活は、また一つ充実《じゆうじつ》したのだった。

サイドストーリー「トミー釣行《ちょうこう》へ挑む」

その日、仕事を終えた僕《ぼく》が宿の部屋で休んでいると、扉《とびら》をノックする音が聞こえた。

「——？　誰《だれ》だろ？」

当然だけど、僕に知り合いなんてほとんどいない。師匠《ししょう》を除けばトーヤ君たちぐらい。

そのトーヤ君たちも、今は魚釣《さかなつ》りに行っていて、不在のはず。

不思議に思いながら扉を開ければ、そこに立っていたのは——。

「あれ、トーヤ君？　釣りは？　もう帰ってきたんですか？」

「あぁ、ついさっきな。で、トミーには世話になったし、お土産《みやげ》を持ってきてやった。ほら」

差し出された革袋《かわぶくろ》に入っていたのは、カチンコチンに凍《こお》り付いた山女《やまめ》が二匹《ひき》。

それも三〇センチはありそうな大物で、身の張りも良く、なかなかに美味《おい》しそう。

「へぇ、凄《すご》いですね！　このサイズはなかなか釣れませんよ！」

良いなぁ。これだけの山女、釣りごたえもあっただろうなぁ。

「お前が教えてくれた毛針のおかげだよ——と言いたいところだが、入れ食いだったんだよなぁ」

苦笑《くしょう》するトーヤ君に訊《き》いてみれば、毛針の善《よ》し悪《あ》しなど判断できないほど簡単に、そして大量に釣れたらしい。それは釣りに初挑戦《ちょうせん》するハルカさんたちも同様だったようで。

「ある意味、釣り好きのヤツには物足りないかもな」

「技術がなくても釣れるってことですか。それだと、一部の人は楽しくないかもしれませんね」

魚との駆《か》け引きが楽しみで、釣果《ちょうか》は二の次という釣り人もいることはいる。

僕は『釣った以上は食べる』ってタイプだけど、リリースして持ち帰らない人も少なくないし。

「危険性の方はどうでしたか？　僕が行けるぐらいでしょうか？」

「今回に関しては危険はなかったが、安易に連れていけないのは変わらないな。トミーが冒険者《ぼうけんしゃ》になって自己責任で行くのは自由だが、オレたちが連れていくという形では、な」

期待を込《こ》めて尋《たず》ねてみたけど、トーヤ君が少し困ったように笑う。

やっぱり、他人の命は預かれないよね。

最初に会った時、ハルカさんには厳しいことを言われたけど、今思えばそれは当然のこと。

決して冷たい人ってわけじゃないから、もしも僕を連れて行って死なせるようなことになったら、きっと寝覚めも悪いだろう。僕だって釣りに命は懸《か》けられないし……。

せめて足手纏《あしでまと》いにならないよう、強くなるしかないか。

「ねぇ、トーヤ君、強くなるためには何からするべきだと思う？」

「ん？　トミーは鍛冶《かじ》で鍛《きた》えてるし、【筋力増強】や【鉄壁《てっぺき》】スキルも持ってたよな？　後は持久力と敏捷性《びんしょうせい》、戦う経験か。そうだな、まずは毎日走ることから始めたらどうだ？」

訊いてみるとトーヤ君たち、ほぼ毎日、朝食前にかなりの距離《きょり》を走るようにしてるらしい。

ハルカさんの方針が『とにかく生き残る』なので、敵を斃《たお》す技術より、無事に逃《に》げられる体力を養う方に重点を置いて鍛えているのだとか。

「もっとも今のところ、戦いから逃げたことはないんだけどな！　はっはっは！」

「えっと、それはトーヤ君たちが強いってことですか？」

「いや、違《ちが》う、違う。危険そうな物には近づかないだけ。逃げる状況《じようきよう》にならないのが一番だろ？　常に格下としか戦わない。言うなれば弱い者イジメだな」

「ははは……。それでもかなり稼《かせ》いでますよね？」

陽気に笑うトーヤ君に確認《かくにん》してみたところ、返ってきたのはちょっと予想外の答え。

表現は露悪《ろあく》的。でも、危険を避《さ》けながらも稼いでいるのだから何の問題もないよね。

安全最優先なら仕事は町中に限られ、何とか暮らしていける程度の賃金しか得られない。

僕が最初に請《う》けた仕事は割の良い方だったけど、それでも、ここ〝微睡《まどろ》みの熊《くま》〟ぐらいの宿に泊《と》まっていたら、冒険者としての装備を調えることも難しい。

なのにトーヤ君たちは、ここに泊まりながらも装備を調えて、冒険者をやっているわけで……。

「今はそれなりに？　だが、初めの頃《ころ》は大変だったぞ？　オレの最初の武器、木剣《ぼつけん》だからな！」

「え、そうなんですか？　特別な物じゃなくて、ごく普通《ふつう》の？」

それって、ただの棒だよね？　謂《い》わば棍棒《こんぼう》。

棍棒で魔物《まもの》に立ち向かったの？　それ、なんてチャレンジャー？

「まともな武器を買う余裕《よゆう》はなかったからなぁ。思えばあの頃が一番危なかった……いや、そうでもないか。どうこう言っても、ハルカはかなりの安全マージンを取って行動するし」

考えてみれば、最初の所持金はみんな大銀貨一〇枚のみ。

僕はハルカさんにお金を貸してもらったけど、トーヤ君たちはそんな相手がいなかったわけで。

何とかやりくりして、すぐに生活を安定させたハルカさんの手腕《しゅわん》は、本当に凄い。

「ちょっと慎重《しんちょう》すぎる部分はあるが、それで上手《うま》くいってるからなぁ……」

「危ない目には遭《あ》ってない、と？」

「……いや、ゼロではないな。強敵と戦うこともあったし、結構怪我《けが》もしている。オレたちの中で一番命の危険を感じていたのは、たぶんナオじゃないか？」

「そうなんですか？」

「ああ。オレは前衛だけど頑丈《がんじょう》だろ？　対してナオはエルフ。本来なら後衛で魔法を使ってるタイプだが、一応男だし、ハルカたちが危ないときには身体《からだ》を張るからなぁ」

身体の頑丈さを比べるなら、ナオ君よりもナツキさんやユキさんの方が上、らしい。種族的に。

大怪我もしているようだし……やっぱり気楽な商売じゃないんだね、冒険者って。


その日以降、僕はランニングを日課に加えた。

随分《ずいぶん》と短くなった手足で走る姿は、ドタドタという感じであまり格好《かっこう》良くはなかったが、『逃げ足こそ重要』という意見には同意するしかなく、頑張《がんば》って続けた。

その最中にトーヤ君たちに会うこともあるけれど、走る速度は段違《だんちが》い。

軽く走っている感じなのに、そのペースは非常に速く、あっさり置いていかれる。

確かにここまで差があれば、完全に足手纏いだよね。万が一の際、僕の足が遅《おそ》いせいで逃げ遅《おく》れるなんてこと、ハルカさんたちからすれば受け入れられないだろうし。

一応の目安は、『フルマラソンをオリンピックレベルで走れれば大丈夫《だいじょうぶ》』らしいけど、なかなか無茶を言ってくれるよね。そんなの一般人《いっぱんじん》にできるわけない——と思ったけど、トーヤ君たちはその速度で走った後でも、戦えるだけの余力があるそうだから文句も言えない。

逃げ足を鍛えることと並行して取り組んだのは、戦う技術の向上。

攻撃《こうげき》スキルを取らなかった僕は完全に素人《しろうと》なので、武器として選んだのは、筋力や鍛冶スキルが活かせそうな戦槌《バトルハンマー》。細かいことを気にしなければ、手入れがほとんど要らず、ミスって地面を叩《たた》こうが、岩を殴《なぐ》ろうが壊《こわ》れない丈夫さを持ち、更《さら》には硬《かた》い敵にも効果がある。

ドワーフだから、斧《おの》とどちらが似合うかと悩《なや》んだんだけど、師匠に『斧よりも戦槌《バトルハンマー》の方が扱《あつか》いやすいし、俺《おれ》も多少は手解きしてやれる』と言われたのが、一番の選択《せんたく》要因。

それ以来、時々師匠のアドバイスを受けつつ、素振《すぶ》りをしている。

——けど、ある程度訓練したら、実際に戦ってみたくなるよね？

でも、一人で行くのは不安——なので、やって来ました、トーヤ君たちの家！

数日前に引っ越《こ》したみたいで、宿を引き払《はら》う時に場所は教えてもらっていたんだけど……。

「……これ、広すぎない？」

そこにあったのは塀《へい》で囲まれ、立派な門のある大きな敷地《しきち》。

トーヤ君は『広いからすぐに判《わか》る』って言ってたけど、正に。周囲の家とは比べものにならない敷地面積で、そこに建つ普通なら十分に大きい建物も、土地と比べると小さくすら見えてしまう。

「ここで間違ってないよね？　入っても良いのかな？」

門には内側から門が掛《かんぬき》かっているので入れないし、呼び鈴《りん》みたいな物も見当たらない。

乗り越えることはできるだろうけど、それって不法侵入《しんにゅう》になるよね？

日本では勝手に敷地に入っても、警察に捕《つか》まることすら稀《まれ》だけど、こちらはそんなに甘《あま》くない。

怖《こわ》いことに、『勝手に侵入したなら盗賊《とうぞく》ですよね？　じゃあ、殺されても仕方ありませんね』という感じ。もっとも、実際に殺してしまうと面倒《めんどう》も多いので、非武装の盗賊なら殺されるまではいかず、ボコボコにされて引き渡《わた》される程度で済むみたいだけど。

「ホント、どうしようか……」

門を開けておくか、せめて呼び鈴ぐらいは設置してくれても良いのになぁ。

内心でぼやきつつ、中を窺《うかが》っていると、遠くの方に剣《けん》を振《ふ》っている人影《ひとかげ》が見えた。

「トーヤ君！」

この機を逃《のが》すわけにはいかない。門を掴《つか》んで大きな声で叫《さけ》ぶと、トーヤ君の方もこちらに気付いたらしく、手を止めて近づいてきた。

「何だ、トミーじゃないか。遊びに来たのか？　入って良いぞ？」

手拭《てぬぐ》いで汗《あせ》を拭いながらそんな気楽なことを言うトーヤ君に、僕は苦笑を浮《う》かべた。

「閉まってて入れないよ。呼び鈴もないし。人が訪ねてきたら困らない？」

「知り合いなら門を開けて入ってくるし、玄関《げんかん》扉にはノッカーが付いているからなぁ」

トーヤ君は笑い、「トミーも次からはそうしてくれ」と言いつつ、門を開けてくれる。

「ところで今日は何の用だ？　別に『遊びにきた』でも良いんだが、普通は仕事の時間だよな？」

「今はあまり忙《いそが》しくないから、昼からお休みをもらってね。……あの、図々《ずうずう》しいお願いだとは思うんだけど、ゴブリンの討伐《とうばつ》に行きたいから、付き合ってもらえないかな？」

「ゴブリン……なるほど、釣りに行くために努力しているってワケか」

「うん。もちろんそれ以外にも、多少は身を守れるようになりたいというのもあるけど」

「ふむ。悪くねぇ心がけだとは思うが……しかし、あれだな。付き合うって言っても、実質、護衛してくれって話だよな？　オレたちにゴブリンを斃すメリットなんかないんだから」

「うっ……そう、なるかな？」

ニヤリと笑うトーヤ君にズバリと指摘《してき》され、僕は気まずくなって視線を逸《そ》らす。

討伐に先立ち、僕もゴブリンについて調べてみた。

その結果判ったのは、ゴブリン討伐はお金にはならないってこと。

利益になるのは魔石のみで、その値段は僅《わず》かに二五〇レアほど。初期の頃ならともかく、こんな家を持てるほど稼いでいるトーヤ君たちにとっては、まったく割に合わないだろう。

だから僕の言っていることは、『一人で行くのは怖いから、護衛として付いてきて。ロハで』という都合の良い話。普通なら相応《そうおう》の報酬《ほうしゅう》を払って、護衛依頼《いらい》を出すところだ。

「ダメだよね、やっぱ」

「そうだな。普通なら金払え、と言うな。オレたち、冒険者だし」

「だよねぇ」

僕だって、『友達《ともだち》だからタダで剣を作れ』とか言われたら、嫌《いや》な気分になる。

そう考えれば、やはり報酬は出すべきだよね。うん。

「わかった。それなら――」

「いいぞ。付き合ってやる」

「――え？」

「タダで付き合ってやる」

呆《ほう》けた僕にトーヤ君は繰《く》り返し言って、「ただし、条件がある」と付け加えた。

「だよね！　良かった！」

僕はほっと胸を撫《な》で下ろす。これまでもかなり手助けしてもらっているだけに、何もなしというのはさすがに心苦しいというか、借りが大きくなりすぎるというか。

いや、それを期待していたところもあるから、なんとも言い難《がた》いんだけど。

「良かったって……まぁ良いか。まず行くのはオレだけだ。ハルカやナオたちは忙しいからな」

「うん、それは問題ないよ」

トーヤ君たちは既《すで》にこの町でも上位に位置する冒険者。

冒険者ランクも、もう四になったらしいし、普通に頼《たの》めば護衛料はかなり高くなるはず。

そんな冒険者が一人だけでもタダで付き合ってくれるのだから、とてもありがたい。

「でも、トーヤ君は良いの？　忙しくは？」

「オレ、生産系のスキルを持ってねぇから、やることが少ねぇの。鍛冶は簡単にはできねぇし」

「そうなの？　これだけ広い庭があれば、炉《ろ》を作るぐらいはできそうだけど……」

「……お前やガンツさんがいるのに、わざわざ設備を整えて、オレが鍛冶をやる意味あるか？」

「なんか、ごめん」

苦い表情を浮かべたトーヤ君に、僕は思わず謝った。

「いや、家の中に鍛冶場を作るのはダメって言われたから、トミーがいなくても多分同じ。ま、気が向いたら庭の隅《すみ》で、野鍛冶でもやるさ。趣味《しゅみ》だな。所詮《しょせん》【鍛冶 Lv.1】だし」

「何だったら、お店に来る？　トーヤ君なら、師匠もうるさいことは言わないと思うし……」

「う～ん……、いや、止めておこう。オレが鍛冶の腕《うで》を上げるより、こうやって剣を振るっていた方がパーティーの役に立つだろ？　前に立って守るのがオレの役目だからな」

ほとんど悩まず、そう言って笑うトーヤ君に感心して、僕は「ほぅ」と息を吐《は》く。

やっぱり、こうやって全員が自分の役割を果たしているのが、トーヤ君たちの強さなのかも。

早々に死んじゃった田中君と高橋君。彼《かれ》らが持っていたのは地雷《じらい》スキルだったけど、それでもきちんと相談して慎重に行動していれば、あんな死に方はしなかったかもしれない。

でも結果は、二人して派手に突《つ》っ込んで自滅《じめつ》。

……はぁ。やっぱり、思い出すと憂鬱《ゆううつ》になる。

「ところで、お前の方はどうだ？　順調か？」

僕のそんな顔を見たからか、トーヤ君が気分を変えるように明るい声で尋ねてきた。

「おかげさまで。大半はトーヤ君たちのおかげだけど。小太刀《こだち》とか、色々注文してくれてるし」

小太刀作りは大変だったけど、なかなか面白《おもしろ》かったし、性能もそこそこ良い物ができた。

「でも、あれ以降も研究は続けているから、次はもっと良い物が作れると思うよ？」

「そうだなぁ、そっちもそのうち頼むとは思うが……トミーは実用品を作らねぇの？　今、オレたちは生活レベル向上に意識が向いてるんだが」

「……なるほど」

こんなに立派な家を建てちゃうんだから、それも納得《なっとく》。正直羨《うらや》ましいほど。

一応僕も、師匠から一軒《いっけん》家を借りられるぐらいの給料は貰《もら》ってるんだけど、引っ越す意味があるかと言われると……微妙《びみょう》？　前の宿屋ならともかく、〝微睡みの熊〟には不満がないから。

一人暮らしになったら、自分で料理や掃除《そうじ》、しないといけないわけだしねぇ。

自慢《じまん》じゃないけど、僕に料理の腕はない。コンビニやスーパーのある日本ならなんとかなるけど、ここで一人暮らしをしたところで、不味《まず》い屋台レベルの料理しか作れないと思う。

「でも実用品かぁ……ちなみに、どんな物を？」

「それはまだ判らねぇけど……この前はハルカたち、ミンチを作るのに苦労してたな」

「調理器具!?」

あんまり無茶な物を作れと言われると困るんですけど、という気持ちで訊いてみたけれど、返ってきたのは予想外の答えだった。

「ウチのお店でも鍋釜《なべかま》ぐらいなら作ってるけど、それってハンドルを回すとウニョウニョってミンチができるやつだよね？　構造、かなり複雑だよ？　たぶん」

よく知らないけど、単純でないことだけは判る。作れるかは不明。

「いや単に、あったら頻繁《ひんぱん》にハンバーグが食えるかな、と思っただけだぞ？」

「くっ、女の子の作ったハンバーグ、だと⁉ 羨ましいぃ！」

僕が食べているのは熊親父《おやじ》が作った料理なのに！

……いや、美味しいんですけどね。〝微睡みの熊〟での食事は。

たまに、アエラさんのお店にも食べに行ってるから、美少女の作った料理も食べているわけで。

でも、ハルカさん、ナツキさん、ユキさんの作った料理、僕も食べたい！

美少女が素手で捏《こ》ねたハンバーグとか、ご褒美《ほうび》ですよ⁉

「あいつらの料理は美味《うま》いからなぁ。オレとナオは料理作れないし、正直助かっている」

いや、美味しいとか、美味しくないとか、それ以前に価値があるんですよ？

もちろん口には出さないけど。変態扱いされたくないし。

「解った。ミンチを作る機械だろうと、何だろうと、多少の無茶なら引き受ける。その代わり、たまにで良いので僕も食事に呼んでくれたりは……？」

「まだ注文するとは決まってねぇけど……そのときは、訊くだけ訊いてみる。それで良いか？」

「うん。可能性があるのなら、それで」

日本だとまずあり得なかったわけで。

ワンチャンある、それだけでもありがたいです。ええ。

今から考えておこう。上手く作れたら他の所にも売れるかもしれないしね。

「さて、それよりも。そろそろ出かけるか。南の森と東の森、どっちが良い？」

「えっと、よく判らないんだけど、どっちが良いのかな？」

「ゴブリンを見つけやすいのは南の森だが……」

そう言いながらも、トーヤ君は少し困ったように言葉を濁《にご》す。

「何か問題が？」

「出会うかもしれないんだよ、地雷に」

「地雷って――クラスメイト！」

その人たちにトーヤ君たちが出会ったのは少し前のこと。

最初の出会いでは、トーヤ君とナオ君を無視してハルカさんたちを勧誘《かんゆう》、当然の如《ごと》く断られる。

次の時には謝罪するふうでありながら、『経験値倍増系のスキルを持っているからお前たちより強くなる。今のうちに配下になれ』的なことを言われたらしい。

「うわぁ～、それはイタいなぁ。経験値倍増系って成長速度が遅くなるんだよね？」

「ああ。それ以外のデメリットはねぇから、真面目《まじめ》にやればなんとかなるんだが……。あいつらを見ると、最初のトミーの対応が可愛《かわい》く思えるぜ」

「その節は、申し訳なく」

今思い出しても、まるで助けてくれて当然みたいなことを言ってしまった自分が恥《は》ずかしい。

自分が相手に何をできるかなんてまるで頭になく、してもらうことしか考えてなかったから。

にも拘《かか》わらず、結局は色々と助けてもらっているわけで……。

「あの時はお前も弱ってたし、仕方ねぇだろ。オレたちもナツキたちと合流した後なら、町まで送るぐらいはしてやったんだが……申し訳ねぇけど、お前よりナツキたちだったからなぁ」

「それは当然だよ。むしろ、ほとんど付き合いのなかった僕と、安否の判らない親友たちでは天秤《てんびん》にも載《の》らないと思うし。むしろ、あの時お金を貸してくれたから、僕は随分楽だったよ？」

「そう言ってくれると助かる。ハルカは自制心が強いからあんまり表に出さねぇけど、絶対焦《あせ》ってたと思うし、見た目ほど余裕もなかったと思うからな」

トーヤ君たちがラファンの近く、ナツキさんたちがサールスタットの方。

ラファンでナツキさんたちを見つけられなかった時点で、かなり不安だっただろうに、きちんと探しに行けるだけの態勢を整えて行動を始めてるんだから……凄いよね、ホント。

僕たちが考えなしに森を彷徨《さまよ》って、行き倒《だお》れている間に。

「ちなみにその地雷共は、オレたちが南の森に入った時にこれ幸いと襲《おそ》ってきやがった。魔物を大量に集めて、それを擦《なす》り付けるようにして」

「えぇ!? そ、それ、大丈夫――って、大丈夫だからいるんだよね、ここに」

「おう！　全部返り討ちにしてやったぜ！　その代わり地雷本体は逃がしたんだけどな」

トーヤ君はとても良い笑顔《えがお》で親指を立て、その後でちょっと悔《くや》しそうに舌打ちする。

「ラファンには戻《もど》ってねぇみたいだし、ないとは思うが、また襲ってきたら面倒だからな。全員いればまた返り討ちだが、オレ一人だとお前を守る余裕はねぇからなぁ」

「それじゃ、南の森は避けた方が良いね。僕も死にたくないし」

「そうだな。ま、東の森でも数時間歩けば見つかるだろ」

「数時間……案外いないんだね、ゴブリンって」

「そりゃそうだ。ワラワラ湧《わ》いてきたら、安心して街道《かいどう》も使えないだろ」

そういえばこちらに来た時、東の森で数日間サバイバルしても、ゴブリンには出会わなかったっけ。それを考えれば、数時間で見つけられるのなら、まだマシと言えるのかも。

「それじゃ、早速《さっそく》、東の森へ向かうぞ。準備は良いか？」

「はい。よろしくお願いします！」

ついに初めての戦闘。僕は気合いを入れるように返事をして、頭を下げた。

◇　◇　◇

トーヤ君たちに助けられて以降、東の森を訪《おとず》れるのは今日が初めてだった。

必要性もなかったし、良い記憶《きおく》もない場所だったから。

本当なら、田中君と高橋君のお墓でも作ってあげれば良いのかもしれないけど、遺体は魔法によって跡形《あとかた》もないだろうし、この世界で個人のお墓を持つのは貴族やお金持ちだけ。ほとんどの人は火葬《かそう》された後、残った骨を砕《くだ》いて共同墓地に埋葬《まいそう》することになる。

僕は森の入り口で一度手を合わせてから、トーヤ君の後を追う。

そんな僕の仕草を見ていたのか、トーヤ君が興味深そうに僕を見た。

「ふむ、トミーは律儀《りちぎ》だな？」

「何日間かは一緒《いっしょ》にいた人だからね。それ以前の付き合いは薄《うす》かったし、最後はアレだったけど」

「そうか。オレなんかはクラスメイトが死んだと聞いても、『へー』ぐらいだけどなぁ。学校以外で遊ぶヤツもいなかったし……むしろガンツさんの方が付き合いが深いな！」

「トーヤ君たちは襲われてるからねぇ。でも、そんなものなのかもね。一度卒業したら、もう二度と会わないなんて人も案外多いと思うし……僕たちの場合、現世《げんせ》からの卒業？」

「なら、こっちの世界は隠世《かくりよ》か？　魔物がいるあたりは、それっぽいが……。それじゃ、トミーに隠世名物のゴブリンを見せてやろう。かなり奥《おく》まで行くことになるが、体力は大丈夫か？」

「はい！　ランニングは毎日続けているからね」

僕がそう答えると、トーヤ君は頷《うなず》いて森の奥へとやや早足で歩き出した。

それから一時間あまり。トーヤ君が足を止めてこちらを振り返った。

「二〇メートルほど先に三匹《びき》、ゴブリンがいる。一人でやれるか？」

「判らないけど、やってみる。危ないときはフォローしてもらえるんだよね？」

「そのために来たんだ。任せておけ」

力強く頷いたトーヤ君の指さした方向へ、僕は歩き出す。

できるだけ足音を立てないように進んでいくと、一〇メートルほどで敵が見えてきた。

「あれがゴブリン……」

背は低く、ドワーフの僕と同じぐらい。体幹は細く、灰色と緑が混ざったような肌《はだ》、鋭《するど》く伸《の》びた手の爪《つめ》に、やや細長い爬虫類《はちゅうるい》のような顔。話だけは聞いていたけど、実際に見るのは初めて。

コッソリ近づいたのが功を奏したのか、まだこちらには気付いていない。

うるさく感じるような心臓の音と、震《ふる》えそうになる手。

——大丈夫、やれる！

僕はそう決意を固めると、ギュッと戦槌《バトルハンマー》を握《にぎ》りしめて走り出した。

ゴブリンがこちらに気付き振り返るが、その時には既に、僕は戦槌《バトルハンマー》を振りかぶっていた。

「えいっ‼」

ゴブリンの頭に向けて僕は思いっきり、戦槌《バトルハンマー》を振り下ろす。

ドグチャッ！

鈍《にぶ》く水っぽい音と共にゴブリンの頭が消え、飛び散った液体が顔に降りかかる。

「——へ？」

一瞬《いっしゅん》、何が起きたのか理解できず、茫然《ぼうぜん》と立ちすくむ僕。

その直後、頭がなくなったゴブリンの胴体《どうたい》が、ドサリと地面に倒れる。

「ボケッとするな‼」

トーヤ君の声にハッと顔を上げると、目に入るのは僕に向かって爪を振りかざしたゴブリン。

だが次の瞬間《しゅんかん》、そのゴブリンの頭は胴体を離《はな》れて宙を舞《ま》った。

それを成したのは、いつの間にか近くに来ていたトーヤ君。

「もう一匹《ぴき》ぐらい斃せ！」

「――っ！　は、はい！」

込み上げてくる物を必死で飲み込み、ギィギィと声を上げて威嚇《いかく》するゴブリンに対峙《たいじ》する。

身長は同じぐらいでも、素手のゴブリンと戦　槌《バトルハンマー》を持つ僕とではリーチが違う。

「大丈夫。大丈夫っ！」

戦　槌《バトルハンマー》を思いっきり振り回し、ゴブリンの胴体に叩きつけると、グシャリと何かを潰《つぶ》すような感《かん》触《しょく》と共にその身体が吹《ふ》き飛んでいき、地面に落下。動かなくなる。

「おー、力だけは十分だな。つーか、オーバーキルだな」

「うっ……オロロロロ」

ゴブリンが倒れるのを確認すると同時に、色々と抑《おさ》えていた物が口から溢《あふ》れ出す。

「トミー、気持ちは解《わか》るが、気を抜《ぬ》くと死ぬぞ？」

「すみま――うっぷ、せん」

俯《うつむ》いて吐き気を抑えながら、何とか言葉を返す。

顔にへばりついた液体が気持ち悪い。

「まぁ、しかたねぇか。取りあえず顔でも洗え」

トーヤ君がそう言いながら僕の頭に水をかけてくれたので、ありがたくその水で顔を洗い、手拭《ふ》いで飛び散った物を拭《ふ》き取る。綺麗《きれい》にはならないけど、多少はマシになったのを確認し、辺りを見回すと、視界にはグロテスクな物が飛び込んできて、再び酸っぱい物がこみ上げてくる。

「うぷっ……あれ？　数が増えた？」

倒れている死体の数は五匹分。

最初にいたのは三匹だったから……。

「二匹追加で来たんだよ。いや正確には、最初から近くにいることには気付いてはいたんだけどな。お前が斃せるようならと思ったんだが……」

どうやら僕が吐いている間に、トーヤ君が斃してしまったらしい。

まったく気が付かなかった……。

『気を抜くと死ぬ』は言葉通りの忠告だったようだ。

確かに、トーヤ君のフォローがなければ普通に殺されてたかも……。

「ありがとう、トーヤ君」

「ま、フォローのために付いてきたからな。ちなみにそいつが、ホブゴブリンな」

トーヤ君が指さした方を見ると、そこには首のない死体が一つ。

一見するとゴブリンと違いがないように見えるけど、どちらかといえばガリガリという印象のゴブリンに対し、その死体は細マッチョという感じ。

調べた限り、ゴブリンと比べるとかなり手強《てごわ》いという話だったけど、トーヤ君にとっては大して違いがないんだろうね。僕が気付かないうちに斃してしまってるんだから。

「この後は魔石を取るんだが……できるか？」

「えっと、ゴブリンの魔石は頭の部分にあるんですよね？」

「きちんと調べているんだな。そう、脳みその下のあたりだな。まずはやってみせるか」

そう言ったトーヤ君は、ゴブリンの生首に剣を突き立てて二つに割ると、その中から剣先で小さな石を取り出す。それに水をかけて洗ってから拾い上げると、僕に向かって放《ほう》り投げた。

「わっと！」

受け取ったそれは、小指の先ぐらいの小さな石で黒っぽく、光沢《こうたく》がある。

「それで二五〇レア。小遣《こづか》い程度だな。最近オレたちは、面倒くさいと放置することもある」

知ってはいたけど、微妙だなぁ。僕の場合、トーヤ君にフォローしてもらえたけど、普通ならそれなりに危険はあるわけだし、魔石の取り出し方も……。

「ちなみにそっちのホブゴブリンは六〇〇レアな。ちょっとマシ」

トーヤ君はそんなことを言いながら、ポンポンと生首二つを蹴《け》って集めてくる。

彼が斃したゴブリンは三匹とも首ちょんぱ。

僕が斃したのは片方は頭が飛散し、もう片方は胴体部分が大きく陥没《かんぼつ》して倒れている。

「それじゃ、トミーもレッツ、トライ！」

「あの……トーヤ君、よく躊躇《ちゅうちょ》なくできますね？」

「慣れ、だな。オレたちも最初は頭をかち割るのが厳しくて、魔石の回収、しなかったし」

「あ、やっぱり？」

人型……というにはちょっと離れているけど、生物の頭をかち割るというのは結構キツい。

でも、やらないとダメなんだよね。

僕はナイフを引き抜き、トーヤ君が転がしてくれた生首に向かい合う。

「ううぅ……」

「トミー、そいつはただの肉だ。お前なら魚の兜《かぶと》割りぐらいやるだろ？　それと同じだと思え」

「なるほど……！」

そう考えると少し気分が楽になる。魚の頭に出刃包丁《でばぼうちょう》を突っ込んで真っ二つにすることなんて日常茶飯事だし、その工程で血が飛び散ることもないわけじゃない。

それと同じと思えばこの程度――。

「よしっ！」

僕は気合いを入れてナイフを握り直すと、ゴブリンの頭に向かって突き立てた。


一度覚悟《かくご》を決めてしまえば、ゴブリンの魔石回収はなんとかなった。

ゴブリン四つにホブゴブリン一つ。計一六〇〇レア。トーヤ君が『初討伐のお祝いだ』と全部譲《ゆず》ってくれたので、数時間ほどの成果としては悪くない。

もちろん、トーヤ君あってと理解しているので、『僕でも稼げる』なんて勘違《かんちが》いはしない。

「さて、今日はもう帰るぞ。暗くなるとヤバいしな」

「あ、うん、そうだね。……トーヤ君たちでも夜は危ないの？」

僕が気付かないうちにゴブリンを斃してしまったトーヤ君でも、夜に現れる魔物は危険なのか、と思って訊いてみたら、トーヤ君はあっさり首を振った。

「いや、普通なら問題ない。――お前のことを無視すれば」

「さあ帰ろう！」

まだ死にたくないので、即座《そくざ》に帰還《きかん》を提案する。

そんな僕にトーヤ君は苦笑して頷いた。

「そうだな。まぁ、たぶん大丈夫だが、どちらにしても明かりは用意してないだろ？　ハルカがいれば魔法で対処できるが、オレは使えないからな。暗くなったら魔石の回収もできない」

「そっか。魔法使いがいないと、そのへんの準備も必要なんだ」

「他にも水とか色々、な。あいつらがいないとかなり厳しいぞ、冒険《ぼうけん》は」

数時間で帰る予定だったからか、今日のトーヤ君の持ち物は小さな袋《ふくろ》一つきり。

今日はゴブリンなので魔石しか回収していないけど、それ以外を狙《ねら》うなら肉なども持ち帰る必要がある。そう考えると、水や松明《たいまつ》などの道具が省略できる魔法使いの存在はとても大きい。

「ま、冒険するわけじゃないトミーには関係ない話だな。それでどうだった？　戦ってみて」

「えっと……スプラッタに慣れるのは大変そうだけど、思ったよりは強くなかった、かな？」

「まぁ、な。【筋力増強】と戦槌《バトルハンマー》の組み合わせはかなり凶悪《きょうあく》だな。一発で頭が吹き飛んでたし」

トーヤ君にそう言われ、僕はあの光景、そして自分の顔に飛び散ってきたモノを思い出す。

「うっ……力入れすぎ？」

「手加減して反撃を喰《く》らうよりは良いだろうが……飛散物を被《かぶ》るのが嫌なら、考慮《こうりょ》した方が良いかもな。場所や方向なんかを」

胴体を狙った二匹目のゴブリンも一撃で斃せたけど、血が飛び散ったりすることはなかった。

それを考えると、頭を上からかち割るのは悪手？

「もっとも、あんなになるのはゴブリンぐらいだろうな。オークなら、あの程度じゃ頭は砕けねぇと思うぞ、たぶん。それにトミーの身長じゃ、頭まで届かねーし」

「いや、オークと戦う予定はないから！」

僕の目的は釣り、そして多少身を守れる腕を身に付けること。それ以上は望まない。

鍛冶仕事で問題なく生活できるなら、無理にゴブリンの頭をかち割ろうとは思えないし。

「近場に釣りに行く程度ならオークは出ねぇからなぁ……。明日はどうする？　もし休みが取れるなら、オレは一日付き合えるぞ」

「そうなの？」

「明日もあいつらは作業を続けそうだしな。それ以降はいつ時間が取れるか判らん」

トーヤ君たちも時々休みは取っているみたいだけど、それは休養のための休み。

その時に僕に付き合って、森に入ってもらうことはできない。

となると、明日は絶好の機会なんだけど……今日は結構キツかった。

じゃあ、この機会を逃して良いのかといえば……。

「師匠に相談してからになりますが、休みが取れたら、付き合ってもらっても良いですか？」

「ああ。オレは明日も庭で訓練してるから、休みが取れたら来い」

気軽に言ってくれるトーヤ君に、僕は「ありがとう」とお礼を言って頷いた。

昨日の半休に続き、今日も休みを取りたいと言った僕に対し、師匠は『お前には技術的に教えることがほとんどないから好きにしろ』と言って許可をくれた。

早速準備を整えてトーヤ君たちの家を訪ねると、昨日の言葉通り、庭で訓練をしているトーヤ君の姿が外からも見えた。かなり稼いでいるみたいだし、もっとのんびりとしても良さそうなものだけど、この勤勉さがその稼ぎと安全を支えているんだろう。

「トーヤ君！」

門の前で声を掛けると、トーヤ君は剣を納めて手拭いで汗を拭う。

「来たか。準備は？」

「大丈夫。いつでもいけるよ！」

僕がそう答えると、トーヤ君は頷き、側に置いてあったリュックを背負って門から出てきた。

昨日は小さな袋と武器しか持っていなかったことを考えると、随分と荷物が増えている。

「今日は、重装備だね？」

「一日森に入るんだろ？　昼飯もいるし、ゴブリン以外の獲物《えもの》に遭遇《そうぐう》すれば持ち帰る必要もある。バックパックは必要だな」

「昼飯……あっ！」

まずい。忘れてた。昨日の教訓から、手拭いと水は多めに持ってきたのに、食料は皆無《かいむ》。

「ごめん、今から買いに行っても良い？」

「ん？　準備してないのか？　分けてやろうか？　一人分ぐらいなら余裕があるが」

「ホント⁉ 是非《ぜひ》に！」

それって、ハルカさんたちの手作りだったりしますか？

そうは思ったけど、さすがにそれは訊けないよね。

「お、おう。そんなにがっつかなくても分けてやるから」

「おっと。ゴメン。ちょっと近かったね」

思わずトーヤ君に躙《にじ》り寄ってしまっていたので、僕は慌《あわ》てて距離を空ける。

分けてもらえなくなると困るから。

「それじゃ行くぞ。昨日と同じ、東の森で良いよな？」

「はい！」

そう尋ねるトーヤ君に力強く返事をして、僕たちは東の森へと向かったのだった。


二度目の戦闘では、昨日よりもずっと冷静に戦えた。

力を入れすぎて脳漿《のうしょう》をぶちまけることもなかったし、気を抜いて敵を見落とすこともなかった。

一度の戦闘で三匹を無事に斃すことができたので、二日目としては上出来じゃないかな？

——それから更に戦闘を二回。

僕が今日斃したゴブリンの数は、一二匹に到達《とうたつ》していた。

その間に攻撃は何度か喰らったけど、【鉄壁 Lv.2】のおかげか怪我らしい怪我はしていない。

さすがに弱い魔物と言われるだけあって、僕レベルでも大した脅威《きょうい》にはならないんだろうね。

「さて、そろそろ昼にするか？　腹も減っただろ？」

「あ、そうだね。うん、是非に！」

トーヤ君の提案を受け、昼食を摂《と》るために少し拓《ひら》けた場所に腰《こし》を下ろす僕たち。

とはいっても、僕は持ってきてないので、トーヤくんに恵《めぐ》んでもらう必要があるんだけどね。

「ほれ。シンプルだけど我慢《がまん》な」

手渡《てわた》されたのはハンバーガー。具材の少なさは安物のハンバーガーとタメを張るけど、ボリュームは段違い。これ一つで十分にお腹《なか》いっぱいになりそうなほどにある。

「美味しそうだね！　これってハルカさんたちが作ったの？」

「台所からパクってきたから、そうだろうな」

「……え、それって大丈夫なの？　後で怒《おこ》られたりは？」

黙《だま》って持ってきたらマズいんじゃ……？

「この程度なら問題ねぇよ。……たぶん」

なんとも不安な物言いだけど、今更《いまさら》『じゃあ、食べない』という選択肢《せんたくし》もない。

責任はトーヤ君に取ってもらうことにして、早速いただこう。

「いただきます。……ん、美味しい！」

冷めてしまっているのが残念だけど、バンズもハンバーグも、そしてソースもかなりのレベル。

僕が食べたことのあるファストフードのハンバーガーなんかより余程美味しいし、ラファンでもきっと最上位の味だと思う。絶対。くぅっ、トーヤ君、羨ましい！

「やっぱり、ハルカさんたちって、料理が上手なんだねぇ。スキルも取ったの？」

「んー、そうだなぁ。元々それなりに上手かったみたいだが、スキルもあることはある」

「そうなのかぁ。料理関係のスキルって、もしかすると一番役に立つかもしれないね」

鍛冶の場合はそうそう弟子《でし》入りなんてできないけど、料理なら食堂の調理人として採用されるかもしれないし、屋台をやるのも、他の生産スキルでお店を持つよりはよっぽど可能性がある。

更にラファンの屋台事情も考慮に入れると、人気屋台になるのは難しくない気がする。

「ま、トミーの言う通りかもな。オレなんか【鍛冶】スキル、ほとんど使ってねぇから」

「ははは……だよね。僕もトーヤ君がいなかったら、完全に死にスキルになるところだったし」

【鍛冶】スキルと【鍛冶の才能】のおかげで弟子入りできたけど、これも披露《ひろう》する機会をもらえたからこそ。それがなければ今でも日雇《ひやと》いで、爪に火を灯すような生活を送っていたことだろう。

「さて、午後からどうするかだが……トミー、多少は戦いに慣れたか？」

「そうだね、そんなに苦労はしなかったかな？　所詮はゴブリンって感じで」

「あー、やっぱりそういう感想を持つかぁ……」

僕の答えを聞いたトーヤ君は、少し困ったように頭を掻《か》いた。

「間違ってはいないんだが……トミー、絶対に一人でゴブリン討伐に来ようとか思うなよ？」

「やっぱり危ないかな？」

攻撃もあんまり強くないいし、五匹……いや四匹ぐらいまでなら問題なさそうなんだけど。

「危ない、だろうな。——そうだな、トミー、午後は一人で歩いてみるか？　オレはお前の後ろから付いていくから」

僕がイマイチ納得していない表情を浮かべていたのか、トーヤ君がそんな提案をしてくる。

一人か……こちらに来て例の二人と死に別れ、彷徨っていたことを思い出す。

あの時はかなり心細かったけど……。

「あの、後ろってどのくらい？」

「数十メートルかな。危なそうなら助けに入れるぐらいで」

「……解りました。やってみます。もしものときにはお願いしますね？」

「おう、任せておけ。さあ、レッツゴー！」

笑《え》みを浮かべて、ドンと胸を叩くトーヤ君。

そんな彼に背中を押《お》され、僕は少しの不安を抱《かか》えつつ森の奥へ向かって歩き出した。

昼食を食べた場所から一時間ぐらいは歩いたかな？　でも未《いま》だ敵は現れず。

時々後ろを振り返ると、ずっと向こうにトーヤ君の姿が見え隠《かく》れしている。

僕が見ているのに気付くとシッシッ、とでも言うように手を振るのがなんとも……。

「さすがに、魔物が少ないというだけはある、のかな？」

トーヤ君と行動していた時はゴブリンがいる方へ誘導《ゆうどう》してくれたけど、僕一人では闇雲《やみくも》に歩くしかない。考えなしに奥に進むと危ないとも聞いているので、そこも注意しないといけないし。

「ゴブリンはどこ――」

ガンッ‼

唐突《とうとつ》に頭に走る衝撃《しょうげき》。くらりと視界が揺《ゆ》れ、足がふらつく。

――何⁉　攻撃⁉

武器を握り直そうとしたところで、今度は右腕に衝撃。力が緩《ゆる》み、戦槌《バトルハンマー》が手からこぼれる。

視線を巡《めぐ》らせると、ゴブリンが三匹！

「クソッ、いつの間に！」

戦槌《バトルハンマー》を拾おうとしゃがんだところで再び頭に衝撃。

咄嗟《とっさ》に手で頭を庇《かば》うと、腕、背中、足。木の棒でガンガンと殴られる。

腕を振り回しても攻撃は止《や》まず、僕はそのまま地面へと倒れ込んだ。

そして、そこに何度も振り下ろされる木の棒。痛いっ！

「ト、トーヤ君！　助けて！」

ゴブリンに倒された情けなさとか、あんなことを言ったのに助けを求める格好悪さとか、そんなことを考えるより、命の危機を感じて大声で叫ぶが、返ってきたのは沈黙《ちんもく》だった。

「トーヤ君⁉」

まさか離れすぎて気付いていない⁉

マズい！　マズい‼

僕は頭を左手で庇いつつ、右手で地面を探《さぐ》り、戦槌《バトルハンマー》を探す。

「――っ！　あった！」

右手でつかみ取った戦槌《バトルハンマー》を振り回すが、闇雲に振り回しても簡単に当たるはずもない。

再び何度か右腕に攻撃を食らい、僕の手から武器が失われる。

——ホントにマズい！　このままじゃ……。

そう思い始めたところで、唐突に攻撃が途絶《とだ》えた。

「え……」

恐《おそ》る恐る顔を上げ、周りを見回すと、そこには首がなくなったゴブリンが三匹倒れていた。

そしてその横には、剣を持ったトーヤ君が。

「よう。少しはゴブリンと不意打ちの怖さ、感じたか？」

剣を肩《かた》に担《かつ》ぎ、気楽な感じで声を掛けてくるトーヤくんに、僕は思わず食ってかかった。

「怖さって……トーヤ君！　助けてくれるって——」

「助けてやっただろ？　大怪我する前に」

「——っ！」

僕の剣幕《けんまく》を受け流し、トーヤ君は肩をすくめる。

全身に打ち身やたん瘤《こぶ》はあるけど、確かに致命《ちめい》的な怪我はしていない。

これも【鉄壁】があってこそなんだろうけど、あのまま放置されていれば、下手すると死んでいたかもしれない。高がゴブリン相手に……。

「どうもお前が、『ゴブリン相手ならなんとかなる』と思ってそうだったからな」

「そ、それは……」

正直に言ってしまえば、そういう気持ちがなかったとは言えない。

忠告を無視して一人で森に入るつもりはなかったけれど、もしずっとトーヤ君の都合が合わず、戦う機会がなかったとしたら……？

「正直な？　オレたちが今まで無事なのは、ナオの【索敵《さくてき》】スキルに依存《いぞん》している部分が大きいんだよ。オレも多少は判るようになったが、ナオほどじゃない。それぐらい索敵は重要なんだ。多少格下の相手でも、不意打ちされればかなりヤバい。今のトミーみたいにな」

「はい……」

確かに危なかった。所謂《いわゆる》袋叩《ふくろだた》き状態。ゴブリンだったから大怪我はしなかったけど、もし一匹でもホブゴブリンが交じっていれば、あっさり殺されていたかもしれない。

「第一、オレだって、一人で森に入ることはほぼないぜ？　森の浅いところでも、ごく希《まれ》に危ない敵に遭遇することがあるんだから。前話しただろ？　ヴァイプ・ベアーに出会ったこと」

「だったね。はい、絶対入りません！　今回のことで実感しました!!」

トーヤ君、ナオ君、ハルカさんの三人でもかなり危険だったというヴァイプ・ベアー。ルーキーの冒険者なら、パーティーを組んでいても殺されるらしいし、僕一人なら言うまでもない。しかも出会ったのは森の浅い場所というのだから……。

「なら心を鬼《おに》にした甲斐《かい》もある。ハルカがいれば、もっとギリギリまで待てたんだが……」

「あれ以上!?　いや、もう、本当に骨身にしみたから！」

「そうか？　じゃあ良いか。オレたちと一緒に釣りに行くぐらいなら、この程度で十分だろ。あとは足腰でも鍛えておけば良い。もっと戦えるようになりたいなら、ギルドで仲間を募集《ぼしゅう》してやるんだな。まぁ、鍛冶師と兼業《けんぎょう》は難しいと思うが」

トーヤ君にそう言われ、僕は慌てて首を振った。

「いえ、十分！　正直、向いてないと思うから」

比較的《ひかくてき》簡単にゴブリンを斃せて少し良い気になってたけど、やっぱり僕に戦いは向いてないや。

釣りに連れていってもらえるのであれば、それで良い。

あとはランニングを欠かさず、時々戦槌《バトルハンマー》の自主練をするぐらいで良いかな？

「じゃ、帰るか。次に釣りに行くときは、声を掛けてやる。いつになるかは判らねぇけど」

「はい！　是非、是非、お願いします！」

力強くそう言う僕に、トーヤ君は苦笑して頷く。

——ふっふっふ、ついに釣りが近付いてきた。

空き時間にちまちまと作っていた釣り道具が役に立つ日も近い！　——と良いなぁ？

◇　◇　◇

冒険者もどきを卒業（？）した僕は、ここしばらくミンチを作る道具の試作に取り組んでいた。

その形状から、鍛造《たんぞう》ではなく鋳造《ちゅうぞう》になるため、蝋《ろう》を削《けず》って型を作る毎日。

他の仕事をせずにほぼ掛かり切りになっているんだけど、師匠の仕事とは競合しない内容ということで、師匠にはむしろ推奨《すいしょう》されてしまった。

まあ、師匠と僕、二人して武器ばかり作っていたら、供給過剰《かじょう》になるよね。

僕としては、ごく少数、超《ちょう》高性能な武器を作る『知る人ぞ知る鍛冶師』というのが理想。

でも、そんなお店が稼げるはずもなく。

ちゃんと日々の糧《かて》を得られる商品も作れないといけないし、可能なら独自色のある物にしたい。

そうすれば、今後独立したときに、師匠に迷惑《めいわく》を掛けずに済む。

そんなことも考えて頑張ってるんだけど……なかなか良い感じにならないんだよねぇ。

でもそれも必然。この機械について僕の知っていることなんて、ハンドルを回せばミンチが出てくるということぐらい。中身の構造はまったく知らないのだから。

たぶん中に刃《は》が付いていて、グルグル回せばその刃が肉を小さく刻むんだろうけど、それでどうやったらウニョウニョとミンチが出てくるのか……。

一向に目鼻も付かない試作が続いたある日、トーヤ君たちがお店を訪れた。

用件は新しい武器の作製。属性鋼という金属を使って武器を一式、更新《こうしん》するらしい。

作るのはトーヤ君の剣、ハルカさんたちの小太刀、そしてナツキさんの薙刀《なぎなた》。

これまで研究、構想を重ねていた成果を発揮できるから、僕としては大歓迎《だいかんげい》の注文。

薙刀だけは初めて作るものだから、試行錯誤《さくご》が必要だろうけど、それもまた楽しい。

ただ一つ、気になったのは——。

「トーヤ君、以前、次は実用品を頼むかもって言ってたよね？」

「あー、それな。すまん、ハルカたちの生産系スキルが想像以上だった」

僕の問いに、トーヤ君が申し訳なさそうに頭を掻く。

「えっと……もしかして、ミンチを作る機械は必要なくなった？　頑張ってるんだけど」

僕がそう言うと、ナツキさんがトーヤ君に厳しい目を向けた。

「トーヤくん、トミー君にそんなことを言ってたんですか？」

「まぁ、その……はい。ハンバーグが大量に食えるようになるかと」

「それって、もうフードプロセッサーを作ったわよね？　魔道具で」

「フードプロセッサ！　確かにそれでもミンチは作れますね。構造も簡単だし」

それなら僕も見たことがある。うちにもあったから。刃の付いた軸《じく》をグルグル回すだけで構造は非常に単純。しかも魔道具なら、魔力さえあれば自動で回るわけで。

さすがハルカさん。くっ、僕も頑張って頭を捻《ひね》っていたのに……ま、確かにトーヤ君は『注文すると決まったわけじゃない』と言ってたんだけど。

「じゃあやっぱり、ミンチを作る専用の道具は必要ないですか？」

「ミンサーですか？　いえ、きちんとした物ができるなら、ミンサーの方が大きさの揃《そろ》ったミンチができますから、価値はあると思いますよ。ですよね？」

「そうだね。やりすぎるとドロドロになるからねぇ、フードプロセッサーって」

アレって、ミンサーって名前なんだ。

しかし、『価値はある』か。なら作りたいところだけど、構造が……あ。

「ナツキさん、ミンサーの構造ってご存じですか？」

「構造ですか？　はい、一応」

こともなげに頷いたナツキさんは、僕が差し出した紙にサラサラッと図面を描《えが》いてくれる。

おぉー、ホントなんでもできるね、この人。上手すぎ。

「この螺旋《らせん》で肉を奥に送るんですか？」

「はい。例えば木ネジも頭を回すだけで奥に入っていきますよね？　それと同じことです。その先に付いた刃で肉を刻んで、出口の穴の大きさでミンチのサイズを揃えます」

「ギヤは必要ですか？　ハンドルをこの螺旋状の部品に直付《じかづ》けでは」

「ギヤ比によって力の増幅《ぞうふく》をしてますから、コンパクトにするなら必要でしょう。ハンドルの長さを長くすれば、ある程度は代わりにはなるでしょうが」

「なるほど……実験が必要かもしれませんね」

トーヤ君なら多少固くても強引《ごういん》に回しちゃうだろうけど、一般人はそうもいかない。ハンドルを少し伸ばす程度でギヤをなくせるなら、その方がコスト削減《さくげん》になるし、やる価値はある。

「トミー、作れそうなのか？　構造的には金槌《かなづち》で叩いて作る物じゃないだろ？」

そう尋ねるのはナオ君。それは理解できる。僕も鍛冶師のイメージといえばハンマーで叩く、だったから。たぶん刀匠《とうしょう》の印象が強すぎるんだろうね、日本人は。

「鋳物《いもの》ですよ。型を作って溶《と》かした金属を流し込むんです」

「……あぁ、鍛冶というと、金属を叩いているイメージがあったが、それも鍛冶の範疇《はんちゅう》なのか」

「日用品なら、そちらの方が安く作れますからね。ガンツさんはあまりやりませんけど」

「うちにある調理器具、鋳物も多いですよ？　ちょっと重いですけど」

「そうだったのか……普段《ふだん》使わないから、気付かなかった」

「取りあえず、ミンサー作りも頑張ってみます。ミンチにすればクズ肉も食べやすくなると思いますし、肉屋とか食堂とかにも売れるかもしれませんから」

「俺もできたら欲《ほ》しいかな。パンに挟《はさ》むのはハンバーグの方が食べやすいんだよな。単なる肉を焼いただけじゃ、噛《か》み切りにくくて……トーヤなんかは関係なく食うんだが」

「やっぱり獣人だからでしょうか？　一応、隠し包丁は入れているんですけどね」

やっぱり、そのへんは種族差があるのか。

僕だって、ナオ君たちが美味しくないというエールを、美味しく飲めてるしねぇ。

エルフであるナオ君やハルカさん、それに普通の人間であるナツキさんとユキさんのことを考えれば、ミンサーはあった方が良さそう。

……うん、ここは恩返しに一つ、ミンサーを完成させてプレゼントしよう！

決して、ミンサーをプレゼントすれば、またハルカさんたちの手捏《てご》ねハンバーグを食べさせてくれるかなーとか、思っているわけじゃないからね？

完成して納品した小太刀と薙刀は、今の僕としては満足できる物だった。

属性鋼という初めて扱う金属は高性能で、特に薙刀なんて、僕が思いっきり丸太を切りつけても歪《ゆが》みすらしなかった。これなら、そうそう壊れることはなさそう。

万が一にも僕の作った武器が破損して、友人たちが死ぬ原因になったりしたら、確実にトラウマもの。やっぱり丈夫さは重要だよね。

で、その後からミンサーの作製を始めたんだけど、これはなかなかに苦難の連続だった。

問題になったのは二点で、その一つ目が均一な螺旋の作製。

軸がぶれていたらその時点で問題外。周りと干渉《かんしょう》して回らない。もちろん軸が真《ま》っ直《す》ぐなだけでもダメで、外枠《そとわく》との隙間《すきま》の大きさ、螺旋の形、それらが上手く合わなければ、肉は送れない。

それを何とか解決しても、次には強度という問題が待っていた。

普通の鋳物に使う金属だと耐久性《たいきゅうせい》が足りず、何度か使うと軸が折れてしまうことが続発。

しかも固い肉の場合はかなり力を入れるものだから、強引に回すと捻《ね》じ切れてしまうことまで。

かといって、強度や防さび性能を考えて白鉄を使おうにも、溶解《ようかい》温度や流動性の問題で、そのまま鋳物には使えない。開発はなかなか進まず、結局、僕がミンサーを完成させたのは、師匠の伝《つて》を頼《たよ》り、鋳物が得意な鍛冶師にアドバイスをもらった後のことだった。

独力で開発できなかったのは残念だけど、ナツキさんたちに贈《おく》ったミンサーは喜んでもらえて、料理作りに活躍《かつやく》しているみたいだから、結果的には問題なし。

できればその料理、僕も食べさせて欲しいなぁ……さすがに言えないけどね。

友達と言えるぐらいには仲良くなれたと思うけど、友達の家に『ご飯食べさせて！』と押しかけるほどの鉄面皮は持ち合わせてないから。ただ僕は、招待されるのを待つのみです。

……誕生日会とかしないのかな？　呼んでくれるなら、プレゼントは頑張るよ？

◇　◇　◇

「なぁ、トミー、お前の休みはいつだ？」

その日、僕を訪ねてきたトーヤ君から訊かれたのはそんなことだった。

「えっ？　師匠に頼めば休めるけど、基本的に休みはないかなぁ？」

ここだと毎日働くのが普通。日雇いだとそれぐらいしないと貯蓄《ちょちく》できないし、そうやって貯《た》めた僅かなお金も、体調を崩《くず》して働けない日があればすぐに消えるんだから、なかなかに世知辛《せちがら》い。

僕は日雇いよりも給料が良いけど、将来のことを考えて、ほぼ休まず働いている。

いつか自分のお店を持つためにも、貯蓄は必要だからね。

「あー、そうか。時間があるようなら釣りにでも、と思ったんだが」

「えっ⁉　トーヤ君たち、また釣りに行くの⁉」

休み、何とか調整しないと！　もしこの機会を逃すといつになるか。

ゴブリンを斃せるようになったのも、鍛錬《たんれん》を続けているのも、釣りに行くそのときのため！

「いや、オレたちが行くというか……お前を連れていってやれって、ハルカたちがな」

訊いてみれば、釣りに行くのはトーヤ君とナオ君だけで、主目的は僕を連れていくことらしい。

僕が身体を鍛える切っ掛けや、ミンサーの開発理由にトーヤ君の言葉があったことを知ったハルカさんたちに、『期待を持たせたんだから、連れていってあげなさい』と言われたんだとか。

「あー、なんかゴメンね？」

ミンサーを贈ったのは、これまでのお礼のつもりだっただけに、少々申し訳ない気持ちになる。

もっとも、まったく下心がなかったかといえば、嘘《うそ》になる。どっちかといえば、期待していたのは手料理の方だけど、魚釣りでももちろん問題ないわけで。

「――あ、いや、つまり、僕を釣りに連れていってくれるってこと⁉」

改めてそのことを認識《にんしき》して確認すれば、トーヤ君はニヤリと笑う。

「おう、三秒で支度しな！」

「よしきた！」

さすがに三秒は冗談《じょうだん》だったけど、その三日後、僕はこちらに来て初めての釣りに出発した。

僕を連れている以上、泊まりは不安ということで、残念ながら日帰りの釣行。

でも、早朝――いや、真夜中にラファンを出発して走り続けたおかげで、朝まずめには目的地に辿《たど》り着くことができ、釣果も十分。ホント、ランニングを続けていて良かった！

釣り自体は、魚との駆け引きもない入れ食い状態だったけれど、凄く楽しかったことは確かで。

以来、僕は時々、トーヤ君たちの釣行に付き合わせてもらえるようになったのだった。

第四話　深林にて、巨星墜つ⁉

ハルカたちのお土産《みやげ》でディオラさんの機嫌《きげん》が急上昇《きゅうじょうしょう》したのと前後して、武器と防具が完成した。

まず防具。全員分の鎖帷子《くさりかたびら》とトーヤの部分鎧《よろい》や籠手《こて》などは、すべて光の属性鋼で揃《そろ》えた。

着ているだけ体力回復、みたいな特殊《とくしゅ》な効果はないのだが、他の属性鋼と比べると『火にだけ非常に強い』みたいな偏《かたよ》りがなく、何よりアンデッドに効果的なことからの選択《せんたく》である。

次に武器。アンデッド対策で、俺《おれ》の槍《やり》の穂先《ほさき》とトーヤの剣《けん》が光の属性鋼に変わった。

属性鋼であればどれでも斃《たお》せるそうだが、やはり光が一番良いということで、これを選択。

ナツキが作ったのは風の属性鋼を使った薙刀《なぎなた》。バインド・バイパーが斬《き》れなかったことが引っ掛《か》かっていたようで、トミーにちょっと無理を聞いてもらったらしい。

だがその成果は明確。バインド・バイパーは首を切り飛ばされて、斃されることになった。

ハルカとユキの武器は、やはり小太刀《こだち》。火と水の属性鋼で作ってもらったのだが、素材が良くなったおかげで、前回は厚かった刀身が少しスリムになり、俺の知る小太刀により近付いた。

ついでに俺とナツキのサブウェポンとして、土と風の小太刀も入手。

ハルカの弓だけは更新《こうしん》できなかったのだが、一応、属性鋼を使った矢を何種類か用意した。

射る弓が同じなので、どれだけ効果があるかは判らないのだが、ないよりはマシだろう。

そしてこれらの装備は、ガンツさんが『この町で買える物としては最高峰《さいこうほう》』と保証するもの。

頼《たの》もしい味方を手に入れた俺たちは、暑さに耐《た》えつつ北の森の探索《たんさく》を再開したのだった。

「ふぅ……しっかし、かなり暑くなってきたよなぁ」

そんな愚痴《ぐち》を口にしたのはトーヤ。森の奥《おく》は高い木が多いこともあり、比較的涼《ひかくてきすず》しいのだが、それでも激しく動けば汗《あせ》をかく。前衛で一番よく動くトーヤは尚更《なおさら》だろう。

「でもでも、これでも多少は楽になってるんだよ？　あたしたちの頑張《がんば》りで！」

それはハルカとユキ、それにリーヴァにも協力を仰《あお》いで作り上げた鎧下。

水着の作製で得た知見も活用し、ある程度の刺突耐性《しとつたいせい》を確保した上で、しっかり耐衝撃性《たいしょうげきせい》も付加。

更《さら》には僅《わず》かな魔力《まりょく》を消費することで、温度を下げる機能まで備わっている。

まったく暑くないとは言えないのだが、これまでの鎧下と比べれば雲泥《うんでい》の差なのだ。

これに加え、魔法を使って身体《からだ》を冷やしたり、汚《よご》れを綺麗《きれい》にしたり、冷たい水を被《かぶ》ったりと色々できるのだから、他の冒険者《ぼうけんしゃ》からすれば贅沢極《ぜいたくきわ》まりない話。これらがあるからこそ、現代社会で生きてきた俺たちが、暑いこの時季に活動できているとも言える。

「それは、そうだな。うん、ありがとう」

ユキの言い分を認め、トーヤはぺこりと頭を下げるが、「だが」と言葉を続けた。

「できれば、クーラーが欲《ほ》しいよなぁ。ナオ、そんな魔法はねぇの？」

「一応、『暖房《ワームス》』に対応する、『冷房《クールズ》』の魔法は作ってみるつもりだが、行動中には意味ないぞ？」

冬の間、実際に使ってみて判ったのだが、『暖房《ワームス》』の魔法は周辺の空気を暖める魔法だった。

なので、部屋の中やテントの中で使えばそれなりに有効なのだが、しばらくすれば温度は下がるし、外で使えば一瞬《いっしゅん》で吹《ふ》き散らされてほとんど意味がない。

魔力を大量に消費し続ければ、周囲の空気を常に暖めることもできるだろうが、そんなことをしていたら、とても魔力が保たないし、当然ながら戦闘《せんとう》なんてできるはずもない。

そしてその欠点は、『冷房《クールズ》』の魔法を作ったとしても変わらないだろう。

「あえて言えば、『防　熱《レジスト・ヒート》』の魔法が使えるかもしれないが……たぶん、この魔法は『暑い』じゃなくて、『熱い』を防ぐ魔法だからなぁ。そもそもレベル6だから、まだ使えないが」

「でも、あの泉では『防　冷《レジスト・コールド》』が効果的だったよね？　あれに関してはどうなのかな？」

「……凄《すご》く単純に考えるなら、『防　冷《レジスト・コールド》』は断熱すれば良いだけなのよね。対して熱の場合は、断熱だけじゃダメ。赤外線も遮《さえぎ》らないと熱は防げない」

「それに加え、断熱してしまうと発汗《はっかん》による体温調節もできなくなりますよね？　いえ、そもそも『防　熱《レジスト・ヒート》』を使った場合、『暑さ』はどの程度感じるのでしょうか？」

「『防　熱《レジスト・ヒート》』に体温調節機能も付いてるなら、夏場でも使えそうだけど……う～ん？」

色々考えられるが、未《いま》だ『防　熱《レジスト・ヒート》』が使えない以上、検証は不可能なわけで。

俺は手を挙げて、ハルカたちの議論を止めた。

「――科学的考証はまた今度だ。敵発見。たぶん、スケルトン」

「またスケルトンか……最近、増えたなぁ」

索敵《さくてき》で見つけたスケルトンは五体。銘木《めいぼく》を伐採《ばっさい》していた頃《ころ》はあまり遭遇《そうぐう》しなかったアンデッドだが、森の奥へ奥へと進む内にその遭遇頻度《ひんど》は上がり、光の属性鋼の絶大さも実感するに至る。

具体的には、スケルトンならサクッと一撃。

後処理が不要な分、地味に効率が良かったりするので、今回も討伐《とうばつ》に向かって魔石を得る。

「剥《は》ぎ取れる物はないが、魔石だけで金貨八枚だし、悪くはないよな」

「解体も不要だし――っと、シャドウ・ゴースト！」

「むっ、そこかっ！」

なんかカッコよさげなことを叫《さけ》びながら、俺が指さした場所に剣を振《ふ》り抜《ぬ》くトーヤ。

それと同時に「ぼぉぉぅぅ」みたいな音が聞こえ、コロリと落ちる魔石。

「うしっ。見つけられれば、雑魚《ざこ》だな！」

他の魔物に比べれば、やはりシャドウ・ゴーストの発見は難しいが、ナツキの【隠形《おんぎょう》】と俺の【索敵】で訓練を重ねている成果もあり、近距離《きんきょり》であれば感知できるようになっていた。

見つけることさえできれば討伐も容易《たやす》く、トーヤは嬉《うれ》しそうに魔石を拾う。

「属性鋼があってこそだけどねー。それに、アミュレットの効果も実証できてないし」

「おぉぃ!?　それって、オレに無防備に攻撃《こうげき》を受けろと？　結構キツいんだぞ？」

「そうは言わないけど……ちょっと、残念かも？」

トーヤの抗議《こうぎ》に、口元に人差し指を当て小首を傾《かし》げたユキを見て、ナツキが苦笑《くしょう》する。

「使わずに済むなら、それが最善ですよ。――でも、最近のアンデッドの多さは気になりますね」

「エリアの違《ちが》いかしらね？　逆に弱い魔物は出てこなくなったわよね」

具体的には、ゴブリンが出てこなくなった代わりに、同じような頻度でオークが闊歩《かっぽ》している。その分気は抜けないが、稼《かせ》ぎの面ではとてもありがたく、お肉と共に経験値も結構美味しい。

「そういえば、トーヤたちは神殿《しんでん》に行ってるのか？　俺はほぼ毎朝行ってるんだが」

朝の訓練前にジョギングがてら、お賽銭《さいせん》をチャリンと。

朝早いのに、結構な頻度でイシュカさんに遭遇するので侮《あなど》れない。

「多いな⁉　オレは数日に一回だな」

「あたしたちはあれから二、三度だよね？　そんな急激に変化するとも思えないし」

「むしろナオは、なんでそんな頻度で行ってるの？　まさか、イシュカさん――」

少し鋭《するど》くなったハルカの視線と言葉を遮るように、声を上げる。

「経験値のな！　増加パターンに興味があってな！　どうやれば増えるのかとかな！」

まずはっきりしたのは、経験値を貯《た》めるのに魔物の討伐は必須《ひっす》ではないこと。

訓練だけでも貯まるし、ともすれば訓練しなくても貯まる――極僅かであるが。

だが当然ながら、魔物を斃した方がたくさん貯まるし、厳しい訓練や激しい戦いを経験すれば、その量も多い。頑張った日で一〇〇〇前後、楽な日で五〇〇前後、それぐらいが今の平均である。

それを調べるために結構な額が俺のお財布《さいふ》から消えたのだが、孤児院《こじいん》に使われるのであれば無駄《むだ》ではないし、知的好奇心《こうきしん》も満たされたので、特に後悔《こうかい》はしていない。

「ちなみに、レベルはあれから三上がった」

「そうなんだ？　じゃあ、あたしたちも同じかな？」

「でしょうね。そこまで大きな差が出るとも思えないし」

「けど、『レベルアップしたぜ！』って感じは、あんまりしねぇよなぁ」

「そうかな？　確実に強くはなってるよね？　オークとか、最初は苦労してたもん」

「ですね。今なら薙刀で一刀両断、とかできるかもしれません。――やりませんけど」

少し残念そうなトーヤにユキとナツキが反論すると、トーヤもハッとしたように何度も頷《うなず》く。

「そっか、そっか。ゲームみたいに、レベルアップしたときに、ポンと強くなるってわけじゃねぇもんなぁ。よく考えりゃ、武器に魔力を通したりもできるようになったし」

「あぁ、地味に……いや、かなり有効なスキルだよな、あれは」

【筋力増強】や【鉄壁《てっぺき》】のスキルを覚えて以降、俺たちは身体に魔力を巡《めぐ》らせて、それらのスキルを使いながら戦っている。それは攻撃力の増加や怪我《けが》防止のために当然の行為《こうい》だったのだが、ある時気付いてしまったのだ。『なんか、属性鋼の武器にも魔力が流れるぞ』と。

これが以前トーヤと話した『魔法剣』と同じものなのかは不明だが、その効果は非常に高く、半ば鈍器《どんき》のようなトーヤの剣でも、魔物を斬れるようになるほど。極めれば『大木を剣で斬る』なんて絵空事を実現できるポテンシャルを秘めている――ような気もする。

だがトーヤは本気でそれを信じて、訓練を続けていることは事実である。

「おかげで私も、近距離で戦えるようになったのよね。オークも小太刀で斃せるし」

「俺としては、ハルカには後衛にいて欲しいところなんだがなぁ」

魔力の多さから、ハルカの【筋力増強】や【鉄壁】はそれなりに効果が高いのだが、それでも元々丈夫《じょうぶ》なトーヤに並ぶものではなく、できれば前には出ず、後ろからの援護《えんご》を期待したい。

それは実利的な面からの言葉だったのだが、ユキは不満そうに頬《ほほ》を膨《ふく》らませる。

「えー、ハルカだけ特別扱《あつか》い？　バリバリ戦闘職なナツキはともかく、あたしは？」

「ユキはほら、ギャグキャラ寄りだから、大丈夫だろ？　たとえオークに蹴《け》られても、ドゴッていうより、ポーン、コロコロ～、『わぁ～、やられたよ～』って？」

「んなわけあるかぁ～！　あたしだって死ぬ……ことはないけど、痛いよ！」

うん、【鉄壁】スキルがあるし、オークの蹴りを食らっても生き残れるよな、俺も含《ふく》め。

以前は骨折したりもしたが、今なら大丈夫かもしれない――試《ため》す気はないが。

「まぁ、冗談《じょうだん》はともかく、フィジカルが一番弱いのはハルカだろ？　全体を把握《はあく》する役は絶対に必要だし、それに向いているのは、遠距離からのフォローができるハルカだと思っている」

「むぅ……。確かにそういう役割は重要だよね。咄嗟《とっさ》に援護するにしても、危ないときに撤退《てったい》の判断をするにしても、例えばトーヤとかだと難しいと思うし……」

「おう。正直、ガンガン剣を振っているときに、他の状況《じょうきょう》を確認《かくにん》できる余裕《よゆう》はねぇな」

物語《フィクション》では、リーダーの戦士が全体を指揮しつつ、前線で戦ったりしているが、余程の実力差がないとあんなことは無理。武器を持った敵を前にして目を逸《そ》らすとか、あまりにも危険すぎる。

それに加えて的確な指示も飛ばすなんて、どんな超人《ちょうじん》かと。

凡人《ぼんじん》である俺たちは、普通《ふつう》に後衛がそれを担当すべきだろう。

「私としても、ハルカが後ろにいてくれた方が安心できます。私とハルカ、両方が気絶でもしたら治療《ちりよう》できる人がいなくなります。それに魔法や矢での援護も期待できますから」

「私も余裕があるときしか、近接戦闘に参加しようとは思わないわよ？」

「なら良いんだが……ん？」

【索敵】に不明な反応。俺は手を上げて、停止を指示する。

雑談をしていてもそのあたりはしっかりしていて、全員即座《そくざ》に足を止めて武器を構えた。

「何？　オークリーダー？」

「お、高級肉か？　オレの胃袋《いぶくろ》を満たしてくれるのか？」

「お肉の売却《ばいきやく》価格はオークと同じなのに、ちょっと美味《おい》しいんだよね、オークリーダーって」

森の深い部分に来て驚《おどろ》いたのは、オークリーダーまでが普通に歩いていること。

オークに比べれば圧倒《あつとう》的に数は少ないのだが、それでも稀《まれ》には遭遇するようになったのだ。

だが、そのオークリーダーにも、以前ほどの脅威《きようい》は感じなくなっている。

通常はオークリーダー一匹《ぴき》に、オーク数匹のグループで遭遇するのだが、接近される前にオークを斃してしまえば、後はオークリーダーを数人で囲んでフルボッコ。

属性鋼の武器を使えば強靭《きようじん》な表皮も軽く切り裂《さ》けるし、魔法を使っても良い。

トーヤが口にしたように、今の俺たちからすれば時々手に入る高級肉の扱いである。

なので、オークリーダーであれば、そこまで警戒《けいかい》の必要はないのだが――。

「いや、違うな。オークリーダーよりも強い。が、何かと言われると……」

オークリーダーの一つ上はキャプテンだが、その強さの目安はリーダー四匹分。

さすがにそこまで強そうではないし、何より反応は一つ。オークを引き連れていない時点でオークキャプテンの確率は低い。そうなると、消去法で候補となるのは……。

「オーガー、だろうな、おそらくは」

「ついにか。どうする？　勝てないことはねぇだろ？」

「状況としては悪くないですね。私たちも疲労《ひろう》していませんし」

「けど、以前読んだ資料に『ルーキーでは手も足も出ない』とあったんだよなぁ……」

しかしここで退くのなら、オーガーを避《さ》けて、活動場所を浅いエリアに移すしかなくなる。

かといって、危険な魔物と判っていて、簡単に挑《いど》むと決めるのは躊躇《ためら》われるところ。

俺たちは暫《しば》し沈黙《ちんもく》し、考え込《こ》むが――状況は待ってはくれなかった。

「――っ!?　ヤバい、気付かれた！　しかも、速い！」

【索敵】の反応が突如《とつじょ》動き出し、高速で俺たちの方へと近付いてきた。十分な距離を取っていたつもりだったが、不確定名オーガーの感知範囲《はんい》は、俺の想定を超《こ》えて広かったらしい。

「うわっ、マジかよ!?　めっちゃ速《は》ぇ！」

「これは……想像以上ですね」

近づいたことで、トーヤやナツキにも感じ取れるようになったのだろう。

オーガーの近づいてくる方向に向かってトーヤが剣を抜き、ナツキもその横で薙刀を構える。

その直後、視界の先に現れたのはオークとほぼ同じか、少し小さいぐらいの魔物。

ただし、身体はオークよりも引き締《し》まり、右手には錆《さ》び付いた剣、頭には二本の角。

日本の妖怪《ようかい》でいう鬼《おに》のイメージとゴリラが混じったような、そんな姿だった。

「鑑定結果《かんてい》！　オーガーだ！」

そう叫んだのはトーヤ。その声に反応するかのように、オーガーは瞬《また》く間にトーヤへと走り寄り、激突《げきとつ》する――と思った次の瞬間、宙に跳《と》んだ。

「なっ⁉」

脇《わき》に生えていた木を踏《ふ》み台に、向かうは後衛。つまり、俺たちの方。

――コイツ、後衛を先に攻撃する知能を持っているのか⁉

オークリーダーですら、正面の敵を避けて先に後衛を狙《ねら》うことはしなかった。

にも拘《かか》わらず、このオーガーは真っ先に後衛を狙ってきた。

厄介《やっかい》でありながら、接近戦はできない後衛を先に斃す。戦術的には正しい行動。

――それが可能であれば、だが。

オーガーにとって誤算だったのは、俺たちの中に純粋《じゅんすい》な後衛など存在しなかったことだろう。

俺が咄嗟に突《つ》きだした槍こそ剣で弾《はじ》かれたが、それとほぼ同時に放たれたハルカの矢が左肩《ひだりかた》に突き刺《さ》さり、ユキの振るった小太刀が左足を大きく切り裂く。

「ぐがぁぁ！」

響《ひび》く叫び声。バランスを崩《くず》しながら地面へと下り立ったオーガーに、槍で追撃。

だが、オーガーは片足を負傷しているとは思えないほど、大きく飛び跳《は》ねた。

単純な跳躍《ちょうやく》で高く二メートルほど。その脚力《きゃくりょく》はとんでもなかったが、それは悪手だった。

「舐《な》めんじゃねぇ！」

一瞬で飛び込んできたトーヤがその右足を掴《つか》み、思いっきり地面へと叩《たた》きつける。

ゴキュリと響く鈍《にぶ》い音。翻《ひるがえ》るナツキの薙刀。

「ふっ！」

「ぎゃっ――」

断末魔《だんまつま》の叫びは途切《とぎ》れ、首が宙を舞《ま》った。

一瞬の静寂《せいじゃく》。生首がゴロリと地面に転がり、動きを止めた胴体《どうたい》から血が噴《ふ》き出す。

それを確認したことでナツキはホッと息を吐《は》き、硬《かた》い表情を緩《ゆる》めて薙刀に付いた血を払《はら》った。

「ふぅ……。少し、焦《あせ》りましたね」

「まさか無視されるとは思わなかったぜ。すまん」

「ま、仕方ないだろ、初めての敵だし」

前衛としてマズかったという認識《にんしき》があるのか、謝罪を口にしたトーヤに、『あの挙動には対応できない』と俺は軽く応《こた》えたのだが、ハルカは真面目《まじめ》な顔で首を振る。

「トーヤを責めるつもりはないけど、油断があったことは認めるべきでしょうね」

「ですね。私も侮っていたつもりはなかったのですが、咄嗟に対応できませんでした」

立木を使ったとはいえ、三メートルほどはある巨体《きょたい》で俊敏《しゅんびん》に飛び跳ね、軽々とトーヤたちの頭を越《こ》えてくるとか、俺たちの想定が甘《あま》いといえばその通りなのだろうが、かなり予想外である。

しかも不安定な空中で、俺の槍を弾くだけの技量も持ち合わせていたのだから、侮れない。

「でも、トーヤもナツキも、フォローが速かったじゃないか。特にトーヤなんて一瞬だったし。あれってやっぱり【韋駄天《いだてん》】の効果だよな？　――想像以上に速かったが」

スキルレベルは俺と同じなのに何故《なぜ》と思って訊《き》いてみれば、返ってきた答えも想像以上だった。

「う～ん、はっきり判らねぇけど、たぶん【韋駄天】【俊足《しゅんそく》】【チャージ】の複合効果？」

「……そういえばトーヤ、似たようなのをそんなに持ってたよな。違いは？」

「あぁ、それな。なんとなくだが、【韋駄天】が俊敏性、【俊足】が走る速さ、【チャージ】が瞬発力、みたいな？　【チャージ】に関しては、追加効果もありそうだが」

トーヤも考えたことがあったのだろう。答えはすぐに返ってきたのだが……ん？

俺が首を捻《ひね》ると、トーヤの言葉をハルカが端的《たんてき》に纏《まと》めてくれる。

「えーっと、【韋駄天】が反復横跳《よこと》び、【俊足】が短距離走、【チャージ】は……爆発《ばくはつ》的な脚力？」

「おぉ、ナイスな喩《たと》え。正にそんな感じ」

そう言われると、少し理解できた気がする。確かにちょっと違うな。

「さっきのオーガーは、そのへんの能力が複合的に高いのかな？　滅茶苦茶《めちゃくちゃ》跳んでたもんね。結果的にはあっさり斃せたけど、総合的にはオークリーダーより強いかも……？」

「ちなみに稼ぎは、オークリーダーよりも一万レアぐらい少ねぇぞ」

魔石自体はオークリーダーよりも高いのだが、それ以外に売れるのは皮だけ。肉も売れるオークリーダーと比較《ひかく》すると、結果的にはオークリーダーのほうが高くなるらしい。

「うへぇ。それはあんまり戦いたくないなぁ……。あたしとしては」

脅威度と利益が必ずしも一致《いっち》しないのが、現実の悲しいところ。

マジックバッグの中に、オーガーの死体や剣を回収しつつ嫌《いや》そうに顔を顰《しか》めたユキに対し、トーヤは逆にやる気を見せ、拳《こぶし》を握《にぎ》る。

「そうか？　オレはリベンジしたいけどな。次は絶対に後ろに通さず斃してみせる！」

「なら、そのときはトーヤに任せるよ。あたしたちは見学してるね？」

「おう！　任せておけ！　ってことで、ナオ、次のオーガーは？」

「そんな都合良く遭遇するか！　と、言いたいところだが……オーガーはともかく、正体不明の反応はあるんだよなぁ……なんだろ、これ」

ワクワクとこちらを見るトーヤを一喝《いっかつ》しつつ、俺は【索敵】の反応に眉根《まゆね》を寄せる。

ラファンで調べたこの森の魔物のうち、未遭遇なのはオーガーが最後だったはず。

だが、スケルトンなんかのアンデッドは、存在しているという情報すらなかったわけで。

「……最近、アンデッドが増えてるし、まさかゾンビとか？」

「ゾンビ……ゾンビ、かぁ。臭《くさ》そうだね……」

ポロリと漏《も》らしたオレの言葉に、ユキを始めとして全員が顔を顰める。

獲物《えもの》の解体で多少のグロ耐性を得た俺も、動く腐乱《ふらん》死体はちょっと遠慮《えんりよ》したい。

「まぁ、ゾンビはないだろ。さすがに……なぁ？」

「「「………」」」

願望も込めてそう口にしたのだが、トーヤたちは沈黙で応えた。

「ナオ、それはあれか？　フラグってヤツか？」

「噂《うわさ》をすれば影《かげ》がさす、って言いますからねぇ……」

「もちろん違う可能性もあるけど……確認しに行く？」

 やや困り顔のハルカに問われ、俺は答えに窮《きゅう》し、暫し考え込む。

観察しなければ、結果は常に不確定。猫《ねこ》さんの命は助かる（ゾンビじゃなかった）かもしれない、と主張したいところだが、所詮《しょせん》は思考実験。後回しにしたところで、現実は変わらない。

「……確認だけはしておこう。戦えそうになければ、逃《に》げれば良いだけだし」

一度確認しておけば、次に同じ反応が【索敵】に引っ掛かったとき、ゾンビと断定できるし、もしかすると、実は全然別の魔物だったという可能性だってある、かもしれない。

……ダメかもなぁ。ここまでフラグが立っていると。

「逃げられれば良いけどな。素早《すばや》いゾンビかもしれないぞ？」

「素早いゾンビ……？　ゾンビがアスリート走りで追いかけてくるとでも言うのか？」

腐《くさ》った身体でアスリート走り。

走っているうちに、スケルトンにジョブチェンジしそうである。

「いやいや、そのくらいならまだマシ。四足歩行で獣《けもの》の如《ごと》く飛び跳ねてくるかもしれないぞ？」

「……それってゾンビか？　俺の知る――いや、イメージするゾンビとはかけ離《はな》れてるんだが？」

同じことをスカルプ・エイプがやっても『ふ～ん』って感じだが、それをゾンビにやられると、たぶんSAN値がピンチである。

「むしろ、エイリアンか何かみたいですよね。ゾンビってそうなんですか？」

「いや、判んねぇけど。映画で見ただけ。そんなタイプでも『浄化《ピュリフィケイト》』でなんとかなるよな？」

「善処はするわ。でも、本当に素早かった場合は、トーヤ、頑張って」

「ですね。効果範囲に留《とど》める必要がありますから」

「げっ、マジか」

トーヤが嫌そうに顔を顰めるが、実際、動きが鈍くなければ『浄化《ピュリフィケイト》』で一掃《いっそう》することは難しいだろうし、獣のように素早いなら、その動きを止めるしかない。

そして、前衛のナツキが魔法を使うのであれば、その役目はトーヤとなるわけで……。

きっとそれには俺も加わることになるよなぁ。

——素早いゾンビではないことを祈《いの》ろう。

「ゾンビかぁ……悪臭《あくしゅう》を防げるような薬はねぇの？　もしくはＮＢＣ防護服的なもの」

「いや、そんなの着てたら、活動できないだろ。耐えろ」

作れるかどうかはともかくとして、あんなゴワゴワの服を着て戦えるわけがない。

もし作るのであれば、ガスマスクまでだろう。

「オレは鼻が良いからキツいんだよ、強い臭《にお》いは」

「嗅覚《きゅうかく》を麻痺《まひ》させる薬は錬金術《れんきんじゅつ》で作れるわよ？　——もっとも、五感の一つをなくして、通常通りに戦えるかは知らないけど。もしくは洗濯《せんたく》ばさみ」

「それで鼻を摘《つ》まんで戦えと？　ないわー。……ま、耐えるしかねぇか」

諦《あきら》めたようにため息をつき、トーヤは俺が示した方向へ歩き始めたが、いくらも行かないうちにヒクヒクと鼻を動かして、眉間《みけん》に皺《しわ》を寄せた。

「臭うな。たぶん間違いねぇ。……よし、ナオには第二種フラグ建築士の称号《しょうごう》を授けよう」

「嬉しくねー！　しかも第二種ってなんだよ！」

「ありがたくないフラグってヤツだ。ちなみに、ハーレム主人公が持っているのは第一種」

「妙《みょう》な称号を勝手に作るなっ！」

そしてついでに言うなら、第一種が欲しかった。

どこかで資格試験とかやってます？

――などと、言っている間に敵の姿が見えてきた。

「……やっぱそうだよなぁ」

「これでゾンビじゃなかったら、逆に驚く。ただまぁ、見た感じは古典的ゾンビっぽいな。ずりずりって感じで歩いてるから」

詳《くわ》しい描写《びょうしゃ》は避けるが、そこにあったのは、吐き気を催《もよお》すような光景だった。

両腕《りょううで》をだらりと脇に垂らし、腐った身体から何かの液体を滴《したた》らせつつ、足を引きずるように歩く死体が七つ。臭いもキツいが、見た目もキツい。

魔物故か、虫が集《たか》っていないことが、唯一《ゆいいつ》の救いだろうか。

これで蛆《うじ》でも見えたら絶対に近寄らず、遠距離から過剰《かじょう》に燃やし尽《つ》くしていたことだろう。

「無理。あたし、あれとの接近戦は無理。命でもかかってないと」

「同感ね。トーヤ、戦える？」

「できれば勘弁《かんべん》してくれ。いくら後から綺麗にしてもらえても、腐った汁《しる》なんて浴びたくねぇ」

「絶対飛び散るよな、あんなのをトーヤの剣で叩いたら」

俺の槍やナツキの薙刀なら多少は距離があるが、トーヤの場合はもろである。

簡単に斃せれば良いが、頭や足を切り飛ばしても、ズリズリと這《は》い寄ってこられたら……。

光の属性鋼の武器なら比較的簡単に斃せそうな気もするが……あまり試したくはないなぁ。

「……ここは『浄化《ピュリフィケイト》』を使いましょう。腐肉《ふにく》の中から魔石を拾い上げるのは避けたいです」

ナツキの意見に反対する言葉はなく、ゾンビ全体を影響《えいきょう》範囲に入れた『浄化《ピュリフィケイト》』が発動する。

見る見るうちに腐肉が崩れ落ち、骨が見えてくるが、それでもなお蠢《うごめ》くゾンビたち。

そのことにナツキが眉《まゆ》を顰《ひそ》めたが、ダメ押《お》しに唱えられたハルカの『浄化《ピュリフィケイト》』によって一気に消え去り、後の地面には七つの魔石だけが転がっていた。

漂《ただよ》っていた腐《ふ》臭《しゅう》まで消えたように感じるのは、鼻が慣れたせいか、それとも魔法の効果か。

「スケルトンより少し強いみたいですね。同じぐらいの威力《いりょく》ではあの結果でした」

「浄化すべき部分が多いから、かしら？　骨＋腐肉なわけだし」

「かもなぁ。取りあえず感想としては……」

「感想としては？」

「今後ともよろしく！」

ニカッと笑ってハルカとナツキの肩《かた》を叩くトーヤ。戦う気はないらしい。

まぁ、気持ちは解《わか》る。『浄化《ピュリフィケイト》』でも斃すのが難しいならともかく、あっさり斃せるのであれば、無理して接近戦を挑むのは馬鹿《ばか》らしい。

「ま、良いけどね。接近戦で斃しても浄化は必要でしょうし。戦った人と残った腐肉の両方に」

「はい。それなら最初から浄化する方が良いですよね」

「魔石も拾わないといけないしね。はい、全部で七つ。拾ってきたよ。いくらになるのかな？」

ゾンビの魔石はほぼスケルトンと同じ大きさ。ただ、索敵の反応はスケルトンよりも微妙《びみょう》に強かったし、浄化も少し難しかったようなので、価値は高いはずである。

「【鑑定】。――そういえば最近、【鑑定】で魔石の買い取り価格が出るようになったんだよ。これも神殿に行って祈った恩恵《おんけい》だったりする？　ちなみにこの魔石は、一つ一九〇〇レアな」

「どうだろうなぁ？　【鑑定】はレベルがあるスキルだしな……」

スキルが変異する可能性がないとは言わないが、普通に考えるなら、レベルアップによる恩恵と考えるのが自然だろう。だが、あのアドヴァストリス様だからなぁ……。

「ま、便利だからありがたいんだけどな。トータルで金貨一三枚ちょっとか。時間あたりの利益は高いよな、アンデッド。戦いに歯応えはねぇけど」

「トーヤは歯応えをお望みか？　『浄化《ピュリフィケイト》』がなかったら、悪夢だぞ？」

「いや、望んでるわけじゃねぇけど……でも、どうせならオーガーにリベンジしてぇかな？」

「なるほど。そんなトーヤに朗報だ。早速《さっそく》機会が来たようだぞ？」

「え、マジでオーガー？　そんな頻繁《ひんぱん》に出るの？　やべぇな、森の奥」

ハルカたちが少し呆れ気味に肩をすくめて下がるのを確認し、トーヤは武器を構えて前に出た。

「好きにしたら？　怪我しないようにね」

「やるに決まってる。良いよな？」

促《うなが》すようにトーヤを見れば、彼《かれ》はペロリと唇《くちびる》を舐め、やや獰猛《どうもう》な笑《え》みを浮《う》かべる。

オーガーに遭遇して以降、特に注意して【索敵】を行っているので、先ほどよりは遠くで捕捉《ほそく》できているが、それでも向こうに気付かれるのは時間の問題だろう。

「どうする？　戦うか？　回避《かいひ》するなら、あまり余裕はないぞ」

――結論から言えば、トーヤとオーガーの戦いは、ごく短時間で終わった。

突っ込んできたオーガーに対抗《たいこう》して、トーヤも突進《とっしん》、足に一撃を入れたことで趨勢《すうせい》は決した。

オーガーの怖《こわ》さはその脚力。それを奪《うば》えれば一人でも十分に対処可能な敵。

トーヤは普通に戦い、特に怪我をすることもなく、順当に勝利したのだった。

「よっしゃ！　リベンジ完了《かんりよう》～～!!　この森に怖い敵はもういない！」

一人で完封《かんぷう》できたことが嬉しかったのか、トーヤが両手を突き上げて歓声《かんせい》を上げる。

だが、その叫びはあまりも迂闊《うかつ》。そんなときに限って、『怖い敵』が出てくるのだ。

そう思ったのは俺だけではなかったようで、ユキたちも微妙な表情である。

「うわぁ……トーヤがフラグ立ててるよ？　今夜はパーティーだね！」

「どういう意味で!?　別に歯応えのある敵を望んでるわけじゃないからな？」

「俺だってゾンビは望んでいなかった。それがフラグというものだぞ？」

「いやいや、そんな。ワンパターンはねぇって。なぁ？　……なぁ？　……返事して？」

「「「……」」」

「……さて、今日はそろそろ帰りましょうか」

「そうですね。危険は避けるに限ります」

確認するように言うトーヤには誰《だれ》も応えず、急いで帰途《きと》につく俺たち。

だが、トーヤの建築したフラグは、その程度で避けられるほど甘くはない造りだったらしい。

【索敵】で感じた反応に、俺は足を止め、とても深いため息をついた。

「はぁ……。よし。第二種フラグ建築士の称号はトーヤに贈呈《ぞうてい》しよう」

「いらねぇ⁉　つか、マジで？　マジで強敵が出たの？」

「あぁ、たぶん。反応は一つだけだが、かなりの強敵が。帰宅方向に陣取《じんど》ってる」

感じられる強さは、確実にオークリーダーよりも上。

かつてないほどの敵に、思わず【索敵】スキルを疑いたくなるが、これまで俺たちの命を救ってくれたスキルなのだ。現実から目を背《そむ》けても仕方ないだろう。

「避けますか？　――いえ、避けられますか？」

「大回りすれば可能かもしれないが……未知の場所を通ることになるぞ？」

地図を持たずに森の探索をしている俺たちだが、何も無作為《むさくい》に歩いているわけではない。

経路の安全を確認し、目印を付け、行きと帰りは同じ道を使うようにする。

そうでなければ森の中で遭難《そうなん》しかねないし、疲労のある帰還《きかん》時のリスクも軽減できる。

「未知の敵と未知の場所、どちらが危険かしら……確認だけはしてみる？」

判断は難しいが、否定するだけの根拠《こんきょ》もない。

ハルカの提案は全員の消極的賛成を得て、反応のある方へと向かった俺たちだったが――。

「（オイ！　どう見ても歯応えありすぎだろ！）」

「（いや、俺に言われても。確かに想像以上だったけれども！）」

形状としては猪《いのしし》。

だが、遠くからでもはっきり確認できるその巨体を喩えるならば、ダンプカー。

体長は六メートルほど、体高も三メートルはあるだろう。しかも、真《ま》っ直《す》ぐ前に突き出た牙《きば》が凶《きょう》悪《あく》すぎる。黄赤に輝《かがや》くその巨大な牙で突き刺されたら、俺なんて一発で御陀仏《おだぶつ》だ。

正直、猪と分類することが躊躇われるのだが、【ヘルプ】で確認すると、〝溶岩猪《ラーヴァ・ボアー》〟と表示されるんだよなぁ――ん？　【ヘルプ】って固有名詞、表示されたっけ？

「（なぁ、ハルカ。【ヘルプ】であれを見ると、溶岩猪《ラーヴァ・ボアー》って表示されたんだが）」

「（ホントに？　……ホントね。何でかしら？）」

最初にタスク・ボアーを【ヘルプ】で見た時は『獣（食用）』だったはず。

レベル表記のないスキルだし、変化することなんてない、と思ってたんだが……。

もしかして、真面目にお布施《ふせ》をする俺たちに、アドヴァストリス様からのサービスだろうか？

「（オイ、今はそんなことよりアイツだろ。牙とか、ユキ一人分ぐらいはあるぞ？）」

「(そうだね。でも、なんであたしで喩える？)」

「(足も太いぜ？　あれはユキ三人分ぐらいか？)」

「(だから、なんであたしで喩える？)」

「(体重なんて、ユキ――)」

「(さすがにそれは喩えるな)」

マジトーンのユキの言葉に、トーヤが口を噤《つぐ》む。

「(けど、あの足で踏み潰《つぶ》されたら、あたしなんて簡単に潰れちゃうね)」

「(普通ならそうですね。あとはレベルアップの効果がどのくらいあるか……)」

「(大回りしても、避けた方が安全な気はするけど……ちょっと遅《おそ》かったかしら？)」

緊張感《きんちようかん》を含んだハルカの言葉に、改めて観察してみれば――ロックオンされてた。

おもむろに、こちらに向かって足を踏み出す溶岩猪《ラーヴァ・ボアー》。

その動きは決して速くはないのだが、迫力《はくりよく》と威圧感《いあつかん》は凄い。

だが、『どうする？』と問う暇《ひま》もなかった。

ゆっくりに見えたのはその巨体故。走り出した溶岩猪《ラーヴァ・ボアー》は瞬《まば》きする間に俺たちに接近し、咄嗟に左右に分かれて避けた俺たちの間を、猛《もう》スピードで駆《か》け抜ける。

轟音《ごうおん》を立てて破壊《はかい》される森。

俺の胴体より太い木が何本も地面に横たわり、俺たちを分断する。

「くそっ！　一旦《いったん》退くぞ！　殿《しんがり》は――」

「俺がやる！　トーヤは道を切り開け‼」

議論はしない。走り出したトーヤを援護するため、牽制《けんせい》として『火矢《ファイア・アロー》』を散蒔《ばらま》くが――。

「がぁぁぁ‼」

溶岩猪《ラーヴァ・ボアー》の咆吼《ほうこう》が森に響き渡《わた》った瞬間、俺の放った『火矢《ファイア・アロー》』が掻《か》き消された。

「マジかよっ⁉」

信じられないその光景を背に、俺も走り出す。

「し、猪神《しし》様のお怒《いか》りじゃぁ～～！」

「ユキ、余裕あるな⁉　ふざけてないで早く行け！」

前方から放たれるユキとハルカの『火矢《ファイア・アロー》』の間を抜け、二人の背後に付く。

「効果は⁉」

「全然！　当たっても毛皮で弾かれてる！」

「本気で魔力を込めないと無理かも……」

ちらりと背後を窺《うかが》い、目を狙って『火矢《ファイア・アロー》』を放つが、それも溶岩猪《ラーヴァ・ボアー》が面倒《めんどう》くさそうに振った牙によって弾かれる。

――ってか、正面から見ると、あの牙、マジで凶悪だな⁉

衝角《しょうかく》がこちらを狙っているように見えて、背中がぞわぞわする。

「自分の身を守るのは足腰《あしこし》の強さだよね！　訓練前のジョギング、サボらなくて良かった！」

「言ってる場合か！　死ぬ気で走れ！」

「死ぬ気はないけど、必死で走るよ！」

俺たちの中で一番足が速いトーヤが先行して道を作り、そこを俺たちが走る。

スタートで若干遅れた《じゃっかんおく》ユキだったが、ハルカより小柄《こがら》でも体力は上回る。それに加え、トーヤからコピーした【俊足】スキルのおかげか、すぐに先行するハルカに追いつき、その手を引いた。

「あ、ありがと――」

「喋《しゃべ》らなくて良いから！　頑張って！」

二人の速度が少し上がったのを確認して、背後を見る。

音で判っていたが、しっかり追いかけてくる溶岩猪《ラーヴァ・ボアー》。

その巨体故、森の中ではこちらが有利かと思ったのだが、俺の胴体程度の木であればそのまま突っ込んでへし折り、それ以上の太さでもドカドカと身体をぶつけて避ける様子もない。

まるで暴走するダンプカー。いや、あの威力、ダンプと言うよりも戦車《タンク》か？

「あぁ！　折角の高級木材が！　勿体《もったい》ないよ～！」

「こ、これ、上手《うま》く利用したら、伐採が捗《はかど》るんじゃね？」

「そんなわけないでしょ！　たぶん、罅《ひび》とか入って、価値が落ちてるわよ！」

前から聞こえてきたトーヤのアホな言葉に、ハルカが案外冷静にツッコミを入れる。

「余裕があるなら、速度を上げろ！　――『火球《ファイア・ボール》』！」

爆発力《ばくはつりょく》のあるこっちならどうかと放ってみるが――わぉ。毛皮も焦《こ》げてない。

若干速度が緩んだだけで、毛皮は艶々《つやつや》。キューティクルすら剥がれていないんじゃ？

多少の遅延《ちえん》は可能だが……この程度では、速度的にギリギリか？

今のところ、トーヤの進路取りの良さと灌木《かんぼく》に対する強引《ごういん》な破壊活動、それを援護するナツキの薙刀があってなんとか逃げられているが、そのバランスが崩れたらどうなるか。

魔力にも限界はあるし、多少の無理をしても戦うべきか――。

俺がそう考えた次の瞬間、トーヤが叫んだ。

「――っ！　洞窟《どうくつ》がある！　逃げ込むぞ‼」

その直後、森の木々が途切れ、山の岩肌《いわはだ》に口を開けた小さな洞窟が見えた。

奥は暗くて見えないが、トーヤはそこに躊躇《ちゆうちよ》なく飛び込み、続くナツキは一瞬足を緩めつつも、俺たちが追いついたのに合わせて中に入る。そして俺たちは背後を振り返るが……。

「……追ってきませんね？」

「そうだな……入り口付近を、ウロウロしているだけで」

不思議なことに、溶岩猪《ラーヴァ・ボアー》は洞窟付近で急ブレーキ、洞窟に頭を突っ込むようなことはせず、かといって俺たちを諦める様子も見せず、その場を歩き回っていた。

「かなり知能が高いのかな？　こんなところに鼻面を突っ込んだら、攻撃し放題だし？」

「確かに、間抜《まぬ》けに突っ込んでくれたら楽だったわね。――『光《ライト》』」

ハルカの魔法で洞窟の中が明るく照らし出され、その構造が顕《あら》わになる。

入り口は縦横二メートルほど。奥に行くに従い通路は次第《しだい》に広くなり、遠くまで続いている。

おかげで俺たち五人が入ってもまったく狭《せま》くはないのだが、気になったのが壁面《へきめん》の様子。

「これ、どう見ても天然の洞窟じゃないよな？　——坑道《こうどう》？」

明らかに鑿《のみ》や鶴嘴《つるはし》で削《けず》ったような跡《あと》が残っているし、地面も平らで歩きやすい。異世界だけに、こんな巣穴を作る魔物がいても不思議ではないが、普通に考えれば人が掘《ほ》ったものだろう。

「坑道ねぇ……なーんか、心当たりがあるなぁ。エディスとか」

ユキが口をへの字に曲げて呟《つぶや》いた言葉に、トーヤの表情が険しくなる。

「……もしかしてここが、エディスが殺される原因になった鉱山なのか？」

「調べてみる？　ここが件《くだん》の鉱山なら、痕跡《こんせき》が残っていると思うし」

「そうだな。アイツは移動してくれそうにないし、少し調べてみるか」

そう言って歩き出したトーヤを追って、洞窟の探索を始めた俺たちだったが、やはり人の手が入っているのは間違いないようで、基本的に通路は一本道。緩やかにカーブしていたり、所々枝分かれしている場所もあったが、そこには廃石《はいせき》と思われるものが詰《つ》め込まれ、塞《ふさ》がれている。

そのおかげで迷うこともなく先に進めたのだが、それも数分程度のことだった。

正面に現れたのは突き当たり。そこで道は左右に分かれていた。

「う〜ん、一応はマッピングが必要かなぁ？　取りあえず、やってみるね」

先頭はトーヤ、殿《しんがり》は俺。中間にいるユキが紙とペンを取り出し、簡単な地図を書き始める。

「それで、右と左、どっちに行く？　大きさには差がないけど」

「どっちでも良いよな？　それじゃ、特に意味はないけど、こっちで」

トーヤが左に曲がり数十メートルほど歩いたところで、俺の【索敵】に反応があった。

「……意味はなくても引き当てる。さすが、第二種フラグ建築士」

「それ、まだ続いていたのか⁉　ってか、敵かよっ！」

「洞窟でも魔物は出るんですね。――『光《ライト》』」

ナツキが灯《あか》りを追加し、それを先行させる。その光の中に浮かび上がったのは、ボロボロの服を着たスケルトンが五体。手に持っているのは鶴嘴の残骸《ざんがい》か。先が付いているのは二本だけ、残りの二本は折れた棒であり、一体だけはハンマーのような物を持っている。

カタリ、カタリと足取りはゆっくりだったが、確実にこちらに近付いてきていた。

「あれは、鉱夫のなれの果てかしら？」

「だろうな。持っている物からして。そう考えると……ナツキ、頼む」

特別強そうなスケルトンというわけではない。トーヤが剣を振るえばあっさり斃せるだろうが、その背景を思い起こしたのか、彼はため息と共にナツキを振り返った。

「判りました。『浄化《ピュリフィケイト》』」

ナツキが小さく呟けば、スケルトンの足下《あしもと》から光が溢《あふ》れ、魔石と鶴嘴の残骸がカランと転がる。

トーヤはそれをどこか遣《や》る瀬《せ》ない表情で拾い上げ、マジックバッグに放《ほう》り込んで先に進む。

「しかし、これで廃坑《はいこう》は確定か。……この辺の壁面、かなり硬そうだよな」

「うん。手作業で掘るの、大変そうだよね。だから大量の労働者が投入されたのかな？　冤罪《えんざい》で捕《つか》まって、こんな所で重労働させられたら、アンデッドになるのも解るかも」

「もしかすると、これまで出会ったアンデッドは、ここが発生源なんでしょうか？」

元々、この辺りの森にアンデッドが出るという情報はなかったにも拘わらず、俺たちはこれまで多くのアンデッドと遭遇し、斃している。鉱山開発にどれほどの労働力が必要なのかは知らないが、おそらくこの先にも多くのアンデッドが存在しているのだろう。

無理やり働かされたそれらの人たちが、恨《うら》みを抱《かか》えてこの場所で死んでいったと考えると……。

そのことにちょっと薄《うす》ら寒いものを感じ、腕《うで》を摩《さす》る。

そんな俺の様子を不思議に思ったのか、ハルカが声を掛けてきた。

「ナオ、どうしたの？」

「いや、なんか、ここで人がたくさん死んだのかと思うと、ちょっとな」

「おやぁ？　ナオ、怖いの〜〜？」

ユキが揶揄《からか》うような笑みを浮かべて、歩きながら俺の顔を覗《のぞ》き込むが——。

「いや、何が起こるとも思ってないんだが、なんか嫌じゃないか？　火葬場《かそうば》とか、深夜の墓地とか、人の死が感じられること自体が、気分的に」

「安心しろ、ナオ。ここなら幽霊《ゆうれい》は普通に出るから」

「……そうだったな」

それが安心すべき要素かどうかは不明だが、『幽霊が怖い』とか言ってられない状況なのは確かである——と言うか、既《すで》に普通に幽霊《シャドウ・ゴースト》を斃してるんだよなぁ……。

「気持ちは解るけどね。ま、しっかり『浄化《ピュリフィケイト》』してあげるから、気にしないことね」

「既にいっぱいアンデッドを斃してるのに、ナオも変なところで繊細《せんさい》だよね」

ハルカとユキが軽くそう言い、ナツキもちょっと笑みを浮かべている。

「頼もしいなぁ、うちの女性陣《じょせいじん》は。だが、可愛《かわい》げが足りないぞ？」

「でもさ、アンデッドが出てきたとき、あたしが『きゃ！　こわ〜い』と抱《だ》きついたら？」

「引き剥がして放り捨て、武器を構える」

「だよね！　言うと思った！」

ユキがやさぐれ気味に吐き捨てるが、リアルお化け屋敷《やしき》は命の危険があるからな。

「遊園地のお化け屋敷でなら抱き留めてやるから、そのときは期待して良いぞ？」

「それ、もう絶対に来ない機会だよ⁉」

だよな。俺たちが遊園地でも作らない限り。

そんな俺たちを見ながら笑っていたトーヤが、ポンポンと壁面を叩いた。

「ところでさ、いくら壁面が硬くても支保工とか必要ねぇのかな？　鉱山って、普通あるよな？」

「あぁ、それは魔法があるから、らしいですよ。掘り進めるに従って、土魔法で周囲を固めて崩落《ほうらく》を防ぐようです。シールド工法みたいなものでしょうか」

「へー、なら、崩落の心配はねぇのか」

現代のトンネル工事でも採用されている、なかなかに安全性の高い工法である。

土魔法であれば継《つ》ぎ目もなく固められるわけで、むしろこちらの方が安全かも……？

「でも、ここって鉱夫の募集《ぼしゅう》もできなかったって、ディオラさん、言ってなかったっけ？　極秘だったから。そんな専門的な土魔法を使える魔法使い——技師？　なんて、いたのかな？」

「………注意した方が良さそうだな」

手抜《てぬ》き工事、ダメ、ゼッタイ。

「うん。ナオ、危なそうだったら、土魔法で固めてね。あたしはマッピングに忙《いそが》しいから」

「了解《りょうかい》。ナツキ、気になる場所があったら教えてくれ。予防的にも対処するから」

「わかりました。生き埋《う》めで死ぬのは嫌ですからね」

「多少のことなら、土魔法を使って脱出《だっしゅつ》もできそうだけどな。それでも危険は少ない方が良い」

元の世界でも、安全を軽視して鉱山開発を進め、生き埋めになる事故は発生していた。

注意してしすぎることはないだろうと、俺も周囲の壁面を槍で突いたりしながら、脆《もろ》そうなところがないか確認しつつ歩みを進めるが、道は単調でやや退屈《たいくつ》である。

時々、脇道《わきみち》のように掘り進められた坑道が現れるのだが、その大半は奥行一〇メートル足らずで、灯りで照らせば突き当たりが見えるほど。たまに長くても五〇メートルに届かない。

「迷う心配がないのはありがたいが、単純な構造ではあるよな」

「普通に考えれば、坑道を複雑な形状で掘ることはないんじゃない？」

「それはどうでしょう？　鉱脈を追って掘っていけば、自然と複雑になる可能性もあるのでは？」

「あぁ、それはあるわね」

目的は通路を掘ることではなく、鉱石を掘り出すことなのだ。そしてその鉱脈は真っ直ぐ走っているとは限らない。そう考えれば、ナツキの言うことには一理ある。

もしかして、最初の道が緩やかにカーブしていたのもそのためだろうか。

「……ふぅ。ここで、最初の分かれ道から二〇〇〇歩だよ」

雑談などをしつつもカウントは常に続けていたようで、ユキが軽く息をつき、足を止めた。

「お疲《つか》れさま。少し休む？」

敵は一度しか出ていないし、それもナツキの『浄化《ピュリフィケイト》』で斃したので、俺たちの中で一番疲れたのはマッピングを行っていたユキだろう。

ハルカが気遣《きづか》うように声を掛けるが、ユキが迷うように口元に手を当てる。

「ん……、問題はないけど……」

「休むか。少し栄養補給でもしよう。この先になんか多めの反応があるしな」

「敵か？　アンデッド？」

「たぶんな。スケルトンとゾンビだと思うが……断定しづらい。一応は、備えておくべきだろう」

普段《ふだん》と違う場所なのだから、迷うのであれば休んでおくべきだ。

俺たちはその場に腰《こし》を下ろし、各自《わ》マジックバッグから好みの食べ物を取り出す。

さっきまでは暑さであまり食欲も湧かなかったのだが、この中は外に比べて明らかに気温が低く、動くのを止めると少し涼しすぎるぐらい。俺はやや温かめの物も食べて、お腹《なか》を満たす。

「ふぅ。これぐらいなら活動しやすいんだがなぁ。——そういえば、ここってミスリルが採れるんだよな？　ナオ、土魔法に『鉱物探知《シーク・アース》』って魔法があっただろ？　あれで探せたりしねぇの？」

そんなトーヤが食べているのは肉の塊《かたまり》。元気に齧《かじ》り付く彼に呆れつつ、俺は首を振る。

「無理。あれって、術者が対象の金属を知らないと見つけられないから」

鉱脈を探す場合にも使われる『鉱物探知《シーク・アース》』の魔法だが、術者がその鉱脈がどのような反応を返すのか知らなければまったく意味がない魔法だったりする。

喩えるならば、目隠《めかく》しをした状態で、手触《てざわ》りだけで目的の物を探すようなもの。

対象物の形や手触りを知らなければ見つけられるはずもない。

「そもそも、無許可での採掘《さいくつ》は問題だと思うけど……金や銀、銅とかどうなの？」

「そっちはなんとなく判ったが、たぶんごく微量《びりょう》って感じだな」

それらの金属は普段から馴染《なじ》みがあるからか、『たぶんこれ』という反応はあったのだが、それは本当に僅か。仮に掘り返して集めて帰ったとしても、その労力分にもならないだろう。

「まぁ、個人で採掘するのは現実的じゃないわよねぇ」

「ちなみに元の世界の金鉱石は、平均的な含有量《がんゆうりょう》が一トン当たり三グラムらしいですよ？」

「え、マジで？　金鉱石なのに？」

トーヤが瞠目《どうもく》して聞き返したが、ナツキは平然と頷いた。

「はい。ダンプカー一杯《いっぱい》分を精錬《せいれん》しても、金貨数枚分にしかなりませんね、純金だと」

「うわぁ、すげぇ大変だな」

俺たちが普段使う金貨は『金が含まれる硬貨《こうか》』であって、金の含有量はかなり少ないのだが、ナツキの言葉を聞くとそれも当然のことと理解できる。まだ見ぬ大金貨なら、半分ぐらいは金が含まれるそうだが、それでも生産コストと貨幣《かへい》価値が合うのかどうか……。

工業的生産ではなく、人力で掘ることを考えると難しそうな気もするが、そのあたりは魔法や錬金術でカバーされるのだろうか？

「ナオ、魔法で地面から直接、ズモモモ、って感じに抽出《ちゆうしゆつ》できねぇの？」

「無茶苦茶言うなぁ、トーヤ。一応、『土作成《クリエイト・アース》』がその魔法だぞ？　使うとぶっ倒《たお》れるがな！」

含有量が少ない元素を集めようとしたらどうなるか。それは風呂《ふろ》を作る時に経験済み。

——あぁ、でも、含有量の多い鉱石を集めてから『土作成《クリエイト・アース》』を使えば、抽出は可能なのか。

それなら精錬も楽になるし、この世界ではそうしているのかもしれない。

「そういえば、ミスリルって、金とどっちが希少なんだ？」

「圧倒的にミスリルです。純金じゃないとはいえ、金貨は流通してますからね」

「つまり金以上に採掘が難しいと。実はミスリルの武器って、夢幻《ゆめまぼろし》？　オレ、欲しいんだけど」

「基本的に他の金属に混ぜて使うものですから、含有量次第でしょうか」

何とも曖昧《あいまい》な答えにトーヤはため息をつき、ふと顔を上げた。

「そーいや、ナツキたちと合流する前、ガンツさんがミスリルを使った武器を見せてくれたよな」

「確か、七八〇万レアだったか？　『案外安い』って話だったが、本当に安かったんだな」

「あの値段は使い勝手が悪すぎる武器だからでしょ。普通は売ってないから、お金があっても買えないわよ？　どうしても欲しいのなら、気長に探すしかないでしょうね」

残念そうな表情のトーヤにそう言って、ハルカが立ち上がる。

「それじゃ、そろそろ先に進みましょうか」

「うわぁ、めっちゃいるよぉ……」

休憩《きゅうけい》を終え、歩き出して数分。ユキが驚き半分、嫌悪感《けんおかん》半分の声を上げた。

坑道が少し大きくなり、広場のようになった所にいたのは、予想通り大量のアンデッドだった。

総数は四〇体ほどだろうか。大まかにゾンビが三分の一に、スケルトン三分の二、それにゴーストが少々。風がこちらから向こうへと吹いているので多少はマシだが、嗅覚の優《すぐ》れているトーヤはしばらく前から鼻を摘まんだままである。

「オイ、スケルトン・ナイトガイルゾ」

鼻を摘まんでいるので、おかしな声のトーヤ。だが、その内容は笑えなかった。

慌《あわ》てて俺もスケルトンを【看破】してみると……いた。

種族：スケルトン・ナイト
状態：健康
スキル：【剣術《けんじゅつ》】【盾術】

——アンデッドが『健康』なのは正しいのか？

あ、いや、そうではなく。これが【索敵】に違和《いわ》感があった理由か。

盾と剣を持ち、ヘルムまで被っているやや立派そうな数体、それがスケルトン・ナイト。

他にも剣を持った一部がスケルトン・ソルジャーと表示されたので、確実にこれまでのスケルトンよりは手強《てごわ》い。だがそれでいて、【看破】で感じられる脅威度はさほどでもない。

これであれば危険性は低そうだが、問題は【看破】を信用できるか。

しかし、相手の強さを感じる機能に関してはアドヴァストリス様のお墨《すみ》付き。

看破できたステータスはともかくとしても、そこについては信用しても問題ないだろう。

「……ねぇ、アンデッドは『健康』なのかしら？」

おっと、ハルカも俺と同じ所に引っ掛かったらしい。

「彼らの生き方――いえ、死に方？　の中では『健康』なのでは？」

「ドウデモイイジャン、ツマリ、ダメージジハウケテナイ、ッテコトダロ」

「トーヤ、聞きづらいよ？　鼻から手を離したら？　まさか片手で戦うわけじゃないよね？」

「コノキッサ、オマエラニハワカルマイ。――くっさ！　うへー、マジで防毒マスクが欲しい」

「耐えろ。お前ほどじゃないが、俺たちもキツいんだから。――というか、こっちに来ないな？」

「うん。気付かれてないってことは、ないと思うけど」

距離は取っていても、やや先行させた『光《ライト》』の灯りが届く範囲だし、だからこそ【看破】なども行えている。普通の魔物なら襲《おそ》ってきそうなのに、アンデッドたちはその場をウロウロするのみで、俺たちに近付いてくる様子がない。

「来たら各個撃破《かっこげきは》できるかと思ったんだが……こちらから行くしかないか」

「あれだけいると、一気に浄化するのは難しいわね。ゾンビを重点的に対処するわ」

「近付けばさすがに襲ってくると思います。スケルトンやゴーストは三人でお願いします」

「「了解」」

俺たちが頷き、武器を構えると同時に、ハルカとナツキの魔法が重なるように発動する。

「「『浄化《ピュリフィケイト》』！」」

それだけで、ゾンビの大半とスケルトンの一部、そしてシャドウ・ゴースト一体が消えた。

それと同時にアンデッドたちは戦闘態勢に入り、動き始めた。

思ったよりも素早い。スケルトン・ソルジャーと普通のスケルトン三体がセットになり、動きの遅いゾンビの間を抜けて、こちらに向かってガチャガチャと走ってくる。

「連携《れんけい》してくんのかよっ！」

「でも、無意味だよね」

「だなっ！」

言うなれば、四人一組《フォーマンセル》の形態なのかもしれないが、まともな武器を持つのがスケルトン・ソルジャーのみ。他のスケルトンが無手や棍棒《こんぼう》では、ほとんど連携の意味もなく、スケルトン・ソルジャーに注意を払いつつ、スケルトンの頭を砕《くだ》いていけば、簡単に崩れる程度のもの。

その間にハルカたちが二度目の『浄化《ピュリフィケイト》』を放ち、残っていたゾンビも消え去る。

「――っと！」

こっそり近付いていてきていたシャドウ・ゴーストも、属性鋼の武器があれば問題なし。

魔力を通して数度切り払えば、簡単に消えていく雑魚である。

トーヤとユキの方へは……シャドウ・ゴーストは行ってないな。

三体ほどはいたはずだが、ハルカたちの『浄化《ピュリフィケイト》』に巻き込まれたのか、既に見当たらない。

「残りは……スケルトン・ナイトとソルジャーだけか」

四体のスケルトン・ナイトと、それを守るように立つ七体のスケルトン・ソルジャー。

他に比べるとやや歯応えのある敵。

トーヤが剣を構え、喚声《かんせい》を上げつつ切り込んだ――その時。

「『浄化《ピュリフィケイト》』！」

三度目の浄化が発動。

スケルトン・ナイトを中心に二人の魔法が発動、洞窟の中を清らかな光が満たしたかと思うと、スケルトンたちが一斉《いっせい》に砕け散り――トーヤが動きを止めた。

「………」

暫し訪《おとず》れる静寂。そして剣を振り上げたままのトーヤが、情けない表情で振り返った。

「……ええ～？　今って、オレがスケルトン相手に無双《むそう》する流れじゃなかった？　なかった？」

「なかったわね。それは『夢想』の間違いよ」

トーヤ、哀《あわ》れ。ハルカがバッサリ切り捨てた。

簡単に斃せるなら無理をする必要はない、というのは確かなのだが……ちょっと可哀想《かわいそう》である。

「すみません、トーヤくん。既に唱えていましたから」

「いや、別に謝《あやま》る必要はないけどよぉ……」

ナツキに素直《すなお》に頭を下げられ、トーヤはぼやきつつ、剣を納める。

だが、ハルカたちの対応は戦術として間違っていないのだから、仕方のないところだろう。

訓練ならともかく、実戦で怪我をする危険性を最小限にするのは当然なのだから。

「まぁまぁ、トーヤ。ゾンビに近付かずに済むのもハルカたちのおかげなんだ。ここは感謝して、戦利品を集めようぜ？　魔石以外にも、剣とか転がってるぞ？」

「……そうだな。ゾンビと殴《なぐ》り合うことを考えれば、どーって話でもねぇな。すまねぇ、ハルカ」

「気にしなくても良いわよ。私はただ、安全と効率を優先してるだけだから」

トーヤの謝罪を受けて、ハルカは軽く肩をすくめると、率先して魔石の回収を始めた。

俺たちもそれに加わり、最終的に集まった魔石の数は四六個。

スケルトン・ナイトなどが交じっていたことを考えれば多少の稼ぎにはなるだろうが、オークなどと違って、他の素材が取れないのが少し微妙である。

――いや、素材が取れたら取れたで、別の意味で微妙だが。人骨だし。

「武器は……鶴嘴は屑鉄《くずてつ》、棍棒はゴミ。剣はどうだ？　トーヤ」

【鑑定】スキルに加え、さりげなく【鍛冶《かじ》】スキルも持つトーヤ。集めた剣の品質は、と尋《たず》ねてみれば、スケルトン・ソルジャーやナイトが持っていた剣をコツコツと叩き、眉根を寄せた。

「錆びてはいるが、物は良さそうだな。こっちの錆びてないのは、白鉄製だぞ？」

「そのようですね。しかも根元に刻まれた紋章《もんしょう》。それはネーナス子爵《ししゃく》家の紋章です」

「それってここの領主だよな？　よく知ってるなぁ。オレ、初めて見た」

「自己防衛のためにも調べましたから。この領地にいる以上、知らないのはリスクです。ですが、これでこの洞窟が、件の鉱山であるのはほぼ確定ですね。――少々厄介なことに」

他人に知られないよう、犯罪者を使って開発していたミスリル鉱山。

行方不明になっている、国家反逆罪に問われた先々代ネーナス子爵。

どう考えても、厄介事の臭いしかしない。

「これ、先に進んでも大丈夫なのかな？　見ちゃダメなものを見て……とか」

「『知りすぎたのだよ、君は。ザクッ！』てなことになったり？　それはぞっとしねぇな……」

痕跡を探していたわけだが、見つかってしまうと、それはそれで困るわけで。

『命大事に』の大方針は、魔物との戦いにのみ適用されるわけではない。

「この剣、売ったらマズいよなぁ、絶対」

「下手したら捕まるでしょうね。鋳《い》つぶしてしまう方法もあるだろうけど……その剣を見せて、ディオラさんにお伺《うかが》いを立てましょ。色々とデリケートな問題だもの」

「折角のマイホーム、放棄《ほうき》して夜逃《よに》げするのは嫌だものなぁ。深入りは避けるべきか。ディオラさんにはまた手間を掛けさせてしまうが」

「それが冒険者ギルドのお仕事といえば、お仕事ですが……」

「だ、大丈夫だよ。先日、付け届けをしたばかりだもん。うん」

そう言いながらも、困ったように眉尻《まゆじり》を下げるナツキと、視線を泳がせるユキ。

「領主の対応とか、大変そうだものね。ストレスはお肌《はだ》に良くないし……場合によっては、またお土産を持っていきましょ。リーヴァと一緒《いっしょ》に作ったお薬はまだ残ってるから」

「ま、それでも俺たちが下手な対応をするよりはずっとマシだろ。その方が逆に手間を増やすことになりかねない。――それじゃ、戻《もど》るか」

「そうだな！　溶岩猪《ラーヴァ・ボアー》も、もういなくなってるだろうしな！」

「「「……………」」」

いらんことを言うトーヤに俺たちの視線が集中し、ユキがため息をついた。

「……あえて、そう、あえてあたしたちが口にしなかったのに」

「えっ？　だって、さすがにもういねぇだろ？　あれから結構経ってるぜ？　いる理由がない」

「トーヤ、第二種フラグ建築士の資格があるからと、毎回立てなくても良いんだぞ？」

「それ、まだ続いていたのか⁉　つか、立てたつもりはねぇ！」

「それじゃ、まだ溶岩猪《ラーヴァ・ボアー》がいたら、トーヤは罰《ばつ》ゲームな？」

「おう！　――いや、待て。何で罰ゲーム？」

「おや？　自信がない？　自分のフラグ建築力に？」

「まさか！　って、建築力、違うだろ！　それを言うなら、フラグ粉砕《ふんさい》力だろ！」

「そうか。それじゃ、粉砕力ということで。それで良いな？　約束な？」

「うん、それで良い。――ん？」

頷いた後、『なんか変？』と首を捻るトーヤを促し、俺たちは歩き出す。

「ねぇ、ハルカ。ナオがフラグを補強してるよ……？」

「トーヤがフラグ建築士なら、ナオはリフォームの匠《たくみ》？」

「負債《ふさい》をトーヤくんに押し付けているあたり、悪徳リフォーム業者では？」

失敬な。俺はトーヤを信じているだけなのにっ！

◇　◇　◇

「で、やっぱりまだいるわけだな。さすが安定の建築力」

「……おかしい。オレたちに固執《こしつ》する理由なんかねぇはずなのに」

未だ洞窟の入り口付近に陣取っている溶岩猪《ラーヴァ・ボアー》を見て、トーヤが不可解そうに眉根を寄せた。

「一度狙った獲物は絶対に諦めないとか、そんな習性でもあるのでしょうか？　トーヤくん、【鑑定】結果はどうですか？」

「えっとだな……特にそんなことは書いてないな。『その巨大な牙が溶岩のような色をしていることから名付けられた』とか、『肉は硬いが、肝臓《レバー》は珍味《ちんみ》』とか、『皮は非常に強靱で、防具の素材として珍重《ちんちょう》される』とか。やったな。お前たちの防具も作れるかもな？」

「斃せればね！　斃す前には非常に厄介だよっ！」

「私たちの魔法も効かなかったものね。……もしかして、火魔法に耐性があるのかしら？」

「特段そうは書いてないが、火山地帯など、かなり暑い場所に生息するとは書いてあるな。この辺はそこまで暑くないはずだが……これも、地球温暖化の影響か」

「そんな訳あるかっ‼　何でもかんでも温暖化のせいにするな。そもそもここは地球じゃない」

「冗談だ、冗談。けど、かなり珍《めずら》しいことは確かだろうな。アンデッドに加え、アイツもこの辺にいるって情報はなかったし。――でも取りあえず、火以外の魔法を使ったらどうだ？」

「う～ん、できるなら、それが良いんだろうけど……微妙なんだよね、他の魔法って」

「訓練不足だよなぁ……『石弾《ストーン・ミサイル》』でも、鍛《きた》えておくべきだったか」

その有効性の高さから、攻撃魔法に関しては火魔法を主体に使ってきた俺たち。

これまではそれで問題なかったのだが、耐性を持つ敵がいるとなると……。

「今後は他の系統も練習しましょうか。今私が使えそうなのは、『鎌風《エア・カッター》』ぐらい？　でも、伐採に使っただけで、戦闘で使った経験はないのよね」

「……馴染みのない魔法が後ろから飛んでくるのは、前衛としてはやや不安ですね。魔法は控《ひか》えめにしてもらって、近接戦闘主体で頑張ってみましょうか。トーヤくん待望の強敵ですし？」

「だから、待望ってわけじゃ……というか、ナオ、【看破】で見て、アイツ、斃せそう？　脅威度は測れるんだよな？」

「感覚的には斃せなくもないってところか。スキルとしては、【チャージ】、【串刺《くしざ》し】、【踏み潰し】なんかが見えるな。ハルカは？」

「私も同じかしら。……あぁ、【炎《ほのお》耐性】ってのも見えるわね。【魔法障壁《しょうへき》】は見えないわ」

侮ることはできないが、絶望感はない。それが俺とハルカ、共通の判断だった。

「それじゃ、頑張ってみるか！　幸いここは、戦う場所としては悪くないしな！」

「はい。周りに木々が生えていないのは大きいです。薙刀も振りやすいですし、不意に倒れてくる木を警戒する必要も、足下に注意を払う必要もありませんから」

先ほど逃げることになったのは、不意を打たれたことも大きい。

突進だけで何本もの木が倒され、それらが散乱する場所で戦うことは、あまりにも不利すぎる。

溶岩猪《ラーヴァ・ボアー》ならひょいと跨《また》げる木の幹も、俺たちは乗り越える必要があるのだから。

「あと、この洞窟もあるしね。危なくなったら逃げ込めば良いもんね！」

普通なら洞窟に籠《こ》もるなんてジリ貧だが、俺たちにはマジックバッグがある。十分な食糧、身体を清潔に保つ『浄化《ピュリフィケイト》』、水だって『水作成《クリエイト・ウオーター》』で作れるのだから、長期間の籠城《ろうじよう》も可能だ。

「でも、当然斃すつもりで挑むわよ？　――行きましょうか」

俺たちが洞窟から出るのを見て、溶岩猪《ラーヴァ・ボアー》もゆっくりと立ち上がり戦闘態勢に入るが、背後が岩《がん》壁《ぺき》だからか、先ほどのようにいきなり突撃《とつげき》してくることはなかった。

「普段なら『火矢《ファイア・アロー》』あたりで先制するところだが、今日は物理だな。――ファースト・アタックはやらせてくれ」

そう言って一歩前に出た俺が取り出すのは、属性鋼の槍を手に入れて予備に回っていた槍。

「おいおい、そんな装備で大丈夫か？」

「大丈夫だ、問題ない――って隙《すき》あらばフラグを立てようとするな、フラグ建築士！」

これでも金貨一四〇枚はする高級品なんだから。後で楽しい罰ゲーム、考えてやるっ。

「そもそも近付かないから、怪我をする心配はないしなっ‼」

本来、投げ槍と普通の槍は違うものである。だがそれは、遠くまで飛ばすことを目的としているから。近距離であれば、普通の槍でも投げられなくはない。

俺は槍を担《かつ》ぐように持つと、身体を反らし、一歩大きく踏み込んで手を離す――と同時に、魔法を発動。使うのは、時空魔法の『加重《ヘビー・ウエイト》』と『時間加速《アクセラレイト・タイム》』。

未だ実験段階だが、多少でも効果はあるだろうかと、試した魔法だったのだが――。

「ごぉおぅう――‼」

溶岩猪《ラーヴァ・ボアー》が地響《じひび》きのような叫声《きようせい》を発した。その左目には、半ばまで突き刺さった俺の槍。

「凄い⁉　ナオ、凄いよ！」

「あえて言おう。まぐれだ！」

狙ったのは頭で、目に刺さったのは完全に偶然《ぐうぜん》。もう一度やれと言われても、無理だろう。

「ついでに言えば、時空魔法のおかげだな！」

その牙で『火矢《ファイア・アロー》』をも弾く溶岩猪《ラーヴァ・ボアー》。普通に投げていれば、俺の槍も弾かれていただろう。

それに対処するため、そして威力を増すために時空魔法を使ってみたのだが、結果は想定以上。

投げた俺自身が驚くほどの速度で槍は飛び、溶岩猪《ラーヴァ・ボアー》に到達《とうたつ》した。

「こ、これはあたしも、頑張ってみないといけないかも？」

「その訓練は、追々やってくれ。それより、猪神様《ししがみさま》がお怒りだぞ？」

「そうね、これは――どうかしらっ！」

トーヤが俺の前に出て、ハルカから矢が放たれる。

俺と違って確実に目を狙ったと思われるその矢はしかし、溶岩猪《ラーヴァ・ボアー》が一歩引いたことで僅かに逸れて首筋に当たり、突き刺さることもなくポトリと地面へ落下する。

「この距離で刺さらない？　どんな強度よ。属性鋼の矢なのに……」

呆れたような言葉を漏らしつつも、ハルカは再度弓を構える。

正直、俺もこの結果は予想外である。あの巨体だけに、皮下脂肪《しぼう》がぶ厚くて矢が有効打にならないという可能性は考えていたが、まさか毛皮を貫《つらぬ》くことすらできないとか……。

「狩《か》れたら、良い革鎧《かわよろい》が作れそうですね」

「余裕があるな、ナツキ。正直、オレは剣が通るか不安なんだが？」

「通らなければ、頑張って叩いてください。そのための剣なんですから」

トーヤの剣が通らないほどの強度があれば、革鎧の素材としては最適、防御力《ぼうぎょりょく》も大幅《おおはば》アップだろうが、狩って素材とする前にこちらが狩られる危険性も大幅アップである。

「がぁぁぁーー!!」

再度叫んだ溶岩猪《ラーヴァ・ボアー》が足を踏みならし、頭を下げた。

「行きます！」

ナツキが左側へと走り、僅かに遅れてトーヤが右に。散《ばら》けた俺たちに溶岩猪《ラーヴァ・ボアー》が迷いを見せる。

そこにユキの放った『石弾《ストーン・ミサイル》』がガツンと当たり、残った俺たち三人に注意が向いた。

猪も急には止まれない。このまま突っ込んできてくれれば、背後の岩壁に自爆《じばく》してくれるかもしれない。そんな淡《あわ》い期待を抱いたのだが、溶岩猪《ラーヴァ・ボアー》は思ったよりも賢《かしこ》かったらしい。

ユキの魔法やハルカの矢を脅威ではないと判断したのか俺たちを無視、トーヤへと体を向ける。

ナツキではなくトーヤを選んだのは、彼を強敵と認めたのか、それともナツキのいる方が見えていないのか。だが、ナツキはその好機を逃《のが》さず、薙刀を大きく振りかぶった。

狙うのは脚《あし》。溶岩猪《ラーヴァ・ボアー》の巨体を考えれば、その選択は正しいのだろうが、太さはユキ三人分である。いくら高級薙刀でも簡単に斬れるものではない。

「――っ‼　硬いですね！」

それはナツキも理解していたのだろう。斬り付けたのはアキレス腱《けん》の部分。

だが、毛皮こそ切り裂いたものの、アキレス腱を断つことはできず、悔《くや》しげに大きく後退する。

さすがに攻撃されれば溶岩猪《ラーヴァ・ボアー》も背後を窺うが、そこにトーヤが攻撃を加えて注意を引き付けた。

「ナツキ、どんな感じだ？」

「凄く硬いです。こちらに敵の注意が向いていない、ほぼ理想的な状態で斬り付けて、あのレベルですから。ですが、脅威かといえば、そうでもないですね」

「それは、問題なく斃せそうってことかな？」

「硬さとスタミナ、それから突進力は怖いですが、所詮は四足《しそく》の獣。オーガーのような意外性はありません。注意すべきを注意すれば大丈夫でしょう。――時間は必要かもしれませんが」

ナツキの考察は的確である。溶岩猪《ラーヴァ・ボアー》は巨大なだけで、行動原理は読みやすい。

予想外を予想しても、木の枝に飛び乗って移動することはないだろうし、二本脚で立ち上がって殴りかかってきたりすることもないだろう。【看破】を信用するのであれば尚更。

「それも、あの毛皮を貫ける攻撃があってこそよね。ダメージが与《あた》えられなければ、ひたすら追いかけられて、踏みつけられて、伸《の》し掛かられるだけで、大半の冒険者は死ぬだろうし」

「はい。ですが、私たちには可能です。左側面からダメージを蓄積《ちくせき》させていきましょう」

「正面は、トーヤに任せて？」

「正面があるから側面があるんですよ？　トーヤくんが頑張ってくれないと、こちらが正面になります。見てください。トーヤくんも念願の強敵と戦えて、あんなに楽しそう」

楽しそうかどうかは議論の余地があるが、溶岩猪《ラーヴァ・ボアー》の牙とトーヤの持つ剣でガッキン、ガッキンと音を響かせて、遣り合っている。

俺たちがいるからか、トーヤも無理に突っ込むことをせず、現状維持《げんじょういじ》を優先している様子。

トーヤが引けば溶岩猪《ラーヴァ・ボアー》もこちらに向き直るだろうし、場合によっては距離を取って突進してくることも考えられる。だから、その選択は正しいのだろうが――。

「でも、さすがに不憫《ふびん》だから援護に行ってくる。ハルカたちも注意して削ってくれ」

三人をその場に残し、俺も溶岩猪《ラーヴァ・ボアー》の正面に。新たに視界に現れた俺に、溶岩猪《ラーヴァ・ボアー》が目を向けてくるが、その瞬間にトーヤの剣が頭に入り、慌てたようにそちらの対処を優先する。

「トーヤ、いけそうか？」

「牙が硬《かて》ぇ！　あれ、属性鋼に匹敵《ひってき》するんじゃねぇ⁉」

文句を言いつつも、トーヤの動きに遅滞《ちたい》はない。

イライラした溶岩猪《ラーヴァ・ボアー》が脚を踏みならして下がろうとすれば、その分前に出て攻撃を加える。

そうすれば溶岩猪《ラーヴァ・ボアー》も対処せざるを得ず、他の行動には移れない。

与えているダメージは少ないが、動きはほぼ完璧《かんぺき》に封《ふう》じているのだから大したものだ。

「――『石弾《ストーン・ミサイル》』」

俺が狙うのは無事な右目。これで潰せるとは思わないが、トーヤの援護にはなる。

「よっしゃ！　ナオ、その調子で――」

ドゴンッ‼

「ビギィィィ――！」

トーヤの言葉を遮るように、左後ろ脚の辺りで大きな爆発。絶叫《ぜっきょう》が響き、巨体が傾ぐ。

「毛皮を斬ったら、火魔法でもいけるよ！　魔力、大量に使うけど！」

「聞こえたな、トーヤ！」

「聞こえた！　が！　まだオレ、ほとんど攻撃が当たってないんだが？」

ハルカたちが攻撃できるのはトーヤのおかげだが、その代わりに彼の攻撃は有効打となっていない。だがそれで問題ない。俺たちはパーティーなのだから。

「そのままで頼む。攻撃はハルカたちに任せる！」

「了《りょう》～解《かい》～っと！　くぅ、この牙、厄介だな！」

などと言いつつも踏み込んだトーヤが、左目に刺さったままの俺の槍に手を伸ばし、一気に引き抜く。再び絶叫。振り下ろされた牙を避け、トーヤは抜き取った槍を俺に投げ渡す。

「できれば、右目も頼む！」

「おう！　——うげ」

半分ほどは突き刺さっていたため、色々と汚れている槍に顔を顰めつつ、俺はもう一度目を狙うが、最初とは異なり溶岩猪《ラーヴァ・ボアー》もこちらを警戒しているし、トーヤと遣り合っていても簡単ではない。

そしてトーヤの剣が牙の間を抜けて溶岩猪《ラーヴァ・ボアー》の鼻面に叩き込まれ、一瞬、その動きが止まった。

次の瞬間、俺とユキが同時に動いた。

先ほどよりも近距離で放った槍は、狙い通りに右目に当たったが、結果はイマイチ。

穂先が刺さっただけですぐに抜け落ち、地面へと転がった。

そしてユキが狙ったのは、溶岩猪《ラーヴァ・ボアー》の左前脚。ナツキが傷付けたのと同じアキレス腱を狙ったようだが、彼女《かのじょ》が持つのはナツキとは違い、明らかにリーチの短い小太刀《こだち》。

より深く踏み込むことで切り裂くことに成功したが、それは非常に危険な賭《か》けでもあった。

トーヤの攻撃、俺の攻撃、そしてユキの攻撃。複数の攻撃をほぼ同時に受けた溶岩猪《ラーヴァ・ボアー》が、咆吼を上げながら我武者羅《がむしゃら》に牙を振り回し、脚を踏みならす。

それは決して狙ったわけではないのだろうが、溶岩猪《ラーヴァ・ボアー》の体が後退するユキを追いかけるように動き、振り上げられた脚が彼女に迫《せま》る。

「——っ‼」

咄嗟に身を丸めたユキ。だが、そこに割り込んだのはトーヤだった。

彼に押され、ユキの身体が数メートルほど地面を転がる。その代わりに彼女を庇《かば》ったトーヤが、まるでトラックにでも撥ねられたかのように直線で飛んだ。

そして、一〇メートルは離れた木の幹に激突。撥ね返されるように倒れ込んだ。

「トーヤ！」

ここからでも確認できるほど、凹《へこ》んでしまったブレストプレート。

そのことに嫌な汗がぶわっと噴き出る――が、その身体が動いたのを見て、息を吐く。

――一切《いっさい》ケチらず、防具を更新しておいて良かった！

属性鋼であの状態。普通の鉄だった以前のブレストプレートなら、どうなっていたことか。

「良くやった！　罰ゲームは免除《めんじょ》してやる！」

俺がそう叫ぶと、トーヤがプルプルと右腕を挙げ、サムズアップ。

「あいる、びー、ばーっく……」

――案外、大丈夫そうだな。すぐに立ち上がれはしないようだが。

そちらは駆け寄るハルカに任せ、俺はトーヤが抜けた穴を埋めるように溶岩猪《ラーヴァ・ボアー》に向かうが、そのポジションは既にナツキが埋めていた。

なので、転がったユキを引き起こし退避《たいひ》。魔力を練ることに専念する。

狙いはユキが傷付けた左前脚。【炎耐性】があっても、それを上回る威力の魔法なら、十分に効くことは既にユキが証明済み。オークなら数匹分貫ける『火矢《ファイア・アロー》』を更に押し固め――。

「――――『火矢《ファイア・アロー》』‼」

普段よりも明らかに白く眩《まぶ》しい『火矢《ファイア・アロー》』が、左前脚の傷口に向かって疾《はし》り――突き抜けた。

そしてその先にある右前脚に激突、爆発してそこも大きく抉った。

威力は予想外。だが、目的は達《たっ》した。

これだけの巨体、片側の脚を失えば支えられるはずもない。

上がる絶叫、大きく傾ぐ巨体。

頭を地面に擦《こす》り付けるようにして耐えようとした溶岩猪《ラーヴァ・ボアー》だったが、それは僅かな時間だった。

あれだけトーヤの攻撃に耐えた牙が一本、根元からへし折れ、バランスを崩す。

大きな地響き。巨体がひっくり返り、その無防備な腹を曝《さら》した。

こうなってしまえば、もう無理をする必要もない。

俺たちは距離を取りつつ削っていき、程なく溶岩猪《ラーヴァ・ボアー》は斃れたのだが――。

「残念なことに、トーヤは二度と、俺たちの元には戻らなかったのだった……」

「ありがとう、トーヤ！　敵《かたき》は……、敵は取ったからね！」

「――いや、めっちゃ不吉《ふきつ》なモノローグを入れてるけど、生きてるから！　オレ、無事だから！」

俺とユキは流れる液体を拭《ぬぐ》い、青く晴れた空を見上げる。

「ユキ、今日の勝利は……少し塩っぱいな」

「そうだね……。トーヤもきっと、遠くから見てくれているよ」

「それ、汗だから！　お前ら、めっちゃ汗だくだから！　――いや、見てるけどね？　確かに見てるけどね！　すぐ傍から！　お空の上じゃないから！」

まるでトーヤの声に聞こえる風に吹かれながら、俺たちは静かに瞑目《めいもく》した。

サイドストーリー「翡翠《ひすい》の翼　其《そ》ノ三」

「お、あそこの女の子、可愛《かわい》くね？」

「どこ――ぉお？　マジじゃねぇか⁉　こ、声掛《か》けてみようぜ！」

「おいおい、お前ら、止《や》めとけ、止めとけ。あれは〝翡翠の羽〟だぞ？」

「ん？　有名なパーティーなのか？」

「ちっ。知らねぇのかよ。じゃあ、〝天使のようなドS《エンジエリック・サディスト》〟がいるパーティーって言えば解《わか》るか？」

「げっ。マジで⁉　見えねぇけど……はぁ～、なるほどなぁ。納得《なつとく》だ」


なんか、私の二つ名を聞いて若い冒険者《ぼうけんしや》がドン引きしている今日この頃《ごろ》、皆様《みなさま》いかがお過ごしでしょうか？　お久しぶりです。喜多村佳乃《よしの》です。

〝オーク・イーター〟という不名誉《ふめいよ》な渾名《あだな》はだいぶ薄《うす》れ、翡翠の羽も浸透《しんとう》してきた昨今、私たちは元気に生きています――が！　なんで？　なんで、パーティー名より二つ名の方が有名なの？

しかも！　歌穂《かほ》や紗江《さえ》じゃなくて、私の二つ名が挙がるの？　『納得』ってなに⁉

おかしい。目立つのは絶対に二人の方なのに！

治療《ちりよう》するときも、気遣《きづか》うような表情を心掛けたのに！

オーク狩《が》りを控《ひか》えめにして、普通《ふつう》のお仕事も頑張《がんば》ったのに！

「そのへん、どう思う？　サーラ」

馴染《なじ》みの受付嬢《うけつけじょう》に尋《たず》ねてみれば、彼女《かのじょ》は唇《くちびる》に指を当てて考えるように上を見る。

「そうですねぇ……たぶん、関《かか》わりが多いからじゃないですか？　他のお二人は遠くから見ることはあっても、直接話すことはあまりありませんが、ヨシノさんは頼《たの》まれれば治療しますよね？　それにパーティーリーダーもヨシノさんですよね？」

「そのへんかぁ……そろそろ治療を受け付けるの、止めようかなぁ？」

最初はあんまりお金がなかったし、私たちがサールスタットで診療所《しんりょうじょ》をしていたことを知っている冒険者がいたこともあり、頼まれれば積極的に治療を行っていた。

でも今となっては、そうやってお金を稼《かせ》ぐ必要もないし、面倒事《めんどうごと》も多くなっていて……。

「止めちゃうんですか？　勿体《もったい》ないですね。ファンもいるのに」

「それが嫌《いや》なの！　怪我《けが》してるのに、ニヤニヤと嬉《うれ》しそうな冒険者とか、関わりたくないし」

「そこは勘弁《かんべん》してあげてくださいよ～。冒険者なんて、異性とふれあう機会が少ないんですから」

「無理。そういうのは、サーラに任せるよ」

「あ、私も無理です。冒険者とか、絶対」

凄《すご》くあっさり拒否《きょひ》したサーラの言葉を聞き、ギルドの中で何人もの冒険者が突《つ》っ伏《ぷ》した。

このギルドで一番ぐらいに若くて綺麗《きれい》な人だからね、サーラ。

でも、自分が無理なことを、人に押《お》し付けるのはよろしくないと思う。

「……やっぱり、当面は中止します。それより、今日呼ばれた用事はなにかな？」

「あぁ、そうでした。実はですね、皆《みな》さんに指名依頼《いらい》が来ています」

「指名依頼？　私たちに？　まだランク二の冒険者なのに？」

そういうのって、もっと高ランクの冒険者に来るものじゃ？

指名依頼とは、その言葉通りに特定の冒険者を指名して仕事を依頼すること。

でも、指名されるためには、それなりに名前が売れてないとダメなわけで。

私たちも冒険者には多少知られてると思うけど、普通の人たちにはそうじゃないよね？

そんな気持ちが表情に表れていたのか、サーラが苦笑《くしょう》して首を振《ふ》った。

「ランクは低いですが、皆さんはちょっと特殊《とくしゅ》ですからねぇ。特化した技術を持っているので、こういった依頼は来やすいと思いますよ。取りあえず、こちらを見てみてください」

「……うわぁ、面倒くさそうですね」

手渡《てわた》された依頼票にさらっと目を通して顔を顰《しか》めた私に、サーラが眉尻《まゆじり》を下げる。

「面倒とか言わないでくださいよ。一応、領主様ですよ？」

「それが面倒なの！」

そう、依頼主《いらいぬし》として書かれていたのはオーニック男爵《だんしゃく》。この町を治める領主である。

「しかも仕事内容が溜《た》め池造りって……指名依頼にすること？」

冒険者ギルドの斡旋《あっせん》する仕事には、日雇《ひやと》いでの肉体労働や簡単な軽作業なども含《ふく》まれる。

だから土木作業員をギルドで募集《ぼしゅう》するのは普通なんだけど、指名依頼とするのはちょっと変。

そもそも私たち、そんな肉体労働には向いてないし——歌穂は除くけど。

「サエさんの魔法《まほう》の威力《いりょく》を聞きつけたようですね。ドカーンと造って欲《ほ》しいのでは？」

「ええ……？　溜め池って、そんな造り方じゃダメだよね？　私たちにできるとは……」

詳《くわ》しくは知らないけど、そんな簡単なものじゃないと思う。

ただ穴を掘《ほ》るだけじゃ水なんて溜まらないと思うし、取水方法だって考えないとダメだよね？

それに、いくら紗江の魔法が凄くても、一発で池ができるほどの威力はない。

「さすがに完全に丸投げってことはないと思いますが……。引き請《う》けてくださるのであれば、担当者が詳しい説明に来られるそうですし、その時に訊《き》いてみては？」

「引き請けた後では意味がないよ～。……でも、ギルドとしては請けて欲しいんだよね？」

「領主様からのご依頼ですし、できれば。請けて頂ければ、ギルドへの貢献《こうけん》として評価され、冒険者ランクが上がりやすくなるメリットもありますよ？　もちろんヨシノさんたちの判断を尊重しますし、お断りになるのであれば、できるだけ角が立たないように対処もしますけど」

う～ん、ギルドとは良い関係でいたいし、できれば請けた方が良いんだろうけど……。

――取りあえず、歌穂たちと相談かな？

◇　◇　◇

「――ってことで、依頼票を貰《もら》ってきたよ」

場所は変わって自宅。私と歌穂、それに紗江の三人で借りている一軒《いっけん》家。

庭もない小さな家だけど、最近、洗濯室《せんたくしつ》に小振《こぶ》りの風呂桶《ふろおけ》が設置されて、少しだけ生活環境《かんきょう》が改善された――といっても、滅多《めった》に入れないんだよね。お湯を張るのがとても大変だから。

水を沸《わ》かすのは紗江の『加熱《ヒート》』で対処できるけど、水自体はどうにもならず、共同井戸《いど》で桶に汲《く》んで、えっちらおっちら。小さな風呂桶とはいえ、いっぱいにするのはかなりの重労働。

それでも他に手段がなければ頑張ったんだろうけど、『浄化《ピュリフィケイト》』があるから、お風呂は娯楽《ごらく》みたいなものなんだよねぇ。だから、お風呂に入るのは、たまの贅沢《ぜいたく》。でも、今、紗江が水魔法を練習してるから、そのうち気軽に入れるようになるかもと、ちょっと期待している。

「指名依頼……私の魔法を期待して、なのです？」

「たぶんね。だから、仕事を請けるかどうかは紗江次第《しだい》かな？　嫌なら断っても良いと思う」

「難しいです……」

依頼票を見て考え込《こ》む紗江とそれを横から見る歌穂。私はそんな歌穂の肩《かた》にポンと手を置く。

「やったね、歌穂。キャンペーンが続いたよ？」

「これ、続いたと言うのかのぅ？　キャンペーン云々《うんぬん》言っていたのは、随分《ずいぶん》前の話じゃぞ？」

「でもほら、場所をよく見て。この前、ゴブリン討伐《とうばつ》に行った場所だよ？」

正確に言うなら、溜め池を造るのがあの村――レジナ村の近くで、工事の拠点《きょてん》や作業員の供給元としてあの村が利用されるらしい。もしもあの時の村長がいるなら即決《そっけつ》で断るところだけど、追い出されて別の人に代わったそうだし、そのことがまた悩《なや》む理由にもなっているんだよねぇ。

「それだけでキャンペーン扱《あつか》いは乱暴なのじゃ。せめて関連がないと。そうじゃな……前回のゴブリン。実はあれを集めた黒幕がおって、それが今回の依頼主、というのはどうじゃ？」

「『どうじゃ？』とか言われても困りますの。それより、この依頼を請けるかどうかです」

ニヤリと笑った歌穂の言葉を、紗江がバッサリ切り捨て、本題を突き付ける。

「うぐっ……ちょいと無理があったか」

「無理というか、それだと領主が悪役になるからねぇ。物語としては面白《おもしろ》いけど、現実としてこの領地に住んでる私たちとしたら、それはシャレにならないよ？」

「それもそうじゃな。オーニック男爵は評判の良い貴族みたいじゃしのぅ」

今回の溜め池も、今後の農地拡大や干魃《かんばつ》に備えての先行投資とかなんとか。

この前の村長もきちんと処分されたようだし、領民のことを考えているのは間違《まちが》いないと思う。

そんなことも踏《ふ》まえ、しばらく考えていた紗江が出した答えは――。

「私としては、請けても良いと思いますの」

「同意じゃ。溜め池ができれば、人助けにもなるじゃろうしな」

「それじゃ、請けると連絡《れんらく》しておくね」

そんな領主の出すお仕事ならきっと、そう悪い依頼じゃないと思うしね？


――と、思っていたんだけどねぇ。

「私はダムロス準士爵《しゃく》だ。領主様から、この件の担当者に任じられた」

仕事の説明に来た人は、偉《えら》そうにふんぞり返ってそう名乗った。

年齢《ねんれい》は三〇代後半？　灰色の短髪《たんぱつ》を整髪料で固めて後方に流し、広い額を見せつけている男性。

やや痩《や》せ形で体を鍛《きた》えている様子はなく、外見的特徴《とくちょう》は少ないけれど、そんなことなど関係ないほど印象的なのはその臭《にお》い。たぶん香水《こうすい》なんだろうけど、なんて言うか、もう、端的《たんてき》に臭《くさ》い。

是非《ぜひ》もなく悪臭《あくしゅう》。ちょっとつけすぎたとかそういうレベルじゃない。

思わず鼻を押さえそうになったけど、頑張って耐《た》えた私、偉い。

歌穂なんて、私の背後に隠《かく》れて鼻を摘《つ》まんでるもの。獣人だから仕方ないとは思うけどね。

ここはギルドが用意してくれた部屋。室内にはダムロスさんと私たち三人以外にサーラもいるけれど、彼女の表情も引き攣《つ》り気味。

いや、むしろよく笑顔《えがお》を保っていると褒《ほ》めるべきかも？

「よろしくお願いします。〝翡翠の羽〟の佳乃です」

私はそう言って頭を下げたが、ダムロスさんは軽く鼻を鳴らすだけで、何も言わない。

……そりゃね？　依頼主だけどね？　お客様だけどね？

挨拶《あいさつ》を返すぐらいは大人として常識じゃない？　ダムロスさん――いや、ダムロス。

それを見たせいか、歌穂と紗江も無言を保ったので、仕方なく私が話を進める。

「――それで、依頼について訊かせて頂きたいのですが、私たちは何をすれば？」

「これだから下賤《げせん》な平民は。文字も読めないのか？　溜め池造りと書いてあっただろうが」

バカにしたようにため息をつくダムロスに忍耐力《にんたいりょく》を試されつつ、私は笑《え》みを作る。

「それは読みましたが、溜め池を造るにも穴を掘るだけじゃダメですよね？　私たちは素人《しろうと》ですし、とても簡単に造れるものではないと思いますが？」

至極《しごく》当然なことを指摘《してき》した私に対し、だがダムロスは、鼻で笑った。

「冒険者ごときにそのような知恵《ちえ》は期待しておらん。もちろん、専門家を招聘《しょうへい》している。お前らは言われるまま、ただ身体《からだ》を動かせば良い。そのぐらいならできるだろう？」

『じゃあ、それも依頼票に書いておけ！』と口から出そうになるのを抑《おさ》え、私は頷《うなず》く。

「そうですか。それでは――」

「私は忙《いそが》しい。細かいことは紙に纏《まと》めておいてやった。これを読んでおけ」

詳しい話を訊こうとした私の言葉を遮《さえぎ》り、ダムロスはテーブルの上に数枚の紙を放《ほう》り出して立ち上がると、「予定に遅《おく》れるなよ」と言い置いて部屋を出ていってしまった。

「「「……」」」

部屋の中に沈黙《ちんもく》が落ち――最初に爆発《ばくはつ》したのは歌穂だった。

「なんじゃ、彼奴《きやつ》は！　鼻が曲がりそうだったぞ⁉」

「態度も酷《ひど》かったですが、そんな印象を掻《か》き消すほどの悪臭でしたの……」

「確かにあれは酷かったですね」

地団駄《じだんだ》を踏んでいる歌穂ほどではないけど、紗江もまた綺麗な顔を酷く顰め、サーラは部屋の窓を大きく開けて深呼吸している。

「あぁ、エルフも鼻は良いんだよね、獣人ほどじゃなくても。私もかなりキツかったし……質《しつ》の悪い香水でも付けてるのかな？　鼻が悪いのか、趣味《しゅみ》が悪いのか」

「趣味？　あれが趣味⁉　それはいろんな意味で壊滅的《かいめつ》じゃぞ⁉」

「いや、判らないけどね？　普通に考えたら、両方悪いんじゃないかと思うけど」

良い香《かお》りの香水でも、その原料は臭いが強すぎて悪臭だったりするそうだし。

鼻が利かない人だと、あれも良い匂《にお》いに感じられたり……するかなぁ？

「もしかして貴族の間で流行ってたりするのです？　準士爵って言ってましたし、貴族ですよね？」

紗江が尋ねると、サーラは苦笑して首を振った。

「ないと思いますが、あれが流行っている貴族社会は嫌ですね……。準士爵は一応は貴族ってことになるんでしょうか。分類としては騎士《きし》爵のその下、準騎士爵ということになるんですが……名乗る人は初めて見ましたね。崖《がけ》っぷちを宣言するようなものですし」

この国での貴族の地位は、決して安泰《あんたい》なものではない。

領地貴族なら普通に統治するだけで地位を維持《いじ》できるけど、そうじゃない貴族は大変。

親に功績がなければ、襲爵《しゆうしやく》のときにワンランクダウン。本人に能力がなければ、更《さら》に下げられることもあり、無能な貴族は世代交代する度に一つか二つ、爵位が下がる。

その一番下が準騎士爵。言うなれば、貴族の位に指一本引っ掛かっているようなもの。

「それで、下賤とか、平民とか言っておったのか？　……むしろ滑稽《こっけい》じゃのぅ」

歌穂が呆《あき》れたように肩をすくめ、サーラを含めた私たちが深く頷く。

「でも、面倒なお仕事になりそうです。その紙には何が書いてあるのです？」

「あぁ、そうだね――って、その前に。『浄化《ピュリフィケイト》』とおまけで、『殺菌《ディスインファクト》』」

やや強めに魔法を使えば、部屋全体を柔《やわ》らかな光が包み、辺りが爽《さわ》やかな空気に満たされる。

「……おぉ、さすが佳乃じゃの。楽になったわい」

歌穂がホッと息を吐《は》くと、テーブルの紙を纏めて手に取り目を通す。

「ふむ……簡単といえば簡単じゃな。仕事の内容は大まかに四つだけじゃ」

・指定日時にレジナ村で専門家と合流すること
・専門家が溜め池の場所を視察するのに同行し、護衛すること
・魔法によって硬《かた》い地面の掘削《くっさく》を助けること
・魔物が出たら討伐し、作業員の安全の確保に努めること

私も読んでみたけれど、書いているのはこんな感じ。書類としてはよくできている。

「綺麗に纏まった文章だけど……あの人が書いたのかな？　あんまり想像できないなぁ」

「仕事自体は簡単そう……。でも、人間関係が面倒なのです。サーラ、知っていました？」

「冒険者ギルドは、そこまで非道な組織じゃないですよ？　最初の依頼を持ってきたのは別の人でした。彼《かれ》が来ていたら、ヨシノさんに伝えてますよ……」

ダムロスを紹介《しょうかい》することを、さり気なく『非道』とか言っているあたり、サーラも相当だけど、実際それぐらいの人物だよねぇ。いろんな意味で、近付きたくない。

「ちなみに、今から断ることは……できないよね？」

「えっと、それは……すみません」

「ですよねぇ……」

サーラは申し訳なさそうに頭を下げ、私たちは揃《そろ》ってため息をつく。

解ってはいた。一度引き受けた領主からの依頼を、こちらから断るなんてできないことは。

せめて専門家とか、他の関係者がまともであることを祈《いの》るしかない、かぁ……。

数ヶ月ぶりに訪《おとず》れたレジナ村の畑では、若葉が萌《も》えていた。

山間を吹《ふ》く風がサラサラと涼《すず》やかな音を立てる中、私たちは畑を抜《ぬ》けて村長の家へと向かう。

「まともな人が村長になってたら良いけど……」

「今度もクズなら、それを口実に仕事を断れるかもしれんの」

「そのためにまた襲《おそ》われるのは嫌です……溜め池造りの前に、村長の家が消滅《しょうめつ》するのです」

「止めて⁉　私たちも一緒《いっしょ》に消滅しちゃうから！」

顔を顰めてかなりマジな、暗いトーンで呟《つぶや》く紗江を宥《なだ》めつつ、村長の家に到着《とうちゃく》。

やや憂鬱《ゆううつ》な気分で扉《とびら》をノックすれば、顔を覗《のぞ》かせたのは意外な人物だった。

「あれ……？　確か……デールさんでしたよね？　猟師《りょうし》の」

「おっ？　依頼を請けてくれたのは嬢《じょう》ちゃんたちだったのか！　ははっ、こりゃ期待以上だ！」

デールさんの方もこちらを覚えていたようで、私たちの顔を見回して嬉しそうに笑った。

「なんじゃ、デール、またおぬしが儂《わし》らの道案内か？　まさか、専門家ってことは……」

「違《ちが》う違う。それは別に来ているさ。実はなぁ、今の村長は俺《おれ》なんだよ」

「え？　デールさん、村長になったんです？」

「なんかなぁ……いや、ある意味、嬢ちゃんたちのおかげでもあるんだが……」

私たちがゴブリンを虐殺《ぎゃくさつ》して、死体を放棄《ほうき》して帰った後。

デールさんはゴブリンの死体を独り占《じ》めにはせずと言うべきか、面倒なことを手伝わせたと言うべきか、村人たちを取り仕切って魔石の回収や後片付けを行ったらしい。

もちろん、成果は山分けにしたので不満が出ることもなかったのだが、それと前後して発生したのが、村長親子の追放。さて、次の村長を誰《だれ》にするかとなった時、『腕《うで》っ節も強いし、公正っぽいデールで良いんじゃね？』となったとかなんとか。

「器じゃねぇとは思ったんだが、『どうやっても前の村長よりはマシだ』とか、『気軽にやれよ』とか言われてなぁ。それじゃ、一つ引き受けてみるか、と」

「適当じゃのぉ。ま、村じゃとそんなものか。――ちなみにじゃが、臭いのはおるか？」

「臭いの？　溜め池造りの専門家は男臭い人だが、特に臭くはねぇと思うぞ？　俺としては」

鼻の頭に皺《しわ》を寄せて尋ねる歌穂に、デールさんは訝《いぶか》しげに首を捻《ひね》った。

「いや、おぬしが気にならん程度なら良いんじゃ。気にするな」

歌穂としてはダムロスが来ていないか確認《かくにん》しただけなんだろうけど、デールさんは急に不安げな表情になって、自分の身体の臭いを嗅《か》いだ。

「……え、もしかして俺、加齢臭《かれいしゅう》がしたりするか？　最近娘《むすめ》が近付かないのは……？」

「気にするほどではないぞ？　それより入らせてもらっても良いか？」

「あ、あぁ、入ってくれ。専門家は既《すで》に中で待っているから」

扉を開けてくれたデールさんの隣《となり》を抜け、私たちは家の中へ。

背後では、「……うん？　『気にするほどでは』ってことは、臭うってことなんじゃ？」とデールさんが呟いているけど、それは仕方ない。人間だもの。

娘さんが近付かなくなるのも仕方ない。思春期ってそういうものだもの。

悲しき父親にフォローする言葉を持たない私は、無言で前回案内された応接室兼《けん》食堂みたいな部屋へと向かい、そこで専門家と思われる人と対面した。

年齢は三十代後半、良く日に焼けた肌《はだ》と鍛えられた肉体はとても健康そうで、如何《いか》にも外で働く男性という感じ。正にデールさんが言った『男臭い人』がそこにいた。

「お？　もしかして、お嬢ちゃんたちが護衛の冒険者か？　若い女の冒険者とは聞いていたが……これは想像以上だったな。しかも、美人ばっかじゃないか。俺はニコラスだ。よろしくな！」

聞きようによっては不快な言葉。

でも、ニコラスさんの持つ雰囲気《ふんいき》のせいか嫌味《いやみ》は感じず、私も笑顔で挨拶を返す。

「あ、はい。今回の依頼を請けた〝翡翠の羽〟、リーダーの佳乃です」

「儂は歌穂じゃ」

「紗江です。――あの、担当者の彼は？」

「あぁ、アイツは来てねぇぞ。いても邪魔《じゃま》なだけだからな。来るなって言っておいた！」

おぉ！　グッジョブだよ、ニコラスさん！

それだけで好感度は急上昇《きゅうじょうしょう》、仕事まで上手《うま》くいきそうな気がしてくる。

担当者はハズレを引いちゃったけど、専門家はアタリじゃないかな⁉

「それは、ありがとうございます。大変助かったのです」

「お、おぅ、まぁ、理由はなんとなく解るが……ま、明日からの調査、よろしく頼むぜ？」

紗江のような美人に、満面の笑みでお礼を言われ、やや怯《ひる》んだように言葉を詰《つ》まらせたニコラスさんだったが、すぐに相好を崩《くず》してそう言ったのだった。


私たちとニコラスさんは、翌日から早速《さっそく》、村の周辺の調査を開始した。

といっても、闇雲《やみくも》に歩くわけではなく、事前におおよその候補地は決まっていて、そこを専門家であるニコラスさんが調査する形。私たちの仕事はその露払《つゆはら》いである。

ただ、出てくる魔物はゴブリン程度だから、文字通りに露でしかないんだよねぇ。

軽く払いつつ、ニコラスさんを護衛して候補地を回っていく。

「——ここはダメだな。地質が悪い。造れないことはないが、手間がかかりすぎる」

「——地質は悪くないが、場所がダメだな。ここじゃ畑に水を引けない」

「——立地としてはかなり良いが、近くに泉がある。できれば避《さ》けたい場所だな」

思った通り、色々条件がある様子。やっぱり専門家は必要だよね。私たちじゃ無理。

でもちょっと気になったのが——。

「泉が近いとダメなんですか？」

「溜め池を造ること自体には問題ない。だが、あまり近くに造ると泉に変化が出ることがあってなぁ。できれば避けたいし、自然への影響《えいきょう》も少なくしたいからな」

「それは、自然を守るために、ということなのです？」

紗江が少し驚《おどろ》いたように尋ねるが、むしろニコラスさんの方が驚きも顕《あら》わに訊き返した。

「自然を守る？　何でだ？　そんなんじゃなく、安全のためだ。あまり環境を乱すと、予想外の形で悪影響が出ることがある。それを防ぐ、もしくは最小限に抑えてこそプロだろう？」

あぁ、そっか。この世界だと、自然は守るものじゃなくて、戦うものだよね。

悪影響を減らそうとするのも、自然破壊《はかい》を避けるとか、種の保全とかそんな理由じゃなく、単純に魔物の生息地が変化して、人里を襲ったら困るから。

そんなことも考慮《こうりょ》しつつ候補地を回り、五箇所目《かしょめ》。ニコラスさんが頷いた。

「よし、ここなら問題ないだろう！」

そこは灌木《かんぼく》の多いなだらかな斜面《しゃめん》。普通は伐採《ばっさい》作業からして手間がかかるんだろうけど——。

「それじゃ、この辺り一帯の木を処理してくれ。……できるんだよな？」

「木を吹き飛ばせば良いんですか？　解りました。——『爆　炎《エクスプロージョン》』」

ニコラスさんが私たちの背後に退避《たいひ》するのを確認し、紗江が魔法を発動。

直径一〇メートルほどの範囲《はんい》の地面が爆発を起こし、そこに生えていた木がバラバラになった。

それらは土と共に舞《ま》い上がり、一部は私たちの方にも飛んできたが、一歩前に出た歌穂がすべて弾《はじ》き返し、後ろへは一つも抜けなかった。

後に残ったのは、大きな穴とその中に残る粉々《こなごな》になった灌木、それと落ちてきた土砂。

ただ、威力よりも範囲を重視したのか、穴の深さは五〇センチほどであまり深くはない。

以前はなんとなくで魔法を使っていた私たちも、この程度の調整はできるようになっている。

だけど、その結果を見たニコラスさんはポカンと口を開け、魂《たましい》が抜けるような息を漏《も》らした。

「………はぁぁぁ～？　いや、凄い魔法が使えるとは聞いていたけどよ、凄すぎねぇ？　何で嬢ちゃんみたいなのが、こんな田舎《いなか》にいるんだよ。迷宮《めいきゅう》都市や王都にいるタイプの冒険者だろ？」

爆発跡《あと》と紗江を見比べて、ニコラスさんは信じられない物を見るかのように何度も瞬《まばた》きをしていたが、やがて頭を振って、「まあ良いか」と言葉を続けた。

「それで、これはあと何回ぐらい使えるんだ？」

「そうですねぇ、休み休みなら、一日に……八回ぐらいですの」

最初は『爆　炎《エクスプロージョン》』一発で倒《たお》れた紗江も、今ではあまり負担なく使えるようになっていた。それは私たちが成長したことに加え、状　況《じょうきょう》によって威力の調整ができるようになったことが大きい。

でも八回だとやや控えめかな？　たぶん、余裕《よゆう》を持って言っているんだろうね。

「凄《すげ》ぇな。一日で木の処理が終わるじゃねぇか。普通はこれに時間がかかるんだがなぁ」

「でも、土砂は落ちてくるので、あまり効率的ではないのです」

「あぁ、そのへんは心配するな。作業員に運び出してもらうからよ。最近、土を掘ったり運んだりするのに便利な道具が発売されてなぁ。〝ショベル〟とかいう名前の。意味は解らねぇが、これがよくできていてな。単純っていや単純な物なんだが、工事はかなり効率化されたんだぜ？」

紗江の指摘に、どこか自慢気《じまんげ》に知識を披露《ひろう》してくれるニコラスさんだけど……。

「（ショベルって、アレだよね？　ホームセンターで売ってる）」

「（それ以外にはないじゃろ。ニコラスも意味は解らないって言っておるし……いや、儂も〝ショベル〟の意味なんぞ、知らんのじゃが）」

「（私たち以外にも、頑張ってるクラスメイトがいるみたいです）」

そんなことをこそこそ話している私たちには構わず、ニコラスさんは背負っていた袋《ふくろ》から縄《なわ》と杭《くい》、大きな木槌《きづち》を取り出すと、それを持って歩き出した。

「そいじゃ、お前たちは休んでいてくれ。俺は縄張《なわば》りをするからよ」

「——って、ちょっと待つのじゃ。大丈夫《だいじょうぶ》じゃと思うが、儂らは一応護衛じゃぞ？」

歌穂が慌《あわ》ててその後を追いかけ、ニコラスさんの隣で周囲の警戒《けいかい》を始めたが、やがて彼が杭を打つ速度にしびれを切らしたのか、半ば強引《ごういん》に木槌を奪《うば》い、その剛力《ごうりき》でガンガンと打ち込んでいく。

「カホ、凄いな⁉」

「当然じゃ。この巨大《きょだい》な剣《けん》を振り回すんじゃぞ？　非力ではやっとれんわ！」

などという会話を遠くに聞きながら、私は紗江の護衛。

ゴブリン程度なら、紗江でも魔法を使わず斃《たお》せるけど、一応ね。

「……たぶん、穴を掘るのなら、土魔法を使う方が効率的かも？」

「なら、そっちにする？　火魔法ほどじゃないけど、紗江、土魔法も結構レベル高いよね？」

なんといっても、私たちの最初の家は紗江の魔法によって作ったようなもの。

あれがなければ野宿を続けることなんてできなかった——いや、野宿をすることになったと言うべきかな？　あの診療所兼住宅は、ちゃんとした家になってたからね。

「止めておきますの。期待されているのは火魔法で土を解《ほぐ》すこと。ニコラスさんだけなら別に構わないですが、ダムロスがいるのが……あまり情報を与《あた》えたくないです」

「だよねぇ。このまま来なければ良いけど、一応担当者らしいしねぇ……」

「仕事相手に不快感を与えるなんて、社会人として失格です。あんなのを部下として使っているなんて、オーニック男爵、期待外れですの。オーク男爵で十分です」

「いやいや、確かにそう呼ばれているみたいだけど、公の場では言わないでね？」

などと、紗江と雑談をしながら休んでいる間に、縄張りも完成。範囲は直径四〇メートルぐらいかな？　やや歪《いびつ》な円形だけど、溜め池としてはかなり大きいようにも思える。

「そいじゃ、あの縄を目安にバンバンやってくれ！　——あぁ、ギリギリは狙《ねら》わなくて良いからな？　あそこから少し内側に堤《つつみ》を作るからその辺りまでで」

「解りましたの。では、いきます——！」

それから紗江は夕方まで断続的に魔法を放ち、その日のうちに更地《さらち》を造り上げたのだった。

「おーい、グレスはあっちの手伝いに回ってくれ！　キルンは少し休め！　無理しすぎだ！」

紗江が頑張った翌日、現場には早速作業員が入っていた。

それはレジナ村の住人。村長になったはずのデールさんも、率先して汗《あせ》を流している。土砂と木片が混じった土をショベルで掬《すく》い、畚《もつこ》に移して堤の位置へ。そこで細かな指導をしているのがニコラスさん。自分も手を動かしつつ、周囲への目配りもしている。

「しっかり固めろよ！　手を抜けば堤はそこから崩れる。お前たちの村が流されるぞ！　この辺りに混ぜるのは、細い枝だ。太いのはダメだぞ。そう、そんな感じのを集めるんだ」

頑張っている彼らに対し、私たちの仕事はあまり多くない。

周辺の魔物は概《おおむ》ね掃討《そうとう》済み。滅多に出てこないので、やることは周囲をパトロールするぐらい。

そして、紗江が時々、地面をドカンと。

大きく空いた穴から作業員たちが土を運び出し、地面が固くなったらまたドカン。

ニコラスさん曰《いわ》く、『ショベルも便利だが、魔法も凄《すげ》ぇ。効率が全然違う！』らしい。

土魔法使《まほうつか》いを雇《やと》ってやる工事もあるそうだけど、高レベルを雇えることは多くなく、効果は限定的。それと比べても、かなりの速度で工事は進んでいるらしい。

歌穂はたまに力仕事の手伝い。あまりやることがないとはいえ、役目は護衛なので本当にたまにしか手を出さないけれど、その力の強さと可愛さで大人気である。

ちなみに私は、たまに出る怪我人《けがにん》を治してあげるぐらいで、基本的には木陰《こかげ》でのんびり。

治療は契約《けいやく》に含まれていないけれど、楽な仕事だし、それぐらいはね。

でも、治癒《ちゆ》魔法は貴重なので、随分とありがたがられている。

そんな感じに、雨の日以外は毎日作業を進め、初夏から本格的な夏に移り変わるごろには、工事は七、八割まで進んでいた。最初はデールさんぐらいしか顔見知りがいなかった私たちも、作業を通じて村の人たちと交流を深め、それなりに大変な現場なのに和気藹々《わきあいあい》とした雰囲気で工事を進めていたんだけど……ある日、それをぶち壊《こわ》す出来事が発生した。


最初に気付いたのは、やはり歌穂だった。

「なんぞ不快な臭いが近付いてくるのぅ……」

その言葉通り、歌穂が不愉快《ふゆかい》そうに尻尾《しっぽ》を揺《ゆ》らせば、さほど間を置かず紗江も長い耳をピクピクと動かして、顔を顰め——やがて、私の鼻にも悪臭が届いた。

間違えることのない個性的な臭い。こんな個性を持っている人は他にはいない。いや、いないと信じたい。これで貴族社会では没《ぼっ》個性だったりしたら、あまりに夢も希望もなさすぎるっ‼

そして幸いなことに、現れたのは予想通りの人物だった。

「ふぅ、ふぅ……なんで俺がこんな所まで……。くそっ！」

悪態をつきながらやってきたのは、この件の担当者となっているらしいダムロス。

暑い中を歩いてきて大量の汗をかいているからか、それともこの前と違って屋外だからか、あの時よりはマシだけど、やっぱり悪臭。

他人の趣味にケチは付けたくないけど、周りに迷惑《めいわく》を掛けるようなのは止めた方が良いと思う。

この状態で、職場では何も言われないのかな？

「はぁ……。やっと着いたか。——おい、ニコラス！　まだ終わってないのか！」

周囲を見回して大声を上げたダムロスに、ニコラスさんは嫌そうな顔を向けてため息をつく。

「そんなことを言っても旦那《だんな》、進捗《しんちょく》は予定以上だぜ？　これ以上急かしても良い物はできねぇよ」

「もっと働かせろと言っているんだ！　あそこの冒険者も扱《こ》き使えば良いだろうが！」

そう言ってダムロスが指さすのは私たち。まぁ、一見すると何もしてないように見えるよね？

実際、そんなに働いてないのは間違いないけれど、やるべきことはやっているわけで。

「彼女たちは彼女たちの仕事をしているよ。あんま、素人が余計な口を出さねぇでくれねぇか？」

「俺はこの件の担当者だぞ！　お前たちを雇ってやっているんだ。言うことを聞け！」

雇っているのは領主だと思うけどなぁ？　いるよね、自分が偉いわけじゃないのに、なんか勘違《かんちが》いしている人。けど、無視もしづらいのが厄介《やっかい》なところ。

ニコラスさんも頭を掻《か》いてため息をつきつつも、ダムロスの応対をする。

「はぁ……。で、何しに来たんだ？　旦那は」

「担当者として、状況の確認だ。おい、お前ら、俺が来たからには手抜《てぬ》きは許さないからな！」

作業員たちを睨《にら》みながらダムロスがそう宣言し——その日以降、現場の空気は最悪となった。

「おい、もっとキビキビ動け！　そこ、休むな！　これだから平民は。サボることしか考えない」

休憩《きゅうけい》時間や人の割り当てなど、ニコラスさんとデールさんが差配して良い感じに回っていたのに、彼が無駄《むだ》な口を挟《はさ》むものだから、作業効率は落ちる一方。

そのことに苛《いら》ついてダムロスがまた怒鳴《どな》り散らすものだから、明らかに進捗は悪くなっている。

「――『爆炎《エクスプロージョン》』」

ニコラスさんの指定した場所に紗江の魔法が炸裂《さくれつ》し、池の底が掘り下げられる。

そこに作業員が下りて土を運び始めるが、それを上から見ていたダムロスは舌打ちをする。

「ちっ、この程度か。聞いていたほどではないではないか！」

そりゃ、状況に即《そく》した威力ってものがあるからね。

あまり威力を上げても非効率だし、折角作った堤に影響が出たら本末転倒《ほんまつてんとう》。

口ばかりで自分は働かないダムロスに、誰も彼《か》もが厳しい視線を向ける。

中でも直接的にバカにされた紗江の無表情が怖《こわ》い。

「……一発だけなら誤射かも？」

「止めて⁉　それは取り返しの付かない誤射だから！　気持ちは解るけどね！」

とんでもないことをボソリと言う紗江を慌てて止める。

「佳乃は我慢《がまん》強いの。一発あれば、苦情を言う口も残らんぞ？　オークで実証済みじゃからな」

「この辺りには、魔物もいるのです。一人で歩いていた彼が……ふふふ……」

さすがに跡形《あとかた》もなく処理してくれる魔物は――って、ダメダメ。〝翡翠の羽〟の良心である私が流されては。紗江って一見良識派なのに、時に常識外れなことを仕出かすことがあるからね。

そのあたり、テーブルトークＲＰＧで鍛えられた（？）私や歌穂とは一味違う。

「……すまねぇ、嬢ちゃんたち。直接邪魔するなら対処できるんだが、口だけだから難しい」

「いえ、ニコラスさんの責任では……」

そう、ダムロスは無駄に怒鳴っているだけで、何をするわけでもない。働けとか、サボるなとか、侮蔑《ぶべつ》する言葉とかを投げつけるだけで、ああしろこうしろとは言わない。だからただの雑音。

だがそんな雑音を聞かされ続ける方は、フラストレーションが溜まるわけで。

「そう言ってもらえると助かる。すまねぇついでに、もう一発頼めるか？　できるだけ作業員たちの負担を減らしたい。このままじゃ、イライラが溜まって事故になりかねない」

「そういうことであれば構わないのです。何度も連続は無理ですが」

申し訳なさそうに頭を下げるニコラスさんに紗江が頷き、現場から作業員が退避する。

そうして再び炸裂する魔法。だが――。

「ふぅ……あれ？　思ったよりも深くなっていないです」

紗江が下を覗き込んで小首を傾《かし》げ、歌穂も同意するように頷く。

私も見てみるけど、空いた穴の大きさは、確かにかなり控えめ。

「衝撃《しょうげき》は同じぐらいだったよね。岩盤《がんばん》にでも当たったのかな？」

「そうかもしれないのです。ニコラスさん、もう一回、やりますか？」

「あれで削《けず》れないなら、手作業では厳しいな。余裕があるなら頼めるか？」

「解りました。――――『爆炎《エクスプロージョン》』」

やや長めの溜めを経て、魔法が発動。大きな音と衝撃が私たちのいる場所まで届くけど……。

「……一部残って周囲が抉《えぐ》れとるの。ちょいと見てみるか」

硬い石でもあるのか、一部が歪に残っている。

歌穂は近くの人からショベルを借りると、飛び降りて魔法が当たった辺りの土を除け始めた。

私と紗江もその後を追い、その作業を手伝うと、やがて出てきたのは黒く光沢《こうたく》のある石だった。

「原因はこれ？　なんか、ほんのりと光ってるようにも……気のせいかなぁ？」

「そうか？　儂にはよく判らんが……」

「これ、たぶん魔力です。歌穂は魔法が使えないから、そのせいかも？」

そんな紗江の分析《ぶんせき》を聞き、歌穂がキラリと目を光らせる。

「ほう、ほう、魔力。……これは、あれじゃな。壊したら、大妖狐《ようこ》が復活するヤツじゃな」

「歌穂のお友達《ともだち》が封印《ふういん》されているのです？」

「殺生石⁉　いやいや、物騒《ぶっそう》なことを言わない。ジャンルが違うから。この世界、分類するなら西洋ファンタジー。和風じゃないよ？」

「判らんぞ？　ごちゃ混ぜ、ごった煮《に》タイプかもしれん。あの邪神《じゃしん》の世界じゃぞ？」

「説得力があるよ！　――にしても、そういうのって、主人公が間違って復活させちゃうパターンじゃん。もしくは、悪役が意図的にやるヤツ。私たち、そのどっちでもないし」

「バカなっ⁉　こんなに主人公っぽいキャラ作りをしておるのに！」

「歌穂は主人公じゃなくて、その周辺にいるマスコットキャラじゃないかな？　もしくはたまに出てくるお助けキャラとか。人気はあってもメインにはなれないタイプ」

「ぐぬぬっ、佳乃の言うことにも説得力があるのぅ……。方針をミスったか。どこぞの学園にでも入って、『私、また何かやっちゃいましたぁ？』とか言っておったほうが良かったか？」

アホなことを言った歌穂を呆れたように見て、紗江がため息をついた。

「その立ち位置は、どちらかといえば光魔法が使える佳乃なのです」

「そんな立場はゴメンだけど……残念ながらそんな学園はないし、周囲にイケメンもいない。あえて言うなら私たちの立ち位置は、間違えて封印を壊して、最初に犠牲《ぎせい》になるモブキャラ」

「……それは嫌じゃのぅ。逃《に》げ出せても一人ではないか。『大変だ！』とか言って、ギルドに駆《か》け込む役。『俺があんなことをしなければ、あいつらが犠牲になることはっ！』って」

「じゃあ、助かるのは私か佳乃のどちらかですの。壊すのが歌穂だから」

「なるほど。じゃあ、その後、『あいつらの敵《かたき》を討たせてくれ！』って同行しないといけないから、役柄《やくがら》的に最適なのは……あれ？　それも歌穂になっちゃうかも？」

治療役だと立場が地味だし、紗江の魔法も後方からドッカンってタイプ。

ラストアタックで敵を討つなら、歌穂が一番――。

「おい！　何をごちゃごちゃ言っている！　その程度の石も壊せないのか？　これだから大口を叩《たた》くだけの冒険者は。多少ランクが上がった程度で、いい気になりおって！」

石を前にして、のんびり考察を繰《く》り広げる私たちにしびれを切らしたのだろう。ダムロスが怒鳴りながら下りてきた。それに対してニコラスさんや他の作業員は堤の上で静観の様子。

まぁ、元々作業員の人たちを休ませることも目的の一つだからね。

「まったく、うるさい奴《やつ》じゃのぅ……この程度、儂が砕《くだ》いてやるわっ‼」

当然ながら、封印云々はただの戯《ざ》れ言。近付いてくるダムロスを忌々《いまいま》しそうに見た歌穂は、大剣を大きく振り上げると、その鬱憤《うっぷん》をぶつけるように力強く振り下ろした。

ガキンッと大きな音を立て、石に食い込む大剣。

魔法を弾く割にあまり硬くないのか、たった一撃で大きくひび割れた石だったが――。

「むっ？　何やら、震動《しんどう》が――」

歌穂がそう言った直後のことだった。

私にも「ゴ、ゴ、ゴ……」という音と震動が届き――水が空高く噴《ふ》き上がった。

「ぬあっ⁉」

「「わわっ（きゃ）‼」」

「ななっ」

歌穂が退避するが、噴き上がった水は落ちてくるわけで。

しかもここは、水が溜まるように掘り下げているわけで。

ばしゃーん、と飛沫《しぶき》を上げて水が落下。周囲に溜まり始める。

「む、これはいかんのう。よっと！」

歌穂は地面にざくりと大剣を突き立てると、柄の部分にぴょんと飛び乗り、その上に片足で立って、バランスを取った。うむ、見事。でも。

「ちょ、歌穂だけズルい！」

「儂は小さいから、仕方ないのじゃ。心配せんでも溺《おぼ》れるほどには溜まらんよ」

溜め池という性質上、取水口として樋《とい》を埋《う》める必要があり、堤の一部はまだ造られていない。

だから水はそこから流れ出るんだけど、元の地面から掘り下げた部分までは溜まるんだよね。

ニコラスさんが慌てたように指示を出し、その堤の部分を削り、水を抜き始める。

でも、作業がすぐに終わるはずもなく……一メートル少々は溜まるかな？

歌穂と違ってギリギリなんてことはないけれど、ドロドロにはなりたくない。

後方からは「う、うわ、み、水がっ！　お、溺れる‼」という声とドタバタしている音が聞こえてくるが、それに私たちが対処する義理はない。

「紗江、上に戻《もど》ろうか」

「はい、ここにいる意味はないのです」

未《いま》だ水は踝《くるぶし》を超《こ》えたあたりだけど、思った以上に水位の上昇《じょうしょう》が早い。

酷く汚《よご》れる前に上がろうとした私たちの動きを止めたのは、歌穂の言葉だった。

「ぬっ、紗江、佳乃、見ろ！　魚、魚じゃぞ！　しかもあれは鮭《さけ》ではないか⁉」

「鮭？　そんなバカなこと……ホントだ。見た目は鮭っぽい……え、なんで？」

「でも、大きいです。一・五メートルはあります」

とか言っている間にも、水の噴出口《ふんしゆつこう》からもう一匹《ぴき》飛び出して、バシャンと近くに落下した。

「佳乃！　確保、確保じゃ！　鮭の塩焼きじゃ！　鮭弁じゃ！」

「それにはご飯が――あぁ、水生麦《すいせいむぎ》でも良いか」

「食べ方はどうであれ、久しぶりのお魚。捕《つか》まえておくのです」

「そうだね。確保してから考えれば良いか」

多少大きくても所詮《しょせん》は魚。

水深がなければ泳ぐこともできず、メイスでガツンとやればあっさり動かなくなる。

「佳乃、あっちじゃ、あっち。あっちにもおる！」

「えー、あんまり捕まえても、この大きさ、食べきれないよ？　冷凍庫《れいとうこ》なんてないんだから」

紗江の使える火魔法の『冷却《コールド》』は冷たくするまで。冷凍《れいとう》するのは水魔法の分野なんだけど、紗江はまだ水をちょろっと出せるようになっただけ。今のところ、保存方法はない。

「新巻鮭《あらまきざけ》にすれば良かろう！　塩漬《しおづ》けじゃ！」

「このサイズを塩漬けにするとか、かなりのお金が掛かるよ？」

この辺りで買える塩は決して安くはない。普段《ふだん》の食事に使うことが躊躇《ためら》われるってほどじゃないんだけど、塩漬けともなれば鮭の重さの一割から二割の塩が必要になるはず。

しかも、塩漬けに使った塩の大半は食べずに捨てることになるわけで……結構な高級品？

「良いじゃないですか。私は賛成なのです」

「紗江も鮭好きだったか……ま、私も好きだけどね、鮭。――と言うか歌穂、下りてくる」

「む、そうじゃな。折角の鮭、佳乃だけに任しておるわけにもいかんか」

お肉ばっかりで飽《あ》きていたところ。あえて反対する理由もなく、鮭狩りを始める。

しかし、多少水が溜まってきたこともあり、泳いでいる鮭を殴《なぐ》るのは最初ほど簡単なことではなく、歌穂と紗江の協力を得て捕まえ終わるまでには、結構な時間がかかってしまった。

しかし歌穂はご満悦《まんえつ》で、自分より大きな鮭の尾鰭《おひれ》を縄で結わえ、水の上にぷかぷか浮《う》かせながら、何匹も引っ張っている。――う～ん、なかなかにシュール。

「全部で六匹か。一匹、二匹、村人に振る舞ったとしても十分じゃ！　――と言うか、これ、鮭じゃよな？　食える魚じゃよな？」

「そいつは王鱒《キング・トラウト》だな。通常は川にいる魚だが、食えるし、美味《うま》いぞ」

そう教えてくれたのは、作業の指示出しを終えてこちらに下りてきたニコラスさん。

歌穂の様子を見て苦笑しているけど……うん、宜《むべ》なるかな。

「鮭《サーモン》じゃなくて、鱒《トラウト》ですの？」

「――まぁ、似たようなもんじゃな！　新巻鱒でも構わんじゃろ！」

考えたのは一瞬《いっしゅん》。歌穂はどうでも良いかと笑みを浮かべる。

うん、私も調理して出されたら、たぶん差が判らない。

「ニコラスさん、そちらの方は？」

「少しずつ削って水を流している。これ以上、水位は上がらねぇから安心してくれ。で、俺は水が出ている場所の確認に来たんだが……収まってきている感じだな」

「そうですね。最初みたいな勢いはありません」

「これなら問題なく工事を続けられそうだな。一応、排水路《はいすいろ》は整備して――」

「おい！　お前たち！　いい加減、俺を助けろ！　護衛がお前らの仕事だろうが！」

さっきからあえて無視していた濁声《だみごえ》が、私とニコラスさんの会話に割り込んできた。

私たちは顔を見合わせてため息をつき、ゆっくり振り返る。

そこにあったのは、身体のあちこちに黒くて細長い生き物を貼《は》り付けて藻掻《もが》くダムロスの姿。

彼はそれを引き剥《は》がそうと四苦八苦しているが、かなりヌルヌルしているようで、なかなか上手くいっていない。更にはどうにか引き剥がして放り投げても、再びダムロスに向かって泳ぎ、噛《か》み付いている。こっちには来ないのに。

ダムロス、大人気だね――その生物限定で。

「ニコラスさん、あれは？」

「あれはランプレーだな。川に生息していて、たまに王鱒《キング・トラウト》みたいな大きな魚に張り付いている生き物だ。あんな見た目だが、魔物じゃないぞ。ちなみに一応、食える」

蛭《ひる》みたいな生態の生き物なのかな？　それとも泥鰌《どじょう》や鰻《うなぎ》みたいな？

でもあれは食べたくないなぁ。見た目云々以前に、ダムロスに引っ付いている時点で。

「だから、早く助けろ！　冒険者ごときでも、その程度はできるだろうが！」

あの状態でも強気の態度を崩さないのはある意味で尊敬するけど、そんなこと言われて私たちが助けるはずもない。

「私たちの仕事は作業員の人たちの護衛ですから。あなたは作業員じゃないですよね？」

「子供じゃあるまいし、その程度の生き物、自分で対処すべきなのじゃ」

「触《さわ》りたくないのです。丸焼きで良ければ排除《はいじょ》してあげますけど？」

冷たく言い放つ私たちにニコラスさんは苦笑を浮かべる。

でも、自分も手を出すつもりはないようで、堤の上を指さした。

「旦那、さっさと水から出たらどうだ？　そうすりゃ、何度も張り付かれることはないぞ？」

「それを早く言え！　クソッ‼」

いや、その程度のことも自分で思い至らない時点でどうなのかと。

ダムロスは悪態をつき、ドタバタと這《は》うようにして堤に上がり、そこで地面を転がりながらランプレーを引き剥がしているけど……改めてみると、あまり気持ちの良い生き物じゃないね。

「この辺の川にはあんなのがいるんですか？　あんまり入りたくないなぁ……」

「いや、普通はもう少し小さいし、そもそも人を攻撃《こうげき》することはないぞ？　――何でかは知らんが、ダムロスの奴は妙《みょう》に好かれていたみたいだが」

そう言いながらニコラスさんは少し水深の下がった足下《あしもと》を見る。その視線を追えば、水の中にランプレーが見えたが、それは私たちを無視して泳ぎ去っていった。

「ふむ。つまり彼奴《きゃつ》は魚と思われたと。無理もない。魚よりも臭かったからな！」

歌穂が妙に晴れがましい表情で言えば、紗江も小さく吹き出して頷く。

「ぷっ。確かに原因は、それかもしれないのです」

「まぁ、あの人だけが狙われる原因って言えばそれぐらいかも？　本当かどうかは知らないけど、水生生物って嗅覚《きゅうかく》が優《すぐ》れているって聞いたことがあるし」

作業員の人たちの頑張りで、水深は既に膝《ひざ》を下回った。

王鱒《キング・トラウト》を捕まえ終わった今、ここにいる理由は既になく、私たちも堤へと向かえば、そこで仁王立ちしていたダムロスが私を指差して怒鳴り声を上げた。

「おい、お前！　治癒魔法が使えるんだったな？　さっさと俺を治療しろ！」

どうやらランプレーを排除するのには成功した様子だけど、身体のあちこちに小さな歯で削られたような傷が付き、そこから血が流れている。でも……まぁ、軽症《けいしょう》だよね。

「え、何でですか？　そんな仕事は契約に入っていませんが？」

さすがに死にそうになっていれば考えるけど、そうじゃないなら、とても治してやる気にはなれない。これまでの言動を水に流せるほど、私は聖女じゃないし。

「つべこべ言うな！　お前がやっている治療の商売、禁止することもできるんだぞ‼」

あー、そんなことまで調べてあるんだ？　まぁ、この人じゃなく、ギルドに依頼を持ってきたり、仕事の内容を紙に纏めたりした人の仕業かもしれないけど。でも——。

「別に構いませんよ？　そもそもそれ、止めましたし。なので、あなたの治療もしません。お金を払ってもらったとしても。ですから、町に帰って治療されては？」

「ぐぐぬぬ、そのようなことが……」

平然と言葉を返せば、ダムロスは顔を真っ赤にして私を睨むが、遠巻きに見る作業員たちの冷たい視線に気付くと、歯軋《はぎし》りをして踵《きびす》を返した。

「こ、このことは報告するからな！　覚えていろ！」

そんな負《お》け惜しみを吐き捨て、足早に現場を後にするダムロス。おそらくそのまま、キウラに戻るのだろう。そして、その後ろ姿が消えてしばらく、作業員の誰ともなく歓声《かんせい》が上がる。

うん、彼がどれだけ嫌《きら》われていたか、よく判《わか》るなぁ……。

「ふんっ、ようやくおらんなったか。邪魔ばかりしおって！」

「でも、ダムロスはどうでも良いけど、領主から睨まれるのは、ちょっと困るかなぁ」

「面倒になりそうなら、別の町に移れば良いじゃろ。キウラにこだわる理由もない」

「家は少し残念ですが、あんなのに関わることを考えれば、大した問題じゃないです」

私たちは揃ってため息をついたが、それを聞いたニコラスさんが朗《ほが》らかに笑った。

「心配すんな！　オーニック男爵はまともな人物だったし、報告書は俺も出す。嬢ちゃんたちの仕事ぶりと、アイツのことはしっかり書いておく。妙なことにはならねぇよ！」

「なら良いんですけど。……ま、あまり気にしても仕方ないですね」

私が小さく頷くと、ニコラスさんはもう一度笑って、パンと手を打った。

「よっしゃ！　お前ら、邪魔者《じゃまもの》は消えたぞ！　工事も終盤《しゅうばん》だ。もうひと頑張りするぞ！」

ニコラスさんの掛け声に、周囲からも「おう！」と声が上がる。

そして再開された現場は、ダムロスが消えたことですぐに以前の雰囲気を取り戻した。

これまでの鬱憤を晴らすかのように作業員たちの動きも良く、やや遅れ始めていた進捗も元に戻り――結果として溜め池の造成は予定よりも早く、そして何事もなく終了《しゅうりょう》したのだった。

◇　◇　◇

「まぁ、これは散魔鉱石《さんまこうせき》ですね。買い取りで良いですか？」

溜め池造りの依頼を終え、報酬《ほうしゅう》を受け取りにギルドへやってきた私たちは、ついでとばかりに集めておいた、歌穂が砕いた石の欠片《かけら》をサーラに見せていた。

下から出てきたのは妖狐ではなく王鱒《キング・トラウト》だったけど、なんだか不思議な物であるのは間違いなく、お金になるかもと思って持ち込んだんだけど、その結果が先ほどの言葉。

「散魔鉱石？　何じゃそれは。初耳じゃぞ？」

「錬金術《れんきんじゅつ》の素材ですよ。これだけあれば、結構高く売れますよ？　具体的には……今回の皆さんへの依頼料《いらいりょう》を軽く上回るぐらいですね」

「なんと！　それは嬉しい誤算じゃな。時間がかかった割に、あまり稼ぎが良くなかったからの。楽ではあったんじゃが、精神的疲労《ひろう》はそれなりにあったのじゃ」

「稼ぎが減ったのは、新巻鮭——っぽい物を作った影響もあるんだけど？」

王鱒《キング・トラウト》は水抜きの溝《みぞ》を掘っていた方にも行ったようで、それらは作業員が確保していた。

それ故、私たちが捕まえた六匹はそのまま私たちの物に。それをすべて塩漬けにしたものだから、使った塩の量は膨大《ぼうだい》。それを差し引きすると、報酬額《ほうしゅうがく》は結構微妙《びみょう》な感じ。

「でも、王鱒《キング・トラウト》は十分な報酬です。思った以上に美味《おい》しかったのです」

「上手いこと保存できそうじゃしな！　ニコラスのおかげじゃ」

そう、よく考えてみたら私たち、新巻鮭の作り方なんて知らない。

これはどうしたものかと悩んでいると、話を聞いたニコラスさんが助け船を出してくれた。

色々なところで溜め池造りをしている彼は知識も豊富で、似たような保存食の作り方を知っていたのだ。ただそれは、冬場に作るもの。塩漬けにした後で寒風に曝《さら》し乾燥《かんそう》させる必要があり、この暑い時季に干していたらどうなるかは、想像に難くない。

だが幸いなことに、私たちには魔法があった。紗江が練習中の水魔法で頑張って乾燥させ、更に私の『殺菌《ディスインファクト》』をかけておいたので、たぶん長期間保存ができると思う。

……まぁ、多少傷んでいても、食べる前にもう一度『殺菌《ディスインファクト》』をかけて、『祝福《ブレス》』や『毒抵抗《レジスト・ポイズン》』も追加しておけばたぶん大丈夫。そこまでして食べる必要があるかは疑問だけど。

「じゃが、それはそれとして、散魔鉱石じゃ。何に使う物なんじゃ？」

「属性鋼っていう金属があるんですが、それを作るのに必要な素材――の、素材ですね」

「なぬ？　それは、白鉄などよりも良い金属なのか？」

歌穂が今使っている大剣は、一度更新《こうしん》して高品質な鉄を使った物になっている。

前に出て戦うので、私たちの持つ武器としては一番お金を掛けているんだけど、大きさが大きさだけに、とても高い。そんな歌穂が次に狙っているのが、白鉄製の大剣なんだよね。

「それより一段上ですね。鋳塊《インゴット》だけでも一〇倍、それを武器にすると更に高くなりますね」

「ぐはっ……と、とても手が出ぬ。ち、ちなみにじゃが、この散魔鉱石を持っておれば、作ってもらえたりするのじゃろうか？」

「この町だと無理ですね。属性鋼を作れるほど腕の良い錬金術師がいませんから。そもそも持ち込んだところで、そこまで安くなるわけじゃないですよ？　先ほどの買い取り価格分より少しだけ値引きしてくれるかもしれませんが……」

「ぐぬ、それもそうじゃな。鋳塊《インゴット》だけで一〇倍じゃもんな……」

「ついでに言えば、属性鋼を扱える鍛冶師《かじ》もいません、属性鋼の武器が欲しいのなら、別の町に注文するか、買いに行くかですね。でも、完成までには時間もお金も掛かると思いますよ？　散魔鉱石があったところで、すぐに属性鋼が作れるわけでもないですし」

あまりにも遠い希望に、歌穂の尻尾が力なく垂れ下がる。

「儂が持っておっても仕方ないではないか……。買い取ってくれ。佳乃たちも、それで良いな？」

「うん。使い道がないし、それ、重いからね」

「いつか使うかもと、取っておくには重すぎるのです。売るのに賛成です」

「解りました。では、詳細《しょうさい》に査定しますね」

そうして支払《しはら》われた買い取り額は、予想を大きく上回り、私たちはホクホク顔で溜め池造り依頼を終えて日常に戻った。——わけだけど。

◇　◇　◇

「佳乃！　ダンジョン、ダンジョンじゃぞ⁉」

興奮した様子で歌穂が飛び込んできたのは、依頼を終えてしばらく経った日のことだった。

「紗江、歌穂は一体どうしたの？」

「それが、冒険者ギルドで噂話《うわさばなし》を聞いたようです。近くの町でダンジョンが見つかったって」

歌穂と一緒に外出していた紗江に尋ねれば、彼女は苦笑気味に理由を教えてくれた。

「あぁ、それね。歌穂、まだ知らなかったんだ？」

「なぬっ？　佳乃は知っておったのか？　ならば何故《なぜ》教えん！」

「いや、だって、見つかっただけで、私たちが入れるわけじゃないみたいだし。関係ないよね？」

入れるならもう少し興味も湧《わ》くけど、入れない以上はないのと同じ。考えても無駄だよね？

そう言った私に、歌穂はニヤリと笑った。

「ふむ。では、この情報を聞けば認識《にんしき》も変わるか？　そのダンジョンを見つけたパーティーの名前、なんと〝明鏡止水〟というらしいぞ？」

「へー、あんまり冒険者っぽくないね？　魔法使いとか、学者とかがいそうなパーティー」

「なんでそう冷静なんじゃ！　〝明鏡止水〟じゃぞ、〝明鏡止水〟。この言葉、サーラにも訊いてみたが、『よく意味が解らないですが、不思議な名前ですよね』と答えおった」

「…………え？　それって、自動翻訳《ほんやく》されて〝明鏡止水〟になっているわけじゃないってこと？」

「そうじゃ！　そのままの音で、〝メイキョウシスイ〟じゃ！」

その意味することに、私は目を丸くした。

「それって、クラスメイトのパーティーってことだよね？　あえてその名前を付けたってことは」

「おそらくな。どうじゃ、興味が湧いてきたであろう？」

胸を張り、ドヤ顔を披露する歌穂に、私も頷く。

「そうだね、一度行ってみても良いかも、と思うぐらいには。誰かは判らないけど、この世界で成功してるってことは、堅実《けんじつ》にやっているんだろうし……仲良くできるかもしれないし？」

「私も会ってみたいかも？　今まではそれなりに上手くやってきましたが、女三人だけで縁者《えんじゃ》もいない状態というのは少し不安なのです」

ここは考えなしが生き残れるほど甘《あま》くない。

冒険者ギルドだって、思ったよりもしっかりしていて、犯罪者に厳しい。

少なくとも犯罪者をダンジョンの発見者と認めることはない。

ついでに言うと、ダムロス。今のところ、何もないけれど、何か気になることは確かなわけで。

――つまり、会いに行くリスクはほとんどなく、町を移動する理由はある。

「……うん。それじゃ、近いうちに行ってみよっか！」

「「はい（うむ）！」」

私の宣言に、二人の声が揃った。

あとがき

六巻、出せちゃいましたね……。

もしかして本当に保存用、布教用を買ってくださった方が⁉

――さすがにないですよね。

普通《ふつう》に一冊ずつお買い上げくださっている皆様《みなさま》のおかげです、はい。ありがとうございます。

さて、実はこの本、私の出版作品としては記念すべき一二冊目となります。

密《ひそ》かに目標としていた二桁《けた》です。え？　なんで一〇冊目の時じゃないのかって？

それは一〇冊目と一一冊目が同時に出版されて、どちらに書くべきか悩《なや》んだからです。

次の目標は、シリーズで一〇巻続くことですが……うーむ。


しかし、今回はなかなかの難産でした。スケジュール的に。

「六巻いけますよ。九月か一〇月発売でどうですか？」と嬉《うれ》しいご連絡《れんらく》を頂いたのが春ごろ。しかしその時点で、九月一八日に『新米錬金術師《れんきんじゅつし》の店舗《てんぽ》経営　第五巻』と、新作の『魔導《まどう》書工房《こうぼう》の特注品』が二冊同時発売することが決まっていたわけで。

更《さら》には、新米錬金術師のアニメ化企画《きかく》が進行中で、その作業も入っていたわけで。

「さすがに三巻同時はキビシイです……」と泣きを入れて、一ヶ月ほど発売予定の繰《く》り下げをお願い。ほぼ同時進行にまでスケジュールを緩和《かんわ》して、六巻に取り組みました。

で、取りあえず書き上げてみたものの、「なんかちが～う！」と半分ほど破棄《はき》。

最初から書き直したり、予定外の用事を片付けたりしていたら、あれよあれよと……。

普段《ふだん》は余裕《よゆう》を持って上げているので、小説の執筆で本当に締《し》め切りに追われたのは、初めてかも？

しかもこの巻って、さり気なく過去最長なんですよね。

一巻よりもページ数は少ないですが、文字数は一五％増。

つまりこの六巻は、いつもよりお得に楽しんで頂けます――きっと。

ステキなサービスシーンの挿絵《さしえ》も付いてます――きっと。

これを書いている時点ではまだ見てないので。猫猫猫さん、楽しみにしております！


さて、最後に――というか、前半でも露骨《ろこつ》に宣伝していますが、私の別作品『新米錬金術師の店舗経営』がアニメ化されることになりました。びっくりですね。二〇二二年に放送予定ですので、是非《ぜひ》ご覧ください。また、kireroさん作画のコミカライズ第一巻も発売されています。

更にファンタジア文庫から新作の『魔導書工房の特注品』も出ましたので、お手にとって頂けますと嬉しいです。にもしさんの素敵《すてき》な表紙が目印です。

今後とも『異世界転移、地雷《じらい》付き。』共々《ともども》、応援《おうえん》よろしくお願い致《いた》します。

いつきみずほ

DRAGON NOVELS
ドラゴンノベルス

異世界転移、地雷付き。6

2021年12月 5 日　初版発行
2024年 1 月30日　再版発行

著　　者　いつきみずほ

発 行 者　山下直久

発　　行　株式会社 KADOKAWA
〒102-8177　東京都千代田区富士見 2-13-3
電話 0570-002-301（ナビダイヤル）

編　　集　ゲーム・企画書籍編集部

装　　丁　AFTERGLOW

D　T　P　株式会社スタジオ２０５

印 刷 所　大日本印刷株式会社

製 本 所　大日本印刷株式会社

DRAGON NOVELS ロゴデザイン　久留一郎デザイン室＋YAZIRI

●お問い合わせ
https://www.kadokawa.co.jp/（「お問い合わせ」へお進みください）
※内容によっては、お答えできない場合があります。
※サポートは日本国内のみとさせていただきます。
※ Japanese text only

定価（または価格）はカバーに表示してあります。

ISBN978-4-04-074335-6　C0093